10|18
12, avenue d'Italie — Paris XIIIe

Du même auteur
aux Éditions 10/18

LA PLUME DU CORBEAU, n° 2307
MISS SILVER ENTRE EN SCÈNE, n° 2308
MISS SILVER INTERVIENT, n° 2362
LE POINT DE NON-RETOUR, n° 2363
PLEINS FEUX, n° 2406
LES LÈVRES QUI VOIENT, n° 2407
LA ROUE DE SAINTE-CATHERINE, n° 2437
LE CHEMIN DE LA FALAISE, n° 2450
L'EMPREINTE DU PASSÉ, n° 2473
LE CHÂLE CHINOIS, n° 2494
AU DOUZIÈME COUP DE MINUIT, n° 2519
LE ROCHER DE LA TÊTE-NOIRE, n° 2534
UN ANNEAU POUR L'ÉTERNITÉ, n° 2575
LE MASQUE GRIS, n° 2597
A TRAVERS LE MUR, n° 2624
L'HÉRITAGE D'ALINGTON, n° 2684
LE MYSTÈRE DE LA CLEF, n° 2709
LE TRÉSOR DES BENEVENT, n° 2754
L'AFFAIRE WILLIAM SMITH, n° 2770
COMME L'EAU QUI DORT, n° 2792
LA DAGUE D'IVOIRE, n° 2826
LE MANOIR DES DAMES, n° 2859
LE BELVÉDÈRE, n° 2878
LE MARC MAUDIT, n° 2918
LA TRACE DANS L'OMBRE, n° 2970

MEURTRE EN SOUS-SOL

PAR

PATRICIA WENTWORTH

Traduit de l'anglais
par Roxane AZIMI

10|18

INÉDIT

« Grands Détectives »
dirigé par Jean-Claude Zylberstein

Si vous désirez être régulièrement tenu au courant
de nos publications, écrivez-nous :
Éditions 10/18
c/o 01 Consultants (titre n° 2654)
35, rue du Sergent Bauchat
75012 Paris

Titre original :
The Girl in the Cellar

ISBN 2-264-02160-8

Chapitre Premier

Elle contemplait l'obscurité profonde, insondable, sans la moindre pensée, sans le moindre souvenir. Elle ignorait totalement où elle était et comment elle s'était retrouvée là. Elle avait seulement conscience du noir. Elle ne savait pas si le temps avait passé. Elle ne l'avait pas senti passer, mais cela avait dû être le cas, car au moment où elle n'avait vu que du noir avait succédé celui où elle comprit que ses pieds reposaient sur de la pierre et qu'elle ne devait surtout pas bouger.

Cette prise de conscience progressive s'accompagna d'une peur semblable à une douleur naissante. Elle ne savait pas comment elle en était arrivée à cette prise de conscience. C'était là, voilà tout. La pierre sous ses pieds était une marche. Une seule marche faisant partie d'une longue volée en pierre. Si jamais elle bougeait, elle risquait de tomber, et elle ne savait pas de quelle hauteur. Cette idée la terrifia. Il lui vint à l'esprit, sans qu'elle sût comment, que ce n'était pas la profondeur inconnue qui sous-tendait sa pensée de terreur, mais la chose qui l'attendait en bas. Son cœur battait la chamade ; ses genoux flageolaient.

Surtout, ne pas tomber. Tous ses instincts le lui soufflaient. Elle tâtonna derrière elle et trouva une marche au-dessus de celle sur laquelle elle se tenait. L'obscurité qui l'enveloppait s'illumina d'éclatantes lueurs tandis qu'elle s'affalait et se penchait en avant, la tête entre les genoux. Plus tard, elle devait trouver étrange de s'être souvenue de la bonne position à adopter lorsqu'on est au bord de l'évanouissement.

Finalement, les lueurs s'éteignirent, et tout redevint noir. Elle posa la main et tâta la marche sur laquelle elle était assise. Celle-ci était froide et humide... et en pierre, comme elle s'y attendait. Sa main, en se déplaçant, frôla autre chose. Elle reconnut le contact plus tiède, plus sec, du cuir ou du skaï. Son geste fit bouger l'objet. C'était un sac à main. Elle l'attira à elle, le posa sur ses genoux et chercha la fermeture. Au toucher, il ne lui parut pas familier. On est censé savoir ouvrir son propre sac à main, or c'était une sensation bizarre... ses doigts le palpaient à l'aveuglette.

D'un seul coup, la fermeture céda et le sac s'ouvrit. Elle glissa la main à l'intérieur et toucha la forme lisse et froide d'une lampe de poche... la toucha et la relâcha aussitôt.

Bien sûr, elle avait dû laisser tomber son sac pendant qu'elle descendait l'escalier. Elle était descendue avec son sac, et elle l'avait laissé tomber. Pourquoi était-elle descendue ? Elle n'en savait rien, pas plus qu'elle ne savait qui elle était ni où elle pouvait bien se trouver. Elle ne savait qu'une chose : qu'il y avait un cadavre au pied de cet escalier.

Elle ignorait d'où lui venait cette certitude, mais elle était là, au même titre que la conviction fulgurante et terrible qu'elle devait sortir de là vite, vite, tant qu'il en était encore temps. Elle se remit debout lorsque quelque chose freina l'impulsion de panique. C'était comme une voix intérieure. Elle disait très clairement, positivement et sobrement : « Tu ne peux pas t'enfuir sans aller voir s'il n'y a rien à faire. »

Elle se souvint de la lampe de poche et prit peur. Il y avait une jeune fille morte au bas de ces marches de pierre. Elle en était aussi sûre que du fait qu'elle était là elle-même, et elle savait qu'elle ne pouvait pas partir et la laisser là sans l'avoir vue de ses propres yeux pour confirmer cette certitude. Elle sortit la lampe du sac et l'alluma. Le petit rayon vacillant troua l'obscurité, révélant ce qu'elle savait déjà. Elle le savait parce qu'elle l'avait déjà vu. Elle s'était tenue au même endroit, mais le rayon avait été plus lumineux. Il provenait d'une torche plus puissante. Elle suivit du regard le faisceau étroit, plus faible, et vit la jeune fille étendue là où elle avait basculé au pied de l'escalier. Elle était en train de descendre quand elle avait reçu une balle par-derrière. Elle était couchée, les bras en avant, avec cette affreuse blessure à la tête.

La jeune fille dans l'escalier descendit les six dernières marches. Elle fit le tour du cadavre en se gardant bien d'éclairer la tête. Se baissant, elle prit l'un des poignets écartés. Il était froid et commençait à se raidir. Il n'y avait pas de pouls. Elle se redressa et se retourna, la lampe à la main.

Elle se trouvait dans une cave entièrement nue, entièrement vide. La lumière brilla sur des éclats de verre. Il y avait une lampe cassée à droite de la jeune morte. Elle se dit que c'était la grosse torche dont elle s'était servie de l'autre côté du mur noir qu'elle n'arrivait pas à franchir. Elle s'en était servie, puis l'avait lâchée, et elle avait roulé pour atterrir près de ce pauvre corps brisé au pied de l'escalier.

Elle fit demi-tour et se dirigea vers les marches. Il n'y avait plus rien à faire, plus aucune aide ni consolation à apporter. Il fallait partir. Elle gravit deux marches, et la peur s'empara d'elle. La lampe allumée était dans sa main. Elle l'éteignit et attendit que son cœur cessât de cogner contre sa cage thoracique. Il mit du temps à s'apaiser. Lorsque enfin il battit plus lentement, à un rythme plus régulier, elle rouvrit les yeux et aperçut vaguement les marches qui montaient devant elle, ainsi que le contour d'une porte par laquelle elle avait dû entrer, une forme faiblement éclairée tout là-haut dans une muraille de ténèbres.

Elle entreprit de gravir les marches en direction de la porte ouverte. Elle n'était consciente que de deux choses. Elles se situaient à des niveaux différents de conscience. L'une d'elles, c'était la lampe. Elle était à nouveau dans le sac... elle avait dû l'y ranger elle-même. Sa conscience ne voulait pas la lâcher. Elle sentait encore sa courbe dans la main, mais la lampe n'y était plus. Le sac était là. L'autre chose était sur un autre plan. Elle devait sortir d'ici. C'était une urgence absolue. Elle la balaya à la manière d'une grosse vague qui vous frappe alors que vous vous baignez dans la mer, qui vous emporte et se brise par-dessus votre tête. Avec le recul, elle ne se souvenait plus très bien comment elle avait quitté la maison, sinon qu'il ne faisait pas tout à fait noir dans le vestibule et que la porte — la porte d'entrée — n'était pas fermée à clef. Sa pleine conscience, sa mémoire remontaient au moment où elle se retrouva au bord de la chaussée, en train de regarder la circulation.

Chapitre II

Elle était assise dans l'autobus. Il était rempli de gens, mais elle ne les voyait pas vraiment. Ils étaient là, mais elle se sentait coupée d'eux... à part. Comme si elle faisait partie d'une histoire, et eux d'une autre, et que ces histoires n'avaient rien à voir entre elles. Comme s'il y avait une sorte de vitre entre elle et eux, entre son état de conscience et le leur, sans aucune possibilité de communication.

Il y avait de l'argent dans son porte-monnaie. A l'arrivée du contrôleur, elle sortit une pièce de deux shillings pour payer son ticket. Curieusement, au moment de sortir l'argent, elle ignorait totalement combien elle devait payer. Puis, tout d'un coup, cela lui revint, et ce qui avait commencé comme une vague aventure déboucha sur un geste machinal, trop familier pour mériter une réflexion consciente.

Quand l'autobus s'arrêta à la gare, elle descendit et regarda autour d'elle. Il aurait dû y avoir des bagages. Elle partait en voyage, or cela ne se faisait pas sans bagages. Cette pensée la déconcerta, car l'espace d'une seconde elle put voir ses bagages : une malle et un carton à chapeaux. Elle les voyait tout à fait clairement, mais lorsqu'elle voulut lire le nom sur les étiquettes, tout s'effaça. Prise de vertige, elle ferma momentanément les yeux. Quand elle les rouvrit, tout avait disparu. Elle n'était plus sûre de rien.

Quelqu'un lui toucha le bras. Et une voix d'une grande bonté demanda :

— Tout va bien ?

Elle tourna la tête et vit une petite dame qui ressemblait trait pour trait à une gouvernante des romans du début du siècle, désuète et terriblement rassurante. Avec un physique pareil, elle ne pouvait avoir aucun lien avec un crime sombre, secret, souterrain. Elle se surprit à sourire. Et s'entendit répondre :

— Oh oui, je vous remercie.

Elle ignorait, bien sûr, que jamais un sourire n'avait été plus déchirant, ou que son visage était totalement dénué de couleur.

Miss Silver la considéra d'un air soucieux. Il n'était guère dans ses habitudes de passer son chemin en abandonnant son prochain à son triste sort. La jeune fille semblait sur le point de s'évanouir. Elle avait la mine vague de quelqu'un qui vient de subir un terrible choc et qui n'a toujours pas réussi à s'en remettre. A nouveau, elle effleura le bras de la jeune fille.

— Voulez-vous prendre une tasse de thé avec moi, mon petit ?

Les lèvres pâles remuèrent. Lorsqu'elle répondit : « Merci », ce fut sur un ton sincère. La main qui l'avait touchée se glissa sous son bras. Un dernier regard circulaire pour les bagages qui n'étaient pas là, et avec un curieux sentiment de soulagement, elle franchit le porche avec Miss Silver. Elles s'engouffrèrent dans le tourbillon du trafic qui la laissa étourdie et tremblante. Machinalement, sans réfléchir, elle se tourna vers son accompagnatrice, et ce mouvement vague et instinctif fut accueilli avec une bonté pratique et efficace. On lui prit sa main nue. En présence de cette inépuisable gentillesse, elle n'avait besoin de rien d'autre. Elle se sentait guidée. Elle détourna les yeux de la cohue qu'elles traversaient. Une porte vitrée s'ouvrit et se referma sur le bruit et l'agitation du dehors. C'était comme si elle était passée dans un autre état, un état chargé de bonté et de protection dont elle ignorait la provenance. Elle savait seulement qu'elle était au chaud et en sécurité. Elle s'assit le dos au mur, et il y eut une pause. Puis la voix de la petite femme s'éleva à nouveau :

— Buvez votre thé, ma chère, tant qu'il est chaud.

Elle ouvrit les yeux. Il y avait une tasse de thé et, sitôt qu'elle la vit, elle comprit qu'elle était faible parce qu'elle n'avait rien mangé depuis longtemps. Elle tendit la main vers la tasse, la souleva et but. Le thé était riche en lait. Elle vida la tasse et la reposa, les yeux grands ouverts à présent. Elle vit une salle encombrée et la petite femme assise en face d'elle, en train de servir le thé. Elle avait les traits nets et menus, et des habits vieillots, moins démodés que caractéristiques. Elle portait un manteau noir et un chapeau noir orné d'une guirlande de roses rouges d'un côté et d'une série de rosettes de tulle noir de l'autre. Les rosettes, importantes derrière, diminuaient de taille au fur et à mesure qu'elles se rapprochaient, rejoignant sur le devant le dernier bouton de rose rouge.

Miss Silver sourit et remplit sa tasse. Après s'être acquittée sans hâte de cette tâche, elle lui tendit une assiette de pâtisseries. La jeune fille les regarda, regarda Miss Silver, approcha la main d'un gâteau et suspendit son geste, les yeux rivés sur le visage de Miss Silver. Elle s'entendit dire :

— Je ne sais pas... ce que j'ai... comme argent...

La petite femme se redressa et sourit.

— C'est moi qui vous invite, ma chère.

Elle prit la brioche la plus proche. Une faim animale s'était emparée d'elle. Elle eut envie de l'enfourner dans sa bouche. Elle prit la brioche et la porta lentement à ses lèvres. Sa main tremblait. Le pire, ce fut quand la nourriture atteignit ses lèvres. Il lui fallut un moment pour maîtriser l'épouvantable pulsion animale. Lorsqu'elle l'eut réprimée, elle mangea doucement, délicatement. Elle se sentait reprendre confiance en elle. Elle finit la brioche et but la moitié du thé.

La main de la petite femme lui tendit l'assiette à nouveau. Cette fois, ce fut moins laborieux.

Après avoir mangé trois brioches et bu deux tasses de thé au lait chaud, elle se sentit mieux. Elle pensa à se demander quand elle avait mangé pour la dernière fois. Elle ne s'en souvenait plus... plus du tout.

Elle cessa d'essayer de se souvenir. C'était inutile. Lorsqu'elle regardait en arrière, elle avait une impression de brouillard épais et impénétrable. Elle ne voyait strictement rien. Rien au-delà de l'instant où elle s'était retrouvée dans le noir, sur les marches de la cave, à plisser les yeux. Un frisson la parcourut, et ce frisson la fit bouger.

Miss Silver dit d'une voix calme et bienveillante :

— Qu'y a-t-il, mon petit ?

Et elle perçut un début de panique dans sa propre voix quand elle répondit :

— Je ne connais pas...

— Votre nom... c'est bien cela ?

Elle acquiesça d'un hochement de tête apeuré.

— Je ne sais pas... qui je suis...

— Avez-vous regardé dans votre sac ?

Les yeux de Miss Silver, empreints d'une tranquille bonté, ne la quittaient pas.

— Non. J'ai pris de l'argent pour payer le bus...

— Oui, je vous ai vue faire.

— Je l'ai sorti, mais... je ne me rappelle pas...

— Si vous jetiez un coup d'œil ?

— Oui, c'est vrai.

Elle tendit la main vers le sac pour l'ouvrir et s'interrompit, sans savoir pourquoi. Plus tard, avec le recul, elle devait se remémorer cet instant : sa main sur le sac, prête à l'ouvrir, et quelque chose qui l'avait arrêtée. Ce fut une impression fugace qui disparut aussitôt, et elle ne sut pas d'où elle venait. Sa main reprit le mouvement interrompu, et le sac s'ouvrit.

Elle regarda à l'intérieur. C'était un sac noir avec une doublure grise. Il ne lui donnait pas l'impression d'être à elle. C'était un sac neuf. Dedans, il y avait un mouchoir et une glace. Elle se dit qu'elle les avait déjà vus. Puis, aussitôt : « Oh, mais j'ai... je dois avoir... puisque j'ai payé le bus. » La pensée vint et s'évanouit aussi vite. Le sac avait un compartiment au milieu. Elle l'ouvrit et examina l'argent. D'un côté, il y avait une grosse liasse de billets. De l'autre, la monnaie. Elle s'entendit dire sur un ton égaré :

— J'ai beaucoup d'argent... oui, beaucoup...

— Tant mieux, mon petit, répondit Miss Silver.

Elle leva un regard pathétique.

— Mais je n'ai pas ouvert ceci... j'en suis sûre...

La voix de Miss Silver parvint à ses oreilles.

— Essayez l'autre côté du sac.

Il y avait une petite poche grise sur le côté. Elle se rappela l'avoir ouverte dans le bus. En l'ouvrant maintenant, elle se souvint qu'elle l'avait déjà fait... dans le bus, quand le contrôleur était passé collecter l'argent. Elle lui avait donné une pièce de deux shillings dont il restait un petit tas de pièces blanches et jaunes. Son ticket avait coûté quatre pence, et elle avait rangé la monnaie, une pièce de deux pence, une de six, et un shilling, avant de refermer le porte-monnaie.

— Oui, c'était là, opina-t-elle.

Un soulagement inexpliqué, inexplicable, l'avait envahie. Puis tout s'assombrit, car elle ne savait plus trop ce qu'elle cherchait, ni pourquoi elle le cherchait.

Elle prit une profonde inspiration et, retirant la main du sac, la porta à son visage. Elle ne savait pas. A un moment, tout se bouscula dans son esprit... tous les moments s'étaient fondus en un seul. C'était plutôt déroutant et effrayant. Elle appuya la tête sur sa main, et cela passa. Lorsqu'elle releva les yeux, l'instant de confusion était terminé.

— Qu'étais-je en train de faire ?

Miss Silver répondit de sa voix ferme et bienveillante :

— Il y a une lettre dans votre sac. Si vous y jetiez un coup d'œil ?

— Oui... oui, bien sûr.

Elle inclina le sac et vit la lettre. Elle la prit, regarda d'abord le mauvais côté de l'enveloppe, puis la retourna. Elle était adressée à Mrs. James Fancourt.

Était-ce là son nom ? Elle n'en savait rien.

Un sentiment de terreur aiguë la traversa, si fugacement qu'elle le reconnut à peine. Le sac s'affaissa sur la table, la laissant avec la lettre à la main.

Miss Silver l'observait attentivement, mais elle ne voyait que la lettre.

Mrs. James Fancourt... ce nom lui était totalement étranger, et à cause de ce sentiment d'étrangeté, ses doigts s'interrompirent en pleine action. On n'ouvre pas le courrier des autres. Tout à coup, elle se souvint de la jeune fille morte dans la cave. « Ou c'est à elle, ou c'est à moi. Si c'est à elle, elle n'est plus là. Il faut que quelqu'un lise cette lettre. Si elle est à moi, c'est à moi de la lire. » Les pensées se succédaient vite, très vite, dans sa tête. Sa main leva la lettre.

Celle-ci était ouverte. Elle la sortit de l'enveloppe, la déplia et lut :

« Chantreys,
Haleycott

Chère Anne,

Il m'est très difficile de savoir quoi écrire. Nous avons reçu la lettre de Jim et nous ferons ce qu'il nous demande. Nous vous accueillerons chez nous. Tout ceci est fort inquiétant. La lettre de Jim est très brève et ne nous dit pas grand-chose, sinon qu'il vous a épousée et que vous allez arriver. Mais, bien sûr, nous ferons notre possible. Je ne comprends absolument pas pourquoi il ne vient pas avec vous.

Affectueusement,
Lilian Fancourt. »

Elle leva la tête, rencontra le regard de Miss Silver et la baissa aussitôt. Après avoir relu la lettre, elle la lui tendit, les yeux agrandis et fixes.

— Je ne sais pas ce que cela signifie.

Miss Silver parcourut la lettre et tendit la main vers l'enveloppe. Elle était adressée à Mrs. James Fancourt, rien de plus. Une lettre personnelle transmise de la main à la main. Quelle main ? Cette question était sans réponse.

— Comment vous est-elle parvenue ? demanda Miss Silver.

— Je n'en sais rien...

— Ne vous tracassez pas. Y a-t-il d'autres lettres dans votre sac ?

— Je ne le crois pas...

— Voulez-vous vérifier ?

Elle regarda, mais il n'y avait rien d'autre... rien que ce lien unique avec le passé, avec le futur.

— Pourquoi êtes-vous allée à la gare ?

Les yeux bleu nuit s'embuèrent de larmes.

— Je ne sais pas... j'ai l'impression de ne rien savoir...

Miss Silver comprit qu'elle était à bout. Il ne servait à rien de continuer à lui extorquer des réponses qu'elle n'avait pas. Elle dit très gentiment :

— Ne vous tracassez pas, mon petit. C'est une grande chance que vous ayez cette adresse, et la preuve que la famille de votre mari attend votre arrivée avec impatience. Quant à ce qu'ils sont, vous en saurez davantage quand vous aurez fait leur connaissance. Ils n'habitent pas très loin d'ici.

— Vous connaissez cet endroit ?

— Je n'y suis jamais allée, mais une de mes amies a séjourné récemment dans les environs.

Ces paroles semblèrent rendre le bourg inconnu de Haleycott un peu plus proche. Anne... cela sonnait juste. Anne... sa mère l'appelait ainsi autrefois, il y a très longtemps.

— Croyez-vous que je doive y aller ?

Miss Silver répondit avec beaucoup de douceur :

— Je pense que oui. On vous attend, et si vous ne venez pas, ils vont s'inquiéter. A votre place, je ne me ferais pas trop de soucis. La mémoire est une chose curieuse. Demain, à votre réveil, vous découvrirez peut-être que tout est redevenu clair.

Chapitre III

Elle ne retint pas grand-chose du voyage. Plus tard, en y repensant, elle eut l'impression d'avoir rêvé. Il y avait les oscillations du train et la chaleur du compartiment. Ces deux choses-là, elle s'en souvenait, mais c'était tout. Elle croyait avoir dormi un peu et s'être réveillée affolée à l'idée d'avoir raté sa station. Après cela, elle garda les yeux ouverts, mais rien ne semblait réel hormis la vitesse du train et l'obscurité qui s'épaississait derrière les vitres. Comme si elle était dans un espace clos, et en sécurité aussi longtemps qu'elle y resterait. Seulement, il ne fallait pas s'abandonner à ce sentiment de sécurité au risque de se rendormir.

Les passagers entraient et sortaient. Le train s'arrêtait très souvent. Haleycott était une petite ville. Tout ce qui s'arrêtait là-bas s'arrêtait forcément partout ailleurs. Il y avait une femme âgée qui la scrutait avec beaucoup d'attention, et une jeune, qui riait gaiement avec un garçon de son âge. Ils descendirent, et deux autres personnes montèrent à leur place, une femme et un enfant de six ans environ.

Enfin, ils arrivèrent à Haleycott. Anne se leva. Elle regarda autour d'elle à la recherche de son carton à chapeaux.

Il n'y avait pas de carton à chapeaux.

Elle descendit sur le quai et resta là, en proie à un désarroi qu'elle n'avait encore jamais connu jusque-là. Le train qu'elle avait quitté allait partir. Elle était une étrangère dans un lieu inconnu. Une vague de profonde désolation la submergea, suivie bientôt d'un sentiment beaucoup plus fort. Ce fut comme un lever de soleil. Là, sur ce quai mal éclairé, cerné par l'obscurité, la lumière commença à briller en elle. Elle cessa d'avoir peur. Elle cessa de penser à tout ce qui pouvait lui arriver. Ses épaules se redressèrent. Elle longea le quai de la petite gare comme si elle avait vécu là toute sa vie, comme si elle rentrait chez elle.

Il y avait un taxi ; elle monta à l'arrière. Elle dit non, pas de bagages, et donna l'adresse qui figurait sur la lettre dans son sac. Et ils s'éloignèrent.

Elle ne sut à quoi elle avait pensé durant le trajet. Elle ne sut même pas si elle avait pensé. Avec le recul, elle ne retrouvait que cette sensation de soleil levant. Le jour à venir lui réservait des bonnes choses. C'était étrange, mais elle n'en fut pas étonnée ; cela lui semblait parfaitement naturel.

Les roues qui tournaient finirent par s'arrêter. Elle descendit, régla la course puis tira le cordon d'une sonnette démodée. Il ne faisait pas tout à fait sombre. Elle distinguait les contours d'une porte et la forme de la maison avec les petites lumières jaunes du taxi qui attendait.

La porte d'entrée bougea. Immédiatement, elle

fit un pas en avant. L'ouverture de cette porte, c'était comme le lever du rideau au théâtre, le signal pour commencer le spectacle. Une femme se tenait devant elle. Elle portait une robe marron et un tablier. Elle avait une abondante chevelure grise.

— Oh, Mrs. Jim !

Et, se retournant, elle appela par-dessus son épaule :

— Oh, Miss Lilian, c'est Mrs. Jim !

Elle se tourna prestement vers la porte, tendit les deux mains et déclara d'une voix grave et chaude :

— Oh, ma chère... quelle arrivée ! Mais entrez donc, voyons... entrez donc !

Derrière elle, le taxi démarra et repartit. Elle pénétra dans le vestibule et vit Lilian Fancourt qui descendait l'escalier au fond.

Elle comprit qui c'était. Ce fut l'une de ces pensées qui vous viennent en tête après coup. Sur le moment, elle n'était pas en état de penser. Elle subissait les événements.

Lilian Fancourt descendit les marches, les bras tendus en signe de bienvenue. Tout en elle respirait la fausseté. Elle s'avança, se haussa sur la pointe des pieds et, posant ses petites mains sur les épaules de la jeune fille élancée, l'embrassa. On eût dit une scène tirée d'une pièce de théâtre. C'était totalement irréel.

Chapitre IV

— Évidemment, je ne sais pas ce que vous savez au juste.

Si Miss Fancourt l'avait dit une fois, elle l'avait répété si souvent qu'aucun cerveau n'était plus capable de l'assimiler. Et chaque fois, elle se penchait en avant pour lui presser la main en déclarant :

— Oh, mais il ne faut pas. On ne va pas s'éterniser là-dessus, n'est-ce pas ?

Les deux ou trois premières fois, Anne s'entendit répondre : « Non. » Puis elle se rendit compte que ces questions ne demandaient pas de réponse... c'était simplement sa façon de parler. Aussi ne dit-elle plus rien.

La femme qui lui avait ouvert la porte et qui s'appelait, incroyablement, Thomasina Twisledon, la conduisit à l'étage et le long d'un large couloir dans sa chambre. Elle se dit que la chambre donnerait sur le jardin, et cela lui fit plaisir sans qu'elle sût pourquoi. La salle de bains était à côté et, d'après Thomasina, il y avait toujours de l'eau chaude.

Anne se retrouva à ôter son chapeau et son

manteau et à se regarder dans la glace pour voir si sa coiffure était en ordre. Elle ignorait ce qui l'attendait lorsqu'elle se regarderait dans la glace. Tout était si étrange. Verrait-elle quelque chose d'étrange également... une autre Anne, parfaitement inconnue, la regardant depuis une vie rêvée sans aucun lien avec la réalité ?

Elle regarda dans le miroir et se vit... telle qu'elle était. Le soulagement fut si immense que le visage qu'elle contemplait, avec ses boucles châtain, ses yeux bleu sombre et ses lèvres entrouvertes, se brouilla soudain. Elle s'appuya sur ses mains pour laisser passer le moment de vertige.

Thomasina l'observait de l'autre côté du lit. Intérieurement, elle se disait des choses comme : « Oh, ma pauvre chérie, vous ne savez pas où vous avez mis les pieds ! Et je n'y peux rien... personne n'y peut rien ! »

Le moment passa. Anne se redressa et se retourna. Elle alla dans la salle de bains, fit sa toilette, puis descendit avec Thomasina dans le petit salon à gauche du vestibule.

Lilian Fancourt était assise là-bas en train de tricoter. Elle commença presque avant qu'Anne ne fût dans la pièce.

— Êtes-vous très fatiguée ? Oh, vous l'êtes, j'en suis sûre ! Thomasina va vous apporter à manger, et ensuite vous irez vous coucher. Oh oui, j'insiste ! Allons, Thomasina, qu'avez-vous à nous proposer ? Il ne faut pas qu'elle croie que nous avons l'intention de la faire mourir de faim ici. Qu'en pensez-vous ?

— Je vais voir avec la cuisinière.

Et Thomasina sortit.

Lilian Fancourt posa son tricot sur ses genoux.

— Elle aurait pu manifester un peu plus d'intérêt, se plaignit-elle d'un ton léger. Elle est chez nous depuis trente ans. Cela se voit, n'est-ce pas ?

Elle reprit son tricot.

— Vous aimez ? C'était censé être un chandail pour moi, mais maintenant, je ne sais plus si je le mettrai.

Thomasina se rendit à la cuisine. Non pas dans l'ancienne cuisine de la maison... elle avait été abandonnée soixante ou soixante-dix ans plus tôt. Elle sortit par une porte au fond du vestibule et emprunta un passage en pierre qui y conduisait. Là, il y avait une petite femme d'âge mûr aux cheveux blonds frisés relevés en chignon. Elle portait une robe gris foncé recouverte d'un grand tablier dont seuls dépassaient les manches et l'ourlet. Assise à la table de cuisine, elle avait étalé un paquet de cartes devant elle.

— Alors, elle est arrivée ? demanda-t-elle sans lever les yeux.

Thomasina répondit pesamment :

— Eh oui, elle est arrivée, Mattie. Faut que je lui apporte un plateau.

Mattie poussa un gloussement.

— Qu'est-ce que je t'avais dit, Thomasina ? Tu me croiras p't-être, la prochaine fois. Elle arrivera ici, elle mangera et boira en solitaire... voilà ce que j'avais dit, et pas plus tard qu'hier ! Mais tu ne m'as pas crue, hein ?

— Non, et je n'ai pas l'intention de te croire. Inutile de te fatiguer, Mattie. A la voir, on dirait surtout qu'elle a besoin de passer une semaine au lit, la pauvre enfant !

Mattie Olivier lui décocha un rapide coup d'œil avant de s'esclaffer.

— Tiens, tiens, c'est comme ça, hein ? N'en

as-tu pas assez de placer les gens sur un piédestal et de les voir s'écrouler ? Bon, bon, d'accord, je viens.

A l'autre bout de la maison, Anne sentait le temps s'écouler d'une manière décousue, absurde. Lilian Fancourt parlait sans interruption, principalement pour ne rien dire. Cela n'en finissait pas. Votre cerveau déconnectait à l'inconvénient d'avoir deux domestiques au lieu de sept ou huit, et vous réémergiez au milieu d'une longue complainte à propos des temps qui avaient tant changé depuis la guerre.

— Mais moi, je dis, ce n'est pas la peine de changer parce que les autres changent. Mon père est resté le même jusqu'au jour de sa mort, il y a deux ans. Il avait quatre-vingt-quinze ans, vous savez, et il est allé chasser jusqu'à l'hiver dernier. Jim disait toujours : « Laissez-le tranquille... qu'il fasse ce qu'il a envie de faire. » D'ailleurs, je ne vois pas qui aurait pu l'en empêcher. Pas une pauvre petite chose comme moi, en tout cas !

Elle leva coquettement les yeux.

Jim... l'esprit d'Anne se ferma à ce prénom. Pas maintenant... pas ici... pas avant qu'elle n'eût repris des forces.

Mais Lilian Fancourt continua à parler de lui. Jim a dit ceci, Jim a dit cela.

La porte s'ouvrit, et Thomasina entra avec un plateau. Ce fut une bénédiction car Lilian cessa de parler de Jim. Elle releva soudain la tête et demanda :

— Où est Harriet ?

— Elle n'est pas encore là, répondit Thomasina.

Lilian poussa un petit cri vexé.

— Oh, mon Dieu... Père n'aurait pas aimé cela... mais alors pas du tout !

Sur ce, Harriet fit son apparition.

Elle était si grande qu'elle parut regarder Anne de haut. Elle était si grande qu'elle semblait se regarder de haut elle-même. Elle avait une petite tête au-dessus d'un grand corps dégingandé et elle portait des habits sombres que l'on pouvait prendre pour une tenue de deuil. Son chapeau penchait en arrière. Un sac volumineux mais usé se balançait dans sa main gauche. Elle tendit la droite d'un geste curieusement saccadé et, regardant au-delà d'Anne, débita d'un trait :

— Je m'excuse. De n'avoir pas été là pour vous accueillir. Êtes-vous arrivée depuis longtemps ?

Chapitre V

Lorsqu'elle voulut se remémorer le reste de la soirée, elle n'y parvint pas. Ce ne fut qu'un flot de banalités plates. Il y avait Lilian qui parlait sans interruption, sans rien dire qui retînt l'attention, et Harriet, assise sur le canapé d'angle, les yeux baissés sur ce qui ressemblait à un bulletin paroissial. De temps à autre, elle commentait tout haut ce qu'elle était en train de lire : « Mr. Wimbush dit... » ou bien « Miss Brown écrit... »

Thomasina vint chercher le plateau. Au moment de sortir, elle se retourna pour surveiller la scène.

— Si vous voulez mon avis, je dirais au lit de bonne heure... voilà ce que je dirais.

Ces mots pénétrèrent le brouillard qui enveloppait Anne. Ils semblèrent surgir dans son cerveau, dans son cœur, pour déborder ensuite jusqu'à emplir toute la pièce. Durant la dernière demi-heure, les paroles de Lilian Fancourt étaient allées et venues dans le brouillard, venues et reparties. Levant les yeux, elle regarda Thomasina qui se tenait devant la porte. La brume qui flottait dans la pièce l'empêchait de la voir distinctement. Elle ignorait qu'à travers le brouillard ses yeux lançaient un appel désespéré.

Thomasina sortit, et Anne connut un moment d'absolue détresse. Puis, au même instant, semblait-il, elle fut de retour. La porte ne s'était pas refermée. Elle ne pouvait pas être fermée puisqu'elle ne se rouvrit pas. Une seconde, Thomasina était là, et la seconde suivante, elle revint. Elle entra et traversa la pièce.

— Au lit, Mrs. Jim ! Si quelqu'un ici est bon pour aller se coucher, c'est bien vous, ma pauvre chérie. Allons, venez !

Soutenue par un bras secourable, Anne se leva. Elle dit bonne nuit à Lilian, bonne nuit à Harriet et quitta la pièce. Elle ne savait plus ce qu'elles lui avaient répondu.

Lilian avait beaucoup à dire. Les mots jaillirent avec légèreté et s'évanouirent. Harriet s'arracha momentanément au bulletin paroissial pour observer d'un ton surpris :

— Oh, vous partez ? Bonne nuit.

Sur ce, Thomasina l'entraîna dehors et ferma la porte.

Dans l'état où elle se trouvait, les réticences habituelles étaient abolies. Elle ignorait qu'elle allait parler quand elle s'entendit dire :

— Je ne me situe nulle part... Je ne me situe pas, c'est tout.

Il y eut une sorte de blanc. Elles étaient en train de gravir l'escalier. C'était très dur. Elle faisait de son mieux, mais c'était très dur. Elle sentait le bras de Thomasina autour de sa taille, et la rampe sous sa main. Elle mit longtemps à monter les marches... très, très longtemps. Par moments, elle ne savait plus ce qu'elle faisait... la voix encourageante de Thomasina lui parvenait alors comme un murmure, si faible qu'elle ne l'entendait presque plus. A d'autres moments, elle ne savait vraiment plus rien du tout. Ces moments-là passèrent néanmoins. Vint ensuite l'instant où sa tête toucha l'oreiller, l'instant où la lumière s'éteignit, la laissant libre de s'abandonner au monde du sommeil.

Le temps passa... beaucoup de temps. Une fois, elle s'éveilla et bougea dans le lit, pour éprouver un délicieux soulagement et sombrer à nouveau dans un profond sommeil.

Lorsqu'elle finit par émerger, il faisait déjà jour. Elle resta couchée un moment, dans cette chambre inconnue qu'elle voyait sans s'en rendre compte réellement. Dehors, il y avait du soleil et des pépiements d'oiseaux... Le soleil brillait, et les oiseaux chantaient. Elle prit une grande inspiration, et les souvenirs revinrent.

La journée de la veille. C'était comme défaire une valise surchargée et mal faite. Parfaitement immobile, elle s'efforça d'y remettre de l'ordre. Une partie de la journée commença à prendre forme. Chaque fois qu'elle la repassait mentalement en revue, les contours se précisaient, les détails ressortaient avec plus d'acuité. Entre le moment où elle s'était trouvée dans le noir, quatre marches au-dessus du cadavre de la jeune fille assassinée, et l'ultime éclair de conscience avant qu'elle ne glissât dans les ténèbres du sommeil, tout était là. Mais au-delà de ce passage obscur, il n'y avait rien. Strictement rien. Elle ne savait ni qui elle était, ni pourquoi elle était là. A la place de la mémoire, il y avait un nuage. Juste un nuage noir.

Repoussant les couvertures, elle sauta du lit et alla vers la fenêtre. Le petit matin baignait le paysage de sa clarté pâle et lumineuse. Elle contempla la pelouse verte bordée de cèdres majestueux. L'air frais picotait son visage, son cou, ses bras nus. Elle baissa les yeux et vit qu'elle portait une chemise de nuit rose pâle. Les manches et le col étaient ornés de dentelle. Un ruban bleu glissé à travers une fente à la taille servait de ceinture. Une liseuse en laine bleu pâle était accrochée à un montant du lit, garnie d'un ruban rose en guise d'attache. Elle l'enfila. La liseuse était chaude et confortable.

Elle se remit au lit. Ces affaires-là devaient être à Lilian. Pas à Harriet. Non, sûrement pas à Harriet. Elle commençait à se demander à quoi ressemblaient les affaires d'Harriet lorsqu'elle pensa dans un sursaut : « Quelle importance ? Rien n'a d'importance en dehors du fait de savoir qui je suis et pourquoi je suis ici. » Un sentiment d'horreur l'envahit... le très, très vieux sentiment d'être perdue dans un monde étrange sans savoir où poser le pied. Tel terrain qui paraissait sûr pouvait s'effondrer sous ses pas ; tel autre, sec et rocailleux, pouvait s'ouvrir brusquement, laissant le passage à un raz de marée. Un bref instant, la terreur de l'inconnu lui fit perdre la tête. Puis le tourbillon brumeux se dissipa, lui rendant le courage et la force d'affronter cette nouvelle journée.

Chapitre VI

Elle ne se rendormit pas. Elle n'avait pas de montre, mais d'après la lumière, elle estima qu'il devait être six heures passées. Elle prit son sac et compta l'argent qu'il contenait. Dans le compartiment intérieur, il y avait dix billets d'une livre. Dans le petit porte-monnaie extérieur, quelques pièces d'un penny, une pièce de six pence et un shilling, la monnaie qu'on lui avait rendue après qu'elle eut acheté son ticket de bus. Elle avait également dû payer son voyage jusqu'ici. Oui... elle se le rappelait. Par ailleurs, il y avait dans le sac un crayon avec un capuchon métallique, vert vif et pas vraiment neuf, un petit calendrier avec un bouquet de fleurs dans les tons rose et rouge, et un mouchoir jaune pâle sans aucune marque.

Le mouchoir lui donna l'idée de fouiller les poches de sa jupe et de son manteau. Thomasina les avait accrochés dans l'armoire. A les y voir, solitaires, elle eut l'impression d'être elle-même négligée, abandonnée... et Dieu sait quoi encore. Elle chassa cette pensée et décrocha la jupe et le manteau. La jupe était gris foncé moucheté de bleu, et le chemisier était bleu aussi. Elle inspecta les poches du manteau, mais ne trouva qu'un mouchoir... un mouchoir bleu assorti au chemisier. Son chapeau était sur une étagère de l'armoire. Un chapeau plutôt joli, petit et étroit, avec des plumes noires et bleues. L'espace d'un instant, elle fut tout près de se rappeler où et quand elle l'avait acheté, puis tout disparut... il était inutile d'y penser, inutile de chercher à se souvenir. Ses chaussures : simples, noires, soignées. Ses bas, nylon, à mailles fines. Elle s'arrêta, les bas à la main. Curieux. Une fraction de seconde, elle se revit en train d'acheter des bas, et la vendeuse disait : « Ceux-ci sont très jolis. » Elle s'entendit répondre : « Oh non, je veux quelque chose de plus fin. » Puis tout s'évanouit.

Légèrement secouée, elle se remit au lit. Thomasina entra avec un plateau. D'humeur silencieuse, elle posa le plateau et ressortit sans un mot. Anne se leva et s'habilla.

Tandis qu'elle descendait l'escalier, Harriet surgit derrière elle. Elle s'arrêta gauchement, puis reprit sa marche lentement, avec une étrange réticence.

— Bonjour, dit Anne.

Elle reçut un drôle de regard en retour. Plus tard, elle essaya de se le décrire, mais en vain. C'était un mélange de rancœur et de curiosité. La réponse, lui sembla-t-il, se fit attendre très longtemps, et lorsqu'elle vint, ce fut un murmure qui aurait pu signifier n'importe quoi. Harriet passa devant elle au pas de course et disparut.

Une fois dans le vestibule, Anne hésita, ne sachant pas très bien où aller. Mais, déjà, Lilian descendait derrière elle dans un flot de paroles.

— J'espère que vous avez bien dormi. Quelquefois, on dort bien après un voyage, et quelquefois non. Ma vieille nourrice disait toujours que ce dont on rêve la première nuit dans une maison détermine le reste des événements, mais naturellement, ce ne sont que des billevesées.

Elles traversèrent le vestibule et entrèrent dans la salle à manger. Il y avait du porridge, un pot de lait et du thé dans une théière ventrue à l'ancienne avec une énorme fraise sur le couvercle.

— Je ne sais pas ce que vous prenez au petit déjeuner. Nous, on prend seulement du porridge, mais les domestiques, je crois, mangent des œufs au bacon. Si vous voulez sonner, Thomasina vous apportera ce qu'il faut. Après, nous devrions songer à récupérer vos bagages, ne pensez-vous pas ? Où les avez-vous laissés ?

— Je n'en sais rien...

Lilian leva les yeux de sa louchée de porridge.

— Tenez... ça, c'est pour vous. Et le lait... nous avons du très bon lait ici. Le sucre... vous prenez du sucre ?

— Non, merci.

— Du sel, alors. Juste à côté de vous. De quoi parlions-nous déjà ? Ah oui, vos bagages. Où les avez-vous laissés ?

— Je ne... sais pas trop...

Harriet entra dans la pièce, s'assit en face d'Anne, examina les lettres, en choisit deux, ouvrit la première et s'absorba immédiatement dans la lecture.

Lilian continuait à jacasser.

— Moi, je trouve que c'est un tort de lire le courrier au petit déjeuner. Mon père ne nous y encourageait guère. Évidemment, il appartenait à la génération qui se faisait apporter son courrier, et personne ne pouvait espérer lire ses lettres tant qu'il n'avait pas fini de les regarder. A propos, que disais-je quand Harriet est arrivée ? Ah oui, c'était au sujet de vos affaires... vos bagages. Qu'en avez-vous fait déjà ?

— Je ne sais pas.

— Eh bien, il faut qu'on se renseigne là-dessus. Où les avez-vous laissés ?

Anne fut prise d'un curieux vertige. Elle répondit :

— Je ne sais pas...

Lilian haussa le ton.

— Ma chère, vous devez savoir quand vous avez vu vos propres bagages pour la dernière fois !

Harriet leva les yeux de sa lettre.

— Lucinda dit que tout est incroyablement cher.

Cette fois-ci, Lilian ne lui prêta pas attention. Elle répéta ce qu'elle venait de dire :

— Vous devez savoir quand vous avez vu vos bagages pour la dernière fois !

— Je... malheureusement, non.

— Les avez-vous descendus du bateau ?

Anne n'avait aucun souvenir d'avoir descendu ses bagages du bateau. Elle n'avait aucun souvenir du bateau, de la traversée, de ses compagnons de voyage.

— J'ai l'impression de ne rien savoir du tout, répondit-elle humblement.

Lilian la regarda d'un air bizarre.

— Comme c'est étrange. Il ne me viendrait pas à l'idée de dire des choses pareilles. Je ne sais pas ce que vous entendez par là.

— Moi non plus. Je... j'ai perdu la mémoire.

Harriet leva la tête de sa lettre. Un visage

sombre et pâle, avec une expression interdite et des yeux étrangement clairs.

— Que voulez-vous dire ? s'enquit-elle.

— Je ne me souviens de rien avant hier. Je ne sais pas pourquoi je suis venue ici. Je ne sais pas qui je suis.

A présent, elles étaient deux à la regarder. Cela avait quelque chose de singulier. Lilian dit lentement :

— Vous ne savez pas qui vous êtes ?

— Non.

— Alors comment êtes-vous entrée en possession du sac et de ma lettre ?

Le ton de Lilian, la façon qu'elle avait de la regarder l'arrêtèrent. Elle ouvrit la bouche pour répondre, mais quelque chose l'empêcha de parler. La peur, le doute, la prudence... elle ne savait ce qui l'avait retenue. Ou était-ce autre chose de plus profond ? Une chose qu'elle ignorait pour le moment... qu'elle avait sue et qu'elle saurait à nouveau un jour ? Pour le moment, elle ne la savait pas. Elle la chassa de sa tête et répliqua avec une fermeté qui la surprit elle-même :

— Je les avais à la main en marchant dans la rue.

— Et vous ne savez pas que vous êtes Anne Fancourt ?

Elle secoua la tête. Après un silence, elle dit :

— Je suis Anne. Fancourt ou non, je n'en sais rien.

Ses paroles eurent l'effet d'une bombe. Ce que Lilian savait, ce que Harriet savait leur revint à l'esprit. Ce fut Harriet qui demanda :

— Vous ne vous souvenez pas de Jim ?

Elle fit non de la tête. Une tête où les pensées formaient un tourbillon.

— Voyons, c'est votre mari ! poursuivit Harriet.

Elle se sentait dans un lieu inconnu où soufflait un vent glacé. Il tournait autour... tournait, tournait, tournait. Puis elle fut de retour dans la pièce où Lilian et Harriet la regardaient.

— Je devrais le savoir, répondit-elle.

— Bien sûr que vous devriez le savoir, rétorqua Lilian, acerbe. Vous feriez mieux de vous calmer et de tâcher de vous souvenir !

Chapitre VII

Jim Fancourt regarda par la fenêtre. Son regard embrassa les peupliers gris et la plate monotonie des champs sans qu'il les vît réellement. Il était trop occupé par ses pensées, lesquelles étaient trop occupées par le problème qu'il leur avait posé. Il espérait qu'Anne allait bien. Il n'y avait aucun moyen de s'en assurer sans risque, or il n'avait pas l'intention de prendre plus de risques qu'il n'en fallait dans cette affaire. Et il y en avait déjà trop. Il se demanda combien de temps ils devraient attendre le divorce et, pour la centième fois, se reprocha amèrement d'avoir cédé à Borrowdale. Il revit alors le visage désespéré de Borrowdale, entendit sa voix éteinte, presque inaudible : « Sortez-la... sortez-la d'ici. Pour l'amour du Ciel... faites-le... faites-le. »

Et il l'avait fait. Borrowdale était mort ; Anne était en vie et elle était sa femme... du moins le supposait-il. Il avait commis une bêtise, et maintenant il allait devoir payer. Borrowdale était mort, et il s'était rendu responsable d'Anne. Il se souvenait à peine de son visage. La peur panique qui s'y lisait s'était gravée plus nettement dans sa mémoire que ses traits. Elle n'avait pas fait d'histoires, mais elle avait été bel et bien terrorisée. Puis il y eut la mort de Borrowdale et l'arrivée de l'avion américain. Il avait mis Anne dans l'avion, et l'appareil avait redécollé. On lui avait promis de la déposer à Londres, où elle serait en sécurité.

Lilian et Harriet n'étaient pas d'une compagnie particulièrement réjouissante, mais elle pouvait très bien rester à Chantreys jusqu'à son retour. Il lui avait donné une lettre à poster et lui avait indiqué une adresse : elle avait sûrement reçu un bon accueil chez Mrs. Birdstock. D'une manière ou d'une autre, il ne pouvait y avoir de problèmes. Pourquoi se tracasser alors ? Quelle bêtise de s'être préoccupé d'elle en premier lieu. La reléguant dans un coin de sa mémoire, il se mit à penser à Leamington. Il irait le voir dès son arrivée en ville pour décider de la marche à suivre. C'était vital. Et cela concernait Anne aussi. Ils pouvaient très bien la laisser tomber, quitte à ce qu'il allât la chercher à Chantreys, ou alors lui faire jouer le rôle... Non, cette perspective ne lui souriait guère. Il voulait bien être pendu s'il y consentait. Et cela ne cadrait pas avec le divorce. Toute l'affaire apparaissait parfaitement plausible sans elle. L'écarter, la garder en dehors... voilà la solution. Et, pour en revenir à Leamington...

Moins de cinq minutes plus tard, il repensait à Anne sans parvenir à se rappeler comment elle était. L'image se forma dans son esprit. Une petite chose, des yeux marron éperdus de terreur, des cheveux châtains, une voix tremblante de peur... pendant que Borrowdale rendait son dernier soupir. « Sortez-la d'ici... oh, Seigneur... sortez-la d'ici... »

Foutaises ! Qu'est-ce qui lui prenait ? Il l'avait sortie de là, non ? Si Borrowdale avait vécu un jour de plus, il aurait peut-être su le fin mot de l'histoire. Du reste, il n'était pas difficile d'en combler les lacunes. C'était la fille de Borrowdale... elle lui ressemblait trop pour que quiconque en doutât. Et si, comme Jim le soupçonnait fortement, sa mère était russe et qu'il n'y avait jamais eu de mariage, du moins un mariage valable aux yeux des Russes... Ma foi, le reste coulait de source. La fille d'une Russe était russe, même si elle avait un père anglais. C'était la loi, même s'il y avait eu mariage, or il était prêt à parier dix contre un que ce n'était pas le cas.

Avec le recul, il ne voyait vraiment pas pourquoi il s'était mis dans ce pétrin. Tout s'était passé dans la précipitation. Borrowdale en train de rendre l'âme après la chute du rocher, la jeune fille tremblante de peur... Une vague de répulsion le submergea. Qu'avait-il donc à voir là-dedans ? Le mariage ? Sottises ! Cela ne tenait pas debout... pas en Angleterre. En rentrant, il irait consulter un avocat. Elle n'aurait pu prendre l'avion si elle n'avait pas juré qu'elle était sa femme.

Ses pensées revinrent à Leamington. Qu'allait-il dire à Leamington ?

Chapitre VIII

Pour Anne, la vie continuait. Voilà une semaine qu'elle était à Chantreys. Elle n'avait pas retrouvé la mémoire. Ses souvenirs remontaient à la cave de l'autre maison. A la jeune fille assassinée. Car elle avait été assassinée, cela ne faisait pas l'ombre d'un doute. Ce fut le deuxième jour que l'affreuse pensée germa dans son esprit : « Qui l'a tuée ? Et si c'était moi ? » Elle ne savait que répondre à cela.

Elle sortit et arpenta le jardin, le long des parterres de fleurs mal entretenus, sans voir les asters d'automne qui approchaient de leur fin, ni les dahlias aux feuilles rabougries et noircies par le gel, mais dont les couronnes opulentes déployaient encore leurs couleurs décoratives, roses et jaunes, blanches et incarnat. Elle marchait de long en large, les mains jointes comme si elle tenait quelque chose qu'elle avait peur de perdre, si jamais elle le laissait échapper, pendant que ses pensées s'efforçaient de percer le rideau de brouillard qui obscurcissait le chemin. Elle s'y employait par tous les moyens. Elle était Anne. Elle ne connaissait pas son nom de famille. Elle ne savait pas ce qu'elle était allée faire en ville, ni qui était la jeune morte. Elle ne savait rien de sa vie jusqu'à maintenant. Elle ne savait pas qui elle était. Elle en arrivait toujours au même point.

Elle essaya à nouveau. Elle était Anne. C'était sa seule certitude. Elle n'était pas sûre d'être Anne Fancourt. Mais elle était Anne ; cela, elle le savait. Elle ignorait qui était la jeune fille assassinée. Elle ignorait à qui était le sac... à elle ou à la jeune morte ? Elle n'en savait rien. S'il était à elle, alors elle était Anne Fancourt... Mrs. James Fancourt. Comment pouvait-on être mariée sans en avoir gardé le moindre souvenir, la plus petite lueur ? C'était impensable. Il était impossible d'oublier qu'on était mariée. Froidement, délibérément, son propre cerveau lui fournit la réponse. C'était déjà arrivé, et plus d'une fois. Elle ignorait d'où elle tenait cette information, mais c'était un fait. Un choc... elle avait dû recevoir un choc. Voilà qui pouvait causer la perte de la mémoire... un choc, ou bien un coup sur la tête. Elle ne pensait pas avoir reçu un coup. Mais un choc... n'importe qui pouvait subir un choc. Les journaux parlaient de gens, victimes d'un choc quelconque, qui en avaient oublié qui ils étaient.

Elle s'immobilisa, les mains crispées. Avait-elle laissé son père et sa mère, une famille, des frères, des sœurs, pour devenir... elle ne savait qui ni quoi ? Non, il ne fallait pas penser de la sorte. Oubliait-on sa famille aussi facilement ? Elle ne le croyait pas... elle se refusait à le croire. Tout au fond d'elle, presque inconnue, subsistait une conviction inébranlable. Si elle avait eu un père, une mère, des frères, des sœurs, elle ne les aurait pas oubliés. Elle ne devait pas en avoir. Elle eut l'impression de frôler quelque chose d'incertain, d'impalpable. Fugace, cette impression s'évanouit en un éclair, et sans savoir pourquoi, elle se sentit fortifiée.

Elle se remit à marcher, et ses pensées reprirent leur cours. Elles ricochaient contre le brouillard et revenaient vers elle. Qui était-elle ? Elle était Anne. Anne comment ? Elle n'en savait rien. Plus elle y pensait, et moins elle en savait. Alors elle cessa de penser.

Mais si l'on arrête de penser, c'est qu'on est réellement mort. Elle fit demi-tour. Elle n'était pas morte, elle était en vie. Cela méritait réflexion. Elle reprit tout depuis le début. Elle était Anne... c'était la seule chose dont elle était sûre. A en juger par le contenu de son sac, elle était Anne Fancourt, mariée à Jim Fancourt. Elle ne se souvenait pas le moins du monde d'avoir été mariée. Mais elle ne se souvenait pas de son passé en général. Sa vie avait commencé, sa vie consciente, au moment où, dans l'escalier de la cave, elle avait regardé le cadavre de la jeune fille. Elle ne savait absolument pas alors qui était cette fille. Elle savait seulement qu'elle devait partir. Puis une autre pensée avait succédé à la première : « Tu ne peux pas partir comme ça. Oh non ! » Elle avait pris la lampe de poche dans le sac et était descendue pour voir. Il y avait cette blessure à la tête. Ce souvenir la glaça et lui donna la nausée. Personne n'aurait pu survivre avec une blessure pareille... Néanmoins, elle s'était penchée sur la main nue qui se révéla froide. Un violent frisson la secoua au souvenir de la froideur moite de cette main morte.

A partir de là, tout lui revenait... comment elle

avait éteint la lumière et écouté, comment tout avait été silencieux, comment elle avait gravi les marches menant dans le vestibule sombre et comment elle avait marché dans la rue jusqu'à l'arrêt d'autobus. Miss Silver n'était pas encore dans le bus. Elle voyait le bus assez clairement. Il s'était arrêté, elle était montée, et il était reparti. Elle avait fermé les yeux et, quand elle les avait rouverts, Miss Silver était assise en face d'elle dans son manteau noir propre, mais fatigué, et son chapeau nettement plus neuf avec une guirlande de roses rouges d'un côté et une curieuse rangée de rosettes en mousseline noire de l'autre. Les fleurs et les rosettes rapetissaient au fur et à mesure qu'elles se rejoignaient sur le devant.

Elle se ressaisit brusquement. A quoi bon songer au chapeau de Miss Silver ? Elle ne la reverrait probablement plus jamais. Tant qu'à cogiter, pensons, bonté gracieuse, à quelqu'un ou à quelque chose d'utile.

Il faudrait penser à Jim Fancourt. A l'homme qui pouvait être son mari. A condition qu'elle fût Anne Fancourt. Tout se jouait entre elle et la jeune morte au pied de l'escalier. Le sac avec la lettre adressée à Anne Fancourt était au même niveau qu'elle, et elle s'était tenue quelques marches plus haut. Elle avait dû ouvrir le sac pour en sortir la lampe de poche qui lui avait permis de voir le cadavre. Comment avait-elle su qu'il y avait une lampe si le sac n'était pas à elle ? La lettre de Lilian était dans le sac. Si le sac était à elle, elle était Anne Fancourt, la femme de Jim Fancourt et la nièce de Lilian et d'Harriet. S'il n'était pas à elle mais à la morte, alors c'était cette dernière qui était Anne Fancourt.

De haut en bas, d'avant en arrière, sans fin, sans répit. La lumière changea, s'épaissit, vira au gris. Un léger frisson la parcourut. Il ne servait à rien de continuer à penser.

Elle tourna les talons et se dirigea vers la maison.

Chapitre IX

Deux jours plus tard, elle parla à Lilian.

— Vous avez dit que vous aviez une lettre de Jim, me concernant. Pourrais-je la voir ?

Lilian ouvrit de grands yeux offusqués.

— Ma foi, je n'en sais trop rien. Oui, sans doute... si vous y tenez. Je crois que je l'ai gardée.

On eût dit qu'une allumette qu'on venait de frotter flambait dans les ténèbres de l'esprit d'Anne. Elle n'eut pas le temps de voir grand-chose dans cette lueur, mais il y avait quelque chose, elle en était certaine. La vision s'évanouit sur-le-champ, mais elle ne l'avait pas rêvée.

— Cela pourrait m'aider à me souvenir, si vous n'y voyez pas d'objection, dit-elle.

Lilian s'était approchée de son bureau. Elle ouvrit un tiroir et commença à fouiller dans les papiers qu'il contenait.

— Miss Porson... ah, mon Dieu, il faut que je pense à lui écrire. Et Mary Jacks... On a tort de ranger les lettres, c'est fou ce qu'on a tendance à les oublier. Voyons, où ai-je bien pu... Ah, voici la recette de cet excellent chutney aux pommes que nous avons goûté chez Miss Maule. Tant mieux.

Je vais la sortir et la donner à Mattie. Elle a meilleure mémoire que moi. Qu'est-ce que je cherche, déjà... Ah oui, la lettre de Jim annonçant votre arrivée. Je ne l'ai tout de même pas jetée, hein ? Tout compte fait, je me demande si elle est dans ce tiroir. Qu'en dites-vous ? Dois-je finir ce tiroir, puis passer à celui du dessous, où j'ai beaucoup plus de chances de la trouver ; d'ailleurs, je ne comprends pas pourquoi je n'ai pas commencé par là. Qu'en pensez-vous ?

— Je ne sais pas, répondit Anne. Je crois que je regarderais dans un tiroir après l'autre.

Lilian se redressa et se tourna vers elle.

— Ah, mais c'est ainsi que raisonnent les gens ordinaires. Quand on est guidé par l'intuition, tout devient plus facile, et mon intuition me dit... que me dit-elle, au fait ?

— Je ne sais pas. Et je le regrette.

Lilian prit la pile de papiers sur ses genoux et la fourra dans le tiroir.

— Mon intuition me dit que le prochain tiroir sera le bon.

Elle entreprit d'en sortir les papiers qu'elle entassait au fur et à mesure.

— Trois catalogues de graines de jardin. Voyons, que font-ils là-dedans ? Vraiment, je ne vois pas. Vous savez, nous avons toujours commandé nos graines de jardin chez Hodgson. Je pense que je vais les déchirer. Ou alors non... Tiens, la facture de Ramsbottom ! Ma chère, vous me rendez un sacré service ! Je la cherchais, et elle n'a strictement rien à faire dans ce tiroir. Je ne comprends pas comment j'ai pu la ranger là. Voyons, que cherchons-nous ? La dernière lettre de Jim... oui, oui, il ne faut pas que je me laisse distraire. La lettre de Jim... ça y est, la voilà ! Vous vouliez la voir, n'est-ce pas ?

Elle tendit une feuille de papier, puis la retira.

— Je ne sais pas si je devrais vous la montrer. On n'est jamais trop prudent. Mon amie, Mrs. Kesteven, connaissait quelqu'un qui a montré une lettre à sa belle-fille, or cette lettre n'était absolument pas de son mari. Non, je crois que je me trompe, mais peu importe, car le principe reste le même : ne jamais montrer les lettres. Quoique celle-ci n'ait rien de particulier, alors autant que vous la lisiez.

A nouveau, elle tendit la lettre, et Anne la prit.

Ce fut une sensation totalement étrangère. Ce n'était pas normal. Tout en elle lui était étranger. Belle écriture. Claire. Ferme. Mais elle ne l'avait jamais vue auparavant. Pendant qu'elle l'examinait, elle en eut la certitude. C'était peut-être vrai, et, en même temps, l'homme qui l'avait écrite pouvait être son mari, car cachée derrière un mur de brouillard dans son cerveau, il y avait toute l'histoire de son mariage.

L'espace d'un instant, tout parut l'oppresser. Prise de vertige, elle chercha une chaise du regard. L'ayant trouvée, elle s'y laissa tomber et se passa une main sur les yeux en appuyant fortement. Au bout d'un moment, sa vision s'éclaircit. Elle se rendit compte que Lilian la regardait. Elle n'aurait su décrire son expression, mais il lui vint à l'esprit plus tard que c'était de la curiosité, de la suspicion et Dieu sait quoi encore. Elle se concentra sur la lettre et lut :

« Chère Lilian,

Je pense arriver presque en même temps que la présente, qui vous parviendra par l'intermédiaire de ma femme. Je me suis marié assez soudainement, et j'ai profité de l'occasion pour l'expédier par un avion américain qui s'était posé ici. Mieux vaut ne pas en parler, car la situation est plutôt compliquée. Ils se sont posés pour des réparations temporaires et ont eu la gentillesse d'emmener Anne avec eux. D'après mes calculs, je serai de retour avant la fin du mois. Toutes les explications quand nous nous reverrons.

Bien à vous,
J.F. »

Elle la lut deux fois. Tout cela n'avait aucun sens pour elle. Levant les yeux, elle vit que Lilian l'observait — elle n'avait cessé de l'observer pendant qu'elle lisait la lettre —, et une peur panique la saisit. Une peur subite qui la surprit, balayant les pensées, la raison, tout le reste. Comme si elle avait été attaquée dans un cauchemar par une bête inconnue. Elle ignorait ce qui la terrifiait, ou pourquoi elle était terrifiée.

La voix haut perchée de Lilian lui parvint comme de très loin. Elle la distinguait à peine.

— Juste Ciel, Anne, qu'avez-vous ?

Elle s'entendit répondre d'une voix tout aussi lointaine :

— Je ne sais pas.

— Anne... ça va ?

L'impression cauchemardesque l'abandonna. Elle réussit à articuler :

— Oui... merci...

Elle voyait à présent le visage de Lilian... empreint de curiosité.

— Je ne sais pas pourquoi... comme si... Sa voix mourut.

— Eh bien, puisque vous allez mieux... vous êtes sûre que ça va ? Vous êtes toute pâle.

— Oui, oui, ça va. C'était juste...

Lilian la regarda. Son expression avait quelque chose de curieux.

— Vous n'avez tout de même pas oublié Jim, hein ?

— Je ne sais pas depuis combien de temps je le connais.

Une note d'incertitude se glissa dans sa voix.

Lilian laissa échapper son petit rire aigu.

— Vous en aurez du ménage à faire à son arrivée !

Chapitre X

Jim Fancourt arriva deux jours plus tard. Anne était dans le jardin. Elle entendit le bruit d'une voiture qui passait de l'autre côté de la haie. Elle ne ressentit rien. Rien du tout. En y repensant plus tard, elle trouva cela bizarre, mais, sur le moment, cela lui parut tout à fait naturel. Elle n'y songea même pas et continua à nettoyer la bordure. Il y avait un jardinier, mais il était vieux, et à son époque ils avaient été trois à entretenir le jardin. Où qu'elle eût séjourné pendant toutes ces années obscures, elle savait très bien nettoyer les bordures. Elle n'avait pas besoin de réfléchir. Si elle avait oublié, ses mains s'en souvenaient. En entendant des pas dans l'allée derrière elle, elle crut que c'était le vieux jardinier et dit :

— Ces chrysanthèmes ont eu une belle floraison, ne trouvez-vous pas ? Ils doivent aimer le sol d'ici.

La voix qui n'était pas celle du jardinier lui répondit :

— Oui, certainement.

Elle jeta un regard par-dessus son épaule et vit Jim Fancourt. Tout d'abord, elle ne sut pas qui c'était, puis elle comprit. Dans l'intervalle, elle eut l'impression de se noyer. Elle avait déjà failli se noyer quand elle avait dix ans. L'incident lui revint clairement en mémoire. Ils étaient dans une barque, et la barque avait chaviré. Elle était dans l'eau... une eau très, très profonde. Quand soudain, à travers la peur et la noyade, il y eut une voix, des mains, et elle dit...

Elle se leva lentement et lui fit face. Il était grand : ce fut sa première impression. Puis elle vit qu'il fronçait les sourcils.

— Qui êtes-vous ? demanda-t-il sur un ton cassant, laconique.

Elle lui donna la seule réponse qu'elle connaissait :

— Si vous ne le savez pas, je ne le sais pas non plus.

Le froncement des sourcils s'accentua.

— Qu'entendez-vous par là ?

Elle esquissa un geste d'impuissance.

— Je ne sais... rien.

— Que voulez-vous dire ?

— Exactement ce que j'ai dit.

Il y eut une pause.

— Vous n'allez pas vous évanouir ? s'enquit-il.

Elle secoua la tête.

— Je ne le pense pas. Je... j'aimerais m'asseoir.

Il eut un rire bref.

— Il y a la resserre... croyez-vous pouvoir y arriver ?

Elle acquiesça et fit un pas en avant. L'instant d'après, elle sentit un bras autour d'elle, un bras qui la soutenait : la sensation n'était pas désagréable. Elle ferma les yeux, consciente d'être guidée et de reprendre ses esprits. La voix dit :

— Nous y sommes. Quel souillon, ce vieux Clarke. Pouvez-vous rester debout une minute pendant que j'entasse ces sacs d'un côté du banc ? Là... asseyez-vous. Ça va mieux ?

Elle ouvrit les yeux.

— Oui... merci...

Ses yeux étaient comme deux fenêtres ouvertes. Deux fenêtres ouvertes, pensa-t-il, et derrière, quelqu'un qui ne se savait pas observé. Pivotant sur lui-même, il se dirigea vers la porte de la resserre, s'arrêta et revint sur ses pas.

— Savez-vous qui je suis ? demanda-t-il.

— Je pense que oui...

— Eh bien ?

— Vous êtes Jim Fancourt, n'est-ce pas ?

— En effet.

Un sentiment inconnu s'empara d'elle. Elle se leva et demeura sans bouger, légèrement penchée en avant, les mains jointes, les yeux rivés sur le visage de Jim. Ils restaient là à se regarder. Il n'avait aucun souvenir de l'avoir déjà vue. Ils étaient étrangers l'un à l'autre. Elle ne le connaissait pas, lui ne la connaissait pas non plus. Mais derrière tout cela, il y avait une attraction, forte et profonde. Il ne savait pas ce que c'était, mais c'était là. Il questionna d'une voix rude :

— Qui êtes-vous ?

Ses yeux agrandis semblaient fouiller son visage. Elle répondit dans un murmure atone :

— Je suis Anne.

— Anne qui ? Anne comment ?

— Je... ne... sais... pas...

Elle crut qu'il allait la laisser car il se retourna et sortit de la resserre.

Elle s'assit sur le banc et ferma les yeux. Le

temps s'arrêta. Soudain, elle sentit qu'on lui prenait la main. Il était tout près d'elle, assis sur le banc, sa main chaude autour de la sienne. Sa voix, forte et ferme, semblait venir de très loin. Elle n'était ni aimable ni hostile, c'était juste une voix. Trop lointaine peut-être pour exprimer la colère. Elle n'en savait rien. La voix dit :

— Vous êtes Anne ?

— Je suis Anne.

C'était la seule chose dont elle était sûre.

— Vous n'êtes pas la même Anne que je cherchais.

Un vent de solitude soufflait autour d'elle, la coupant du reste du monde. Elle n'était à personne.

— Ah oui ?

— Ne le saviez-vous pas ?

Elle le regardait à nouveau.

— Non, je ne le savais pas.

— Que voulez-vous dire par là ?

— Je ne... sais pas...

La main qui tenait la sienne accentua sa pression, chaude et ferme.

— Écoutez, qu'est-ce que cela signifie ? Vous êtes venue ici. Vous aviez le sac d'Anne. Que se passe-t-il ? Expliquez-moi !

— Oui...

Si elle lui disait tout, la croirait-il ? Il y avait tellement peu à dire... tellement, tellement peu. Qui croirait qu'elle disait tout ce qu'elle savait ? Elle continua à le regarder, mais sans le voir vraiment. Pas comme il la voyait.

— Tout est noir, fit-elle, jusqu'à un certain point. Je vous dirai ce que je peux. Je ne vois pas pourquoi vous devriez me croire, mais je vais vous raconter...

Elle s'interrompit, si longuement qu'on eût dit un robinet qu'on venait de fermer et dont l'eau ne coulait plus. Puis, juste au moment où il allait parler, elle reprit :

— Il faisait très sombre. Très, très sombre. J'ai cru que j'allais m'évanouir. J'étais sur une marche. Je me suis assise, la tête entre les genoux. La sensation d'étourdissement est passée. J'étais dans un escalier. Cela, je le savais. Je savais que j'étais descendue et que j'avais lâché mon sac. Je savais qu'il y avait un cadavre au pied de l'escalier. J'ignore comment je le savais, mais c'était un fait.

Elle se tut. Il y eut un silence. Il dit : « Continuez », et elle poursuivit :

— Le sac était sur une marche à côté de moi... j'ai cru que c'était le mien.

La main qu'il serrait frémit, et elle déclara avec une sincérité et un naturel tout particuliers :

— Je l'ai réellement pensé. J'ai cru que c'était mon sac et que je l'avais laissé tomber dans l'escalier.

— Oui...

Le son de sa voix la rassura, sans qu'elle sût comment ni pourquoi. Lorsqu'il dit : « Continuez », tout devint soudain plus facile. Elle lui parla de la lampe de poche qu'elle avait prise dans le sac et allumée.

— C'était là... dans le sac. J'ai allumé et je l'ai vue. Étendue au pied des marches. Je savais qu'elle était morte.

— Comment le saviez-vous ? rétorqua-t-il vivement. Est-ce vous qui l'avez tuée ?

— Oh non, ce n'est pas moi, répondit-elle, surprise. Je suis sûre que ce n'est pas moi ! Pourquoi aurais-je fait cela ?

— Aucune idée.

Elle ajouta, avec la simplicité de quelqu'un qui s'adresse à un petit enfant :

— Je n'aurais pas pu. Il n'y avait rien pour le faire.

— Qu'en savez-vous ?

— Je l'ai vu. Il n'y avait rien pour tirer. Rien du tout... vraiment.

Il se surprit à la croire. Ce n'étaient pas les paroles, c'était autre chose... quelque chose dans son visage, dans sa voix.

— Continuez.

— Je suis descendue. J'ai tâté son poignet. Il était tout froid. Il y avait du verre brisé... il provenait de l'autre torche...

— Quelle autre torche ?

— La mienne, je crois.

Elle sentait son regard sur elle, calme et posé — ni crédule, ni accusateur —, simplement attendant la suite. Elle continua :

— Je ne me rappelle plus, mais je pense... je pense que j'étais déjà descendue une première fois. Je crois que j'avais ma torche quand je l'ai vue.

— Mais vous ne vous en souvenez pas ?

— Non, je ne... m'en souviens pas...

— Continuez.

— Je suis descendue. La torche était là... cassée... par terre. J'ai eu l'impression que c'était la mienne. Mais je ne sais pas si c'est vrai.

— Et alors ?

Elle dit avec la plus touchante des simplicités :

— J'ai tâté sa main. Elle était toute froide.

— Comment savez-vous qu'elle était morte ? Quelqu'un qui a perdu connaissance peut être froid aussi.

Elle retira sa main et pressa les deux paumes sur ses yeux.

— Pourquoi m'obligez-vous à le dire ? Elle a été abattue par-derrière. Sa tête... oh...

— Vous êtes certaine qu'elle était morte ?

Elle laissa retomber ses mains.

— Oh oui, absolument certaine. On ne survit pas à une blessure pareille.

Il y eut une pause. Il la croyait. Il ne savait pas pourquoi, mais il la croyait. Il se leva, s'approcha de la porte de la resserre et s'y arrêta. Lorsqu'il se retourna, son attitude avait changé.

— Que leur avez-vous raconté exactement ici ?

— Rien.

Elle eut l'impression qu'il regardait à travers elle.

— Pourquoi ?

— Je pensais... que peut-être... je me souviendrais...

— Eh bien, continuez. Qu'avez-vous fait ?

— Je suis remontée.

— Avec la lampe de poche ?

— Je l'avais éteinte.

— Pourquoi ?

— J'avais peur.

— De quoi ?

— Que quelqu'un l'ait tuée.

— Qui y avait-il d'autre dans la maison ?

— Je ne sais pas.

Elle ne le quittait pas des yeux.

— Qu'avez-vous fait ?

— L'entrée était noire... la porte n'était pas tout à fait fermée... je suis sortie dans la rue...

— Quelle rue ?

Elle secoua la tête.

— Je ne sais pas. Tout était calme... sombre. Elle donnait sur une rue avec des autobus. J'ai pris le bus. Il m'a déposée à la gare.

— Pourquoi là-bas ?

— Il y avait une certaine Miss Silver... elle était dans le bus...

— Miss Silver ?

Quelque chose dans son intonation la surprit. Elle dit :

— Vous la connaissez ?

— Comment était-elle ?

Elle se replongea dans ses souvenirs.

— Petite... pas toute jeune... l'air désuet... comme une gouvernante d'un livre d'histoires d'autrefois. Elle a été très gentille et... et efficace. Elle avait un manteau noir avec une sorte d'étole de fourrure, et un chapeau avec des roses rouges d'un côté et des espèces de pompons de tulle de l'autre. A mon avis, elle a dû s'apercevoir que j'étais perdue. Elle m'a emmenée boire un thé à la gare, et je lui ai tout raconté.

Elle se tut d'un air définitif. Elle lui avait dit ce qu'elle savait. Maintenant, la balle était dans son camp.

Silencieux, il fronçait les sourcils. Et si c'était vrai ? Il croyait que c'était vrai. Il n'aurait su dire pourquoi, mais il le croyait. Ses pensées se tournèrent vers Miss Silver. Il l'avait rencontrée. C'était une amie de Frank Abbott. Il pouvait vérifier les faits auprès d'elle. Non pas que ce fût nécessaire. Il sentait que la jeune fille s'efforçait de lui décrire avec précision ce qu'elle avait vécu. C'était une affaire bizarre... franchement bizarre.

Chapitre XI

Ils revinrent ensemble vers la maison. Sans échanger un mot de plus. Elle éprouvait un curieux soulagement. Elle n'avait plus besoin de réfléchir, de prévoir, de s'inquiéter. C'était l'affaire de Jim à présent, et il était parfaitement capable de prendre les choses en main.

A quelque distance de la maison, il l'arrêta, la main droite sur le bras d'Anne.

— Attendez une minute... il faut que nous disions la même chose.

Elle posa sur lui son regard clair. Voyant qu'elle se taisait, il reprit :

— Il faut que nous disions la même chose. J'ai dû vous envoyer ici... c'est-à-dire, j'ai dû envoyer Anne...

— Si je ne suis pas Anne, vous ne m'avez pas envoyée.

Elle l'énonça à la façon d'un simple constat. Son ton calme dissimulait en fait un terrible sentiment de vide. Si elle n'était pas Anne, qui était-elle ? La réponse vint, rapide et haletante : « Je suis Anne. » Il y avait des milliers et des milliers d'Anne au monde. Si elle n'était pas Anne Fancourt, elle devait être l'une d'elles.

— Écoutez... fit-il.

Il s'interrompit, puis recommença :

— Vous n'avez rien dit de tout cela à Lilian et Harriet ?

Elle le regardait toujours de ses yeux clairs.

— Non, répondit-elle.

Et ensuite, après une pause :

— Je ne savais pas... je ne me souvenais plus... Je pensais que j'allais peut-être me souvenir...

Sa voix mourut.

— Dans ce cas, mieux vaut continuer ainsi. Je ne reste pas, ce ne sera donc pas difficile. Il faut que j'éclaircisse ce qui lui est arrivé.

— Elle était morte, dit-elle sans le quitter des yeux. Vraiment morte.

— J'ai besoin de preuves, ne le voyez-vous pas ? Si elle est morte, qui l'a tuée et pourquoi, la pauvre ?

— Parlez-moi d'elle. Qui était-elle ?

Il fronça subitement les sourcils.

— Elle s'appelait Anne Borrowdale. Elle était avec son père à...

Il fit une pause.

— J'aime mieux ne pas vous dire où. Nous n'avions rien à faire là-bas. Non, je ne crois pas que je puisse vous en dire davantage... je préfère me taire. Son père a été tué dans un accident, et, juste à ce moment-là, un avion américain s'est posé... n'en parlez pas non plus, car les Américains n'avaient rien à faire là-bas. C'est le mauvais temps qui les a fait dévier d'une centaine de miles de leur route. Ils se sont posés, et, après avoir effectué les réparations, ont redécollé. Ils ont cru qu'Anne était ma femme et l'ont emmenée avec eux. Et voilà l'histoire. Mais motus et bouche cousue, tant que je ne vous ai rien dit ! Est-ce clair ?

— Oui.

Curieusement, ce seul mot véhiculait une conviction absolue.

— Il faut que je retrouve sa trace.

— Qu'allez-vous faire ?

Il était en train de se le demander, mais, en l'entendant parler, il le sut instantanément.

— J'irai voir Miss Silver.

Elle esquissa un petit mouvement dubitatif de la tête.

— Je ne vois pas à quoi cela servirait. Que peut-elle faire ?

— M'indiquer à quel arrêt du bus elle est montée.

— Oui... en effet. Mais est-ce utile ?

— Je n'en sais rien. Peut-être.

Ils continuèrent à marcher en silence. Un silence qui n'avait rien de contraint ou d'embarrassé, comme on aurait pu le supposer. L'un et l'autre pensaient la même chose. C'était plus le silence complice entre deux êtres qui n'ont pas besoin de parler parce qu'ils se font confiance. Aucun d'eux ne savait que l'autre partageait ce sentiment. Chacun l'éprouvait si intensément que les mots étaient superflus.

Ils sortirent du jardin et traversèrent la pelouse jusqu'à l'endroit où il avait garé sa voiture.

— Voulez-vous leur dire que je ne pouvais pas attendre ? demanda-t-il. Elles vont trouver cela bizarre, mais pas plus bizarre que tout ce que j'ai fait ces dix dernières années.

— Je le leur dirai.

Elle le regarda monter dans la voiture et démarrer. Il était presque hors de vue quand Lilian sortit de la maison.

— Il n'est pas parti ? Oh non, il n'est pas parti ! Vous ne l'avez pas laissé partir !

Revenant de très loin, Anne répondit gravement et simplement :

— Il fallait qu'il parte.

— Mais pourquoi ? Je n'y comprends rien... pourquoi est-il parti ?

— Je ne sais pas. Il ne me l'a pas dit.

Cet aveu lui valut un regard perçant.

— Vous vous êtes disputés ?

— Oh non !

Sa voix trahissait un étonnement sincère. Ils n'avaient pas eu le temps de se disputer. En parlant, elle eut l'impression que même s'ils avaient tout le temps devant eux, ils n'en auraient guère pour les disputes.

Lilian s'approcha d'elle.

— Je ne vous comprends absolument pas, Anne. Votre mari arrive. Nous l'attendons, évidemment. Je lui dis que vous êtes dans le jardin ; il me répond qu'il va vous chercher. Et voilà que vous m'annoncez qu'il est parti ! Je n'y comprends rien du tout.

Anne se ressaisit. Tout cela ressemblait à un rêve. Mais il ne fallait pas que Lilian se mît en colère, pas si elle pouvait l'en empêcher... Elle n'était pas sûre de pouvoir l'en empêcher.

— Il m'a posé des questions. Quand je lui ai répondu, il a dit qu'il devait les éclaircir d'urgence. Il m'a demandé de vous prévenir.

— Des questions ! éclata Lilian. Je ne vois vraiment pas de quoi vous voulez parler. Tout cela me paraît absurde... parfaitement absurde !

Chapitre XII

Miss Silver n'avait pas oublié sa rencontre avec la jeune femme qui était ou n'était pas Mrs. James Fancourt. Plus d'une fois, elle s'était dit qu'elle aurait aimé connaître la suite, savoir si elle avait retrouvé la mémoire. Mais elle s'était retenue. En partie parce qu'elle était très prise par le dénouement final de l'affaire Lena Morrison, et aussi par l'inquiétude conséquente à l'accident survenu à la plus jeune fille de sa nièce, Ethel Burkett. Josephine avait glissé sur le trottoir juste en face de chez elle et s'était si gravement endommagé la cheville que pendant trois jours on avait craint une fracture. Heureusement, c'était maintenant de l'histoire ancienne. L'affaire Morrison était pratiquement réglée, et rien n'empêchait Miss Silver d'accorder son entière attention à un nouvel appel à l'aide.

Elle venait de finir une lettre dans laquelle elle se répandait en remerciements sur l'heureuse issue de l'accident de Josephine, quand le téléphone sonna à portée de sa main. Elle décrocha.

— Miss Silver à l'appareil.

En réponse, elle entendit une voix :

— Miss Silver, pourriez-vous me recevoir maintenant ? C'est assez urgent.

— Qui est-ce ?

— Désolé... j'aurais dû commencer par là. Je suis Jim Fancourt. Nous nous sommes rencontrés l'an dernier. Je connais Frank Abbott.

— Oui, bien sûr... je me souviens très bien de vous. Vous êtes à Londres ?

— Oui. Je me demandais si je pouvais passer vous voir.

— Je vous en prie.

En raccrochant, elle se souvint, intriguée, d'Anne Fancourt.

Lorsque la sonnette retentit vingt minutes plus tard, elle avait revu son entretien avec Anne et, bien que s'abstenant d'établir un lien avec Jim Fancourt qui était un ami de Frank Abbott, elle était prête à parer à toute éventualité.

En entrant, Jim Fancourt trouva une scène paisible. Les rideaux bleu paon étaient tirés. Un petit feu agréable crépitait dans la cheminée. Miss Silver s'était levée d'un fauteuil confortable pour l'accueillir. Elle portait une robe bleu foncé et, sans chapeau, arborait une abondante chevelure châtain légèrement constellée de gris, coiffée d'une façon qui lui rappela vaguement l'album de photos de famille sur la grande table ronde dans le salon de son grand-père.

Après lui avoir serré la main, Miss Silver lui indiqua un autre fauteuil et se rassit. Elle était en train de tricoter quelque chose qui ressemblait à un châle dans les tons vieux rose. Il s'assit, se pencha en avant et déclara sans préambule :

— Miss Silver, cela vous ennuie que je vous pose quelques questions ? Je sais par Frank Abbott qu'on peut vous faire une confiance absolue.

Miss Silver leva les yeux sur lui.

— Oui, Mr. Fancourt.

Il se lança aussitôt.

— Je rentre du Moyen-Orient. J'ai passé une partie du temps là où je n'aurais pas dû être. Il y avait un autre homme là-bas, un dénommé Borrowdale. J'y suis allé pour le rencontrer. Il avait sa fille avec lui. Borrowdale a eu un accident — rien ne prouve que c'était réellement un accident — un rocher qui s'est détaché d'une montagne...

Il s'interrompit et, d'un haussement d'épaules, chassa Borrowdale de son esprit.

— Et voilà l'histoire. Il a vécu vingt-quatre heures de plus, et son seul souhait a été d'éloigner sa fille. Elle était là avec lui, et d'après ce que j'ai cru comprendre, sa mère était russe ; aussi il n'était pas sûr que le mariage tiendrait la route lorsqu'il serait question du passeport. Il m'a demandé de la sortir de là, et j'ai promis de faire mon possible. Finalement, il est mort. Là-dessus, un avion américain a atterri sur place. J'ai fait passer cette fille pour ma femme et leur ai demandé de l'embarquer, ni vu ni connu. Ce qu'ils ont fait. Entre-temps, j'ai terminé mon travail, traversé la frontière et pris l'avion pour rentrer chez moi. J'avais donné à la fille une lettre pour des parentes à moi qui habitent Haleycott. J'en viens à l'instant. Vous savez sans doute pourquoi j'ai tenu à vous voir.

Pendant qu'il parlait, Miss Silver avait continué à tricoter. Sans s'arrêter, elle répliqua sur un ton qui l'invitait à poursuivre :

— Oui, Mr. Fancourt ?

Il esquissa un geste rapide avec les deux mains.

— Eh bien, je suis venu vous demander tous les détails de votre rencontre avec Anne.

Miss Silver prit son temps. Elle tricota une rangée entière avant de répondre :

— Vous voulez parler de ma rencontre avec Anne Fancourt ?

Il secoua la tête.

— Elle n'est pas Anne Fancourt... cela, je le sais. Puisque vous avez bavardé avec elle, vous savez qu'elle ne dit pas être Anne Fancourt, mais simplement Anne. J'aimerais entendre tout le reste qu'elle a pu vous dire.

A nouveau, Miss Silver observa un bref silence. Lorsqu'elle reprit la parole, ce fut avec gravité et délibération. Elle cessa de tricoter et posa les mains sur le châle rose inachevé.

— J'ai pris le bus à 18 h 45. Elle s'y trouvait déjà. Je n'ai pas pu m'empêcher de la remarquer. Elle paraissait en état de choc. Quand nous sommes arrivées à Victoria, j'ai attendu un peu. J'étais inquiète pour elle. Elle semblait avoir reçu un choc. Je voulais m'assurer qu'elle savait où elle était et ce qu'elle allait faire. Presque tout de suite, j'ai compris qu'elle ne le savait pas et je me suis risquée à engager la conversation. A l'évidence, elle ne savait ni où elle était, ni où elle allait. Je l'ai emmenée au salon de thé. Manifestement, elle avait reçu une excellente éducation. Bien qu'à moitié morte de faim, elle faisait très attention aux règles du savoir-vivre. J'en ai déduit qu'elle n'avait pas mangé depuis un certain temps déjà, et j'ai attribué son épuisement à ce fait.

— Pourquoi n'aurait-elle pas mangé ?

— Je ne saurais vous le dire. Elle avait un sac, un sac noir doublé de gris avec un compartiment central. Il y avait un petit porte-monnaie en haut, du côté droit. Il contenait de la monnaie, mais, dans le compartiment intérieur, il y avait dix billets d'une livre.

Jim Fancourt hocha la tête.

— Je lui ai donné dix livres en argent anglais. Elle n'avait pas de sac quand je l'ai vue.

— Alors elle a dû s'en acheter un. Il avait l'air neuf. Dedans, il y avait un mouchoir et une glace. Le mouchoir était neuf également. Il n'avait jamais été lavé et ne portait aucun nom. Elle a sorti une lettre. Elle l'a lue et me l'a donnée à lire. C'était une lettre de Miss Fancourt, où elle disait qu'il lui était difficile de savoir quoi écrire, mais qu'elles avaient reçu votre lettre et qu'elles feraient ce que vous leur demandiez, à savoir l'accueillir chez elles. Elle ajoutait que tout cela était très inquiétant, que votre lettre était très brève et ne leur disait pas grand-chose, à part le fait que vous aviez épousé Anne et qu'elle allait arriver. Elle finissait en disant que tout cela était très étrange, que bien sûr elles feraient leur possible, mais qu'elle ne comprenait absolument pas pourquoi vous ne veniez pas avec elle. En me donnant la lettre, elle a dit : « Je ne sais pas ce que cela signifie. » J'ai demandé : « Comment l'avez-vous eue ? », et elle a répondu qu'elle n'en savait rien. Je lui ai conseillé alors de se rendre à l'adresse qui figurait sur la lettre. J'ai expliqué qu'elle était attendue et que, ne la voyant pas arriver, on allait s'inquiéter. Et que peut-être, le lendemain à son réveil, tout serait clair à nouveau. J'avais rencontré des cas similaires. Dois-je en conclure que sa mémoire ne s'est pas réveillée ?

— En effet. Elle ne se rappelle pas qui elle est. Elle n'est pas celle à qui Lilian a écrit cette lettre. Elle n'a rien à voir avec Anne Fancourt.

Je ne l'avais jamais vue avant cet après-midi, mais la lettre dans son sac était celle d'Anne... je veux dire la fille que je cherchais.

— Votre femme ?

— J'ignore si elle est ma femme. Borrowdale... son père... nous a fait promettre... au moment de mourir...

Il se passa une main dans les cheveux.

— Tout cela a l'air complètement dément, maintenant.

Miss Silver avait repris son tricot.

— Les choses qui paraissent tout à fait incongrues dans certaines circonstances peuvent sembler parfaitement raisonnables dans d'autres.

Il eut un rire bref.

— Vous l'avez dit ! Enfin, un avion américain s'est posé dans le coin... il s'était écarté d'une centaine de miles de sa route. J'ai raconté au pilote que ma femme avait subi un choc et que je voulais la faire rapatrier. Ce n'était pas un mauvais diable, et ils l'ont prise. J'ai eu de la chance : j'ai réussi à traverser... non, je ne vous dirai pas quoi. En arrivant à Haleycott, j'y ai trouvé Anne, mais ce n'était pas la bonne. Celle-là, je ne l'avais encore jamais vue, et elle a perdu la mémoire.

Se penchant en avant, il demanda :

— Que vous a-t-elle dit, au juste ?

— Exactement ce que je viens de vous répéter.

Il se renversa à nouveau dans son fauteuil.

— Moi, elle m'en a dit davantage. La première chose dont elle se souvient, c'est qu'elle était dans un escalier. Il faisait noir — très, très noir — et elle a cru qu'elle allait s'évanouir. Alors elle s'est assise. Elle était dans l'escalier, sur le point de s'évanouir. Elle savait qu'elle se tenait sur une marche et qu'elle avait fait tomber son sac. Il était sur la marche à côté d'elle... elle a pensé que c'était le sien. Elle a dû ramasser le sac et l'ouvrir, car à présent elle avait une lampe de poche. Elle l'a allumée et a vu une jeune fille qui gisait au pied de l'escalier. Je lui ai demandé : « Comment savez-vous qu'elle était morte ? Est-ce vous qui l'avez tuée ? » Et elle a répondu, tout étonnée : « Oh non, ce n'est pas moi. J'en suis absolument certaine. Pourquoi l'aurais-je fait ? » Et elle a ajouté, comme si cela expliquait tout : « Ce ne pouvait pas être moi... il n'y avait rien pour le faire. »

Il s'interrompit et regarda Miss Silver.

— C'était extrêmement convaincant. Je me suis pris à la croire. Ce n'était pas tant ce qu'elle disait que son attitude elle-même.

Levant les yeux, Miss Silver sourit.

— Je sais.

Il poursuivit son récit :

— La jeune fille, disait-elle, avait été abattue par-derrière. D'une balle dans la tête. Elle était absolument sûre qu'elle était morte. Et tout aussi sûre de ne pas l'avoir tuée. Elle m'a dit : « Ce ne pouvait pas être moi... il n'y avait rien pour le faire. » Elle est descendue, et il y avait là cette autre fille, morte.

Il s'interrompit et plongea les mains dans ses cheveux.

— Je le raconte très mal. Je ne sais pas... je ne vois pas comment les choses s'articulent. Elle dit qu'elle est descendue avec la lampe de poche qu'elle avait prise dans le sac, et qu'il y avait cette fille dans la cave, raide morte. J'ignore si c'était Anne. Cela lui ressemble, mais la seule chose qui y fait penser, c'est la lettre... la lettre de Lilian à Anne. En fait, c'est l'unique indice.

— Mais vous ne l'avez pas vue.

— Non, j'en ai seulement eu le compte rendu, grâce à vous.

Il laissa échapper un rire bref et impatient.

— C'est tout à fait dans le style de Lilian !

Chapitre XIII

Jim Fancourt se pencha brusquement en avant.

— Il faudrait essayer de retrouver cette maison.

Miss Silver leva les yeux sur lui.

— Comment comptez-vous vous y prendre ?

Il se mit à parler, non pas en s'adressant à elle, mais plutôt comme s'il réfléchissait tout haut.

— S'il s'agit d'une maison vide, ce ne sera pas difficile. Pour servir de théâtre à un meurtre pareil, il faut que la maison soit vide, ou que ses occupants soient absents... ou alors ce sont eux, les assassins, ce qui me paraît peu probable. Non, je pencherais pour l'une des deux premières solutions : soit une maison totalement déserte, soit momentanément inoccupée. Oui, c'est cela.

Changeant de ton, il s'adressa directement à Miss Silver :

— Je suis allé là où Anne était descendue... ou, plus exactement, où elle n'est pas descendue. Je n'ai pas voulu l'envoyer d'emblée chez mes tantes, au cas où elles n'auraient pu la recevoir. Elles pouvaient être en voyage, ou que sais-je. Je lui ai donc donné l'adresse d'une ancienne femme de chambre qui loue des meublés. Elle devait se rendre là-bas, poster ma lettre pour Lilian et attendre la réponse. C'est ce qu'elle a fait... du moins, en partie. Elle n'est pas restée là-bas. Elle a dû envoyer ma lettre, et elle est revenue chercher la réponse. Enfin, quelqu'un est venu la chercher le matin du jour où vous avez vu Anne dans le bus. Cette Anne-là est arrivée à Haleycott le soir même. La vraie Anne a été assassinée entre le moment où elle est passée chercher la lettre et celui où l'autre Anne est tombée sur elle dans la cave de cette maison.

— Juste Ciel ! dit Miss Silver. A votre avis, est-ce la vraie Anne qui est venue prendre la lettre ?

— Je n'en sais rien. Peut-être... et peut-être pas. Mrs. Birdstock est myope, et il faisait encore noir. Elle dit qu'une dame a sonné à la porte et s'est présentée comme étant Mrs. Fancourt. Y avait-il une lettre pour elle ? Elle en attendait une. Mrs. Birdstock affirme l'avoir bien regardée, mais comme elle se tenait à contre-jour, elle n'a pas vu grand-chose. Elle dit qu'elle était jeune et jolie et, n'y voyant que du feu, elle lui a donné la lettre. La jeune femme l'a ouverte et l'a lue sur place. Et, quand Mrs. Birdstock lui a demandé si elle pouvait lui être utile, elle a répondu non, merci, elle allait se rendre directement à Haleycott. Et c'est tout. Elle est partie avec la lettre qui a été retrouvée dans le sac d'Anne. Était-ce réellement Anne ou non, nul ne le sait. Si c'était elle, pourquoi n'est-elle pas allée chez Mrs. Birdstock en attendant la réponse de Lilian, comme on le lui avait dit ? Car elle ne l'a pas fait. Il faut compter trois jours pour obtenir une réponse à une lettre postée à Londres. Si elle a écrit à Haleycott, Lilian a reçu la lettre le lendemain, et si elle a répondu tout de suite... enfin, vous voyez le tableau.

— Oui, opina Miss Silver.

— Autre chose encore. La lettre écrite par Lilian a été trouvée dans son sac. Or la fille qui est passée chez Mrs. Birdstock n'avait pas de sac. Quand elle a lu la lettre, elle l'a mise dans la poche de son manteau. Elle n'avait pas de sac. Ce fait a particulièrement marqué Mrs. Birdstock. Ce n'était peut-être pas Anne du tout. Qui était-ce alors ? Quelqu'un qu'elle aurait envoyé chercher la lettre ? Je n'en sais rien, vous n'en savez rien, personne n'en sait rien. Cela n'a aucun sens.

Miss Silver mit le châle rose dans le sac à tricot qu'elle avait placé sur la tablette au-dessous de la table d'à côté. Tous ses gestes étaient méthodiques, totalement dépourvus de hâte. Une fois le sac rangé, elle déclara :

— Je vais mettre mon chapeau et mon manteau. Nous verrons si nous réussissons à localiser cette maison.

Quelques minutes plus tard, elle revint avec le manteau noir et l'étole de fourrure décrits par Anne. Elle portait des gants en fil noir et des chaussures noires soigneusement entretenues, mais au lieu du chapeau avec des roses rouges, elle arborait un modèle semblable, garni d'un nœud noir d'un côté, et d'un petit bouquet composé de l'autre.

En sortant, elle repensa minutieusement à son entretien avec Anne. Lorsqu'elle était montée dans le bus, Anne y était déjà, assise en face d'un air égaré qui avait instantanément attiré son attention. Elle ignorait totalement depuis combien de temps elle était là. Il n'y avait aucun moyen de le savoir.

Ils laissèrent passer son arrêt et descendirent au suivant. A l'angle de la rue, Miss Silver se tourna vers Jim Fancourt.

— Ce *pourrait* être ici. Impossible de le savoir.

— Elle a pu traverser la route. La rue que nous cherchons est peut-être de l'autre côté.

Miss Silver secoua la tête.

— Je ne le crois pas. Elle n'était pas en état d'agir autrement que selon l'évidence. A mon avis, elle a dû atteindre l'artère principale et prendre le premier bus qui arrivait. Elle était hébétée et à demi morte de faim.

— Pourquoi ? demanda-t-il d'une voix courroucée.

— Aucune idée. Elle n'avait sans doute pas mangé depuis des heures.

Ils s'engagèrent dans la rue qu'ils longèrent dans un sens, puis dans l'autre. Il n'y avait pas de maison à louer ou qui semblait inoccupée. Ce fut le tournant suivant qui leur procura quelque espoir. Un peu plus bas, il y avait une maison manifestement vide, avec une pancarte « Briggs & Cie » et une adresse qui se trouvait à l'angle de la rue principale.

Pendant que Jim Fancourt allait chercher la clef, Miss Silver arpenta le trottoir d'en face. Il revint accompagné d'un jeune homme aux cheveux d'or et à la langue déliée.

— La maison de la feue Miss Kentish, expliqua ce dernier. La famille a laissé tous les meubles sur place. C'est une résidence fort confortable et qui a été bien entretenue. Miss Kentish était une personne très exigeante. Combien de chambres vous faut-il, Madame ? Cinq ou six ? Je pense que vous trouverez les installations à votre goût. Évidemment, une maison fermée depuis six mois n'apparaît pas sous son meilleur jour... mais je suis sûr que vous en tiendrez compte.

Il introduisit la clef dans la serrure, la tourna, et l'air froid, confiné, de la maison s'échappa à leur rencontre.

Jim Fancourt avait toutes les raisons d'être reconnaissant à Miss Silver. Parfaitement à son aise, elle sortit un papier et un crayon et prit des notes. Elle débordait de questions pertinentes et consignait les réponses fournies avec empressement par le jeune homme aux cheveux d'or.

Ils firent le tour de la maison sans rien trouver jusqu'à ce qu'ils revinssent dans le vestibule vide et sonore. Miss Silver s'y attarda.

— La cuisine... dit-elle. L'amie qui m'a parlé de cette maison a particulièrement insisté là-dessus. J'espère qu'elle est au rez-de-chaussée. Je n'aime guère les cuisines au sous-sol, et j'ai bien peur...

Le jeune homme l'interrompit avec entrain.

— Ah, madame, votre point de vue correspond exactement à celui de la feue Miss Kentish. Elle avait horreur du sous-sol et a fait construire à l'arrière.

Il montra le chemin. La cuisine était d'une propreté impeccable. Après l'avoir inspectée, ainsi que l'arrière-cuisine, ils regagnèrent le vestibule. Il y faisait sombre. Jim Fancourt allait et venait avec agitation. Le jeune homme continuait à parler de l'aspect commode, du confort, de la qualité de l'aménagement de la maison.

— Je suis sûr qu'elle vous conviendra, disait-il quand Jim lui coupa la parole.

— J'aimerais visiter la cave.

— Oh... oui, bien sûr. Mais je crains qu'il n'y ait pas de lumière. Comme Miss Kentish ne l'utilisait pas, elle n'a pas jugé utile d'y installer l'électricité.

Il passa devant eux et ouvrit une porte. Elle n'était pas facile d'accès. Il y avait un paravent qu'il fallut repousser. Juste à côté, il y avait une table. Mis à rude épreuve, le jeune homme de l'agence continua néanmoins à jouer son rôle avec une politesse opiniâtre.

— Il n'y a rien là-dedans, mais naturellement, c'est l'endroit idéal pour entreposer des objets volumineux.

— Je voudrais descendre, dit Jim. J'ai une torche. Inutile de vous déranger.

Il sortit de sa poche une torche petite mais puissante et l'alluma. Miss Silver franchit la porte derrière lui. La voix du jeune homme les suivit tandis qu'ils descendaient les marches.

— Il n'y a strictement rien là-dedans... rien du tout.

Ils n'y firent pas attention. Miss Silver avançait lentement. Elle n'avait aucune idée préconçue de ce qui l'attendait en bas. Dans le faisceau de la torche, elle vit un sol propre et nu au pied de l'escalier. Il était très propre, très nu.

Trop propre, trop nu.

La maison était propre. Le sémillant jeune homme l'avait souligné. Une fois par semaine, une femme venait l'aérer et passer le chiffon à poussière. Ce devait être un prodige unique parmi les femmes de ménage, pensa Miss Silver, si elle étendait sa diligence au sol de la cave.

Celle-ci était entièrement vide, à l'exception de deux ou trois planches appuyées contre le mur du fond. Jim Fancourt s'arrêta au milieu de l'espace nu et l'éclaira de sa lampe. Un silence de mort régnait alentour. Fourrant la torche dans la main de Miss Silver, il alla déplacer le tas de vieilles planches. Derrière, il n'y avait rien : ni porte, ni brèche dans le mur. En entendant l'exclamation de Miss Silver, il se retourna et vit qu'elle désignait quelque chose. Une petite perle de couleur là où la poussière derrière les planches n'avait pas été balayée. La poussière formait une couche épaisse, et la perle n'était pas plus grande qu'un petit pois. Il la ramassa et l'examina à la lueur de la torche.

Miss Silver demanda à voix basse :

— Pourquoi n'est-elle pas poussiéreuse comme le sol ?

Jim Fancourt fronça les sourcils. Il tenait la petite perle dans sa paume ouverte. Il n'y avait pas de poussière dessus. Il bougea la main, et la perle roula dans sa paume. Sans mot dire, il se baissa et toucha le sol en dehors de l'espace où les planches avaient été entassées. Il n'y avait pas de poussière à cet endroit, pas de poussière du tout. A l'abri des planches qu'il venait juste de déplacer, une couche molle et épaisse parlait en revanche d'années d'abandon. Mais la perle elle-même était propre. Les mois ou années pendant lesquels la poussière s'était amassée n'avaient pas terni son éclat. Si elle s'était trouvée là depuis des mois ou des années, la poussière l'aurait recouverte, se serait introduite à l'intérieur. Elle devait être là depuis quelques jours seulement. C'était un témoin. Il revit Anne telle qu'il l'avait vue juste avant qu'elle ne montât dans l'avion. Elle portait au cou un collier de perles semblables à celle-ci. Il mit la perle dans sa poche.

En sortant de la cave, Miss Silver fit les frais de la conversation. Elle remercia le jeune homme et déclara qu'ils devaient consulter la personne pour le compte de laquelle ils agissaient.

— Oh non, ce n'est pas pour nous. Il faut que je prévienne ma sœur, mais je crains que la maison ne soit un peu trop grande pour elle, et elle n'a pas vraiment envie d'avoir une maison meublée.

— On peut enlever les meubles, répondit le jeune homme, pétillant d'espoir.

— Ma foi, si elle juge que cela lui convient, je vous recontacterai, mais j'ai bien peur...

Après que le jeune homme eut pris congé, ils marchèrent jusqu'au bout de la rue en silence. Au moment de faire demi-tour, Miss Silver demanda :

— Vous reconnaissez la perle ?

— Oui.

— C'était à Anne ?

— Oui.

Il la suivit sans un mot jusqu'à ce qu'ils revinssent vers la maison. Puis il dit :

— Cette perle vient d'un collier qu'elle portait en permanence. Autrement dit, le récit de l'autre Anne est véridique... elle ne l'a pas rêvé. Elle a bien vu le cadavre d'une jeune fille dans cette cave. Cela ne repose plus uniquement sur le sac. C'est une perle russe. Anne portait un collier russe... ne voyez-vous pas... ne voyez-vous pas...

— Si, je vois, répliqua Miss Silver.

Chapitre XIV

Le lendemain matin, Anne s'éveilla avec le curieux sentiment d'avoir su quelque chose durant son sommeil qui lui avait échappé à nouveau. En revenant à la lumière, sa conscience l'avait chassé, mais il y avait bien eu quelque chose. Elle se demanda où allait tout ce qu'on oubliait. Peut-être cela signifiait-il que sa mémoire n'avait pas disparu, mais s'était simplement endormie. Peut-être tout finirait-il par lui revenir d'un coup, et elle se souviendrait des choses qu'elle avait oubliées.

Quand Thomasina entra avec le thé, elle l'accueillit d'un air rayonnant. Thomasina secoua la tête.

— C'est pas la peine de faire comme s'il y avait un cadeau pour vous sur le plateau.

Anne eut un rire.

— Mais c'est l'impression que j'ai, vous savez.

Elle s'assit, les genoux sous le menton.

— Croyez-vous aux pressentiments, Thomasina ? Moi, je ne sais pas trop si j'y crois ou non. Dites-moi, vous arrive-t-il de vous réveiller avec le sentiment que tous les malheurs sont derrière vous ?

Thomasina la regarda avec commisération.

— Pas vraiment. Et même si cela m'arrivait, je ne m'y attarderais pas et en parlerais encore moins.

— Mais pourquoi donc ?

Thomasina posa le plateau.

— Parce que. Et, si vous voulez un conseil, faites comme moi.

Anne fut prise à nouveau d'un rire.

— Pourquoi, Thomasina... pourquoi ?

Thomasina fit un pas en arrière, croisa ses bras vigoureux et débita :

— Écoutez-moi bien, mon petit. Des fois, quand on se réveille le matin, tout vous paraît noir. Il n'y a aucun mal, dans ces moments-là, à prendre un verre de remontant... aucun mal. Mais quand, à votre réveil, tout a l'air d'aller bien, que vous avez envie de sauter du lit et de danser en vous habillant, alors mieux vaut vous reprendre et y aller mollo. Voilà tout, mon petit. Moi, j'ai un quart d'heure de retard à cause de Mattie qui a oublié de mettre la bouilloire sur le feu, du coup je suis à la traîne... et ne me retenez pas avec vos histoires, ou il nous en cuira à toutes.

Après que la porte se fut refermée sur Thomasina, Anne se remit à rire. Le rire résonna dans sa tête, laissant un léger frisson derrière lui. Elle but son thé et bondit sur ses pieds. La fatigue des derniers jours s'était effacée, et elle se sentait prête à tout.

Elle descendit, regarda la journée, la trouva belle et radieuse et commença à se demander ce qu'elle allait en faire. La pelouse était inondée de soleil. Au loin, les bouleaux étaient dorés, et plus près, les massifs d'azalées flamboyaient dans les tons incarnat. Tandis qu'elle regardait par la fenêtre de la salle à manger, elle pensa au jardinage... à la plantation des bulbes. Soudain, elle se rendit compte que c'était ce qu'elle avait l'habitude de faire dans sa vie, sa vie passée. Un désarroi terrible l'envahit. Comme si elle avait été à la maison et que, brusquement, il n'y avait plus de maison du tout, seulement cet endroit étranger, nu et vide de tout ce qu'elle avait connu ou aimé. Le passé et le présent se télescopèrent, lui laissant une sensation de vertige. Puis tout disparut, et elle se retrouva interdite et légèrement essoufflée.

Après le petit déjeuner, elle sortit et s'attaqua de nouveau à la bordure. De plus en plus, le jardin lui servait de refuge. C'était un travail dont elle avait l'habitude. Ses pensées suivaient sans effort les chemins familiers. Un jour, elle allait retrouver ce qu'elle avait perdu. Lorsqu'elle était dans le jardin, cela devenait une certitude, et elle acceptait l'attente de bon cœur.

Elle était dehors depuis une heure environ lorsque quelque chose d'étranger et de discordant vint troubler sa paix. Cette impression grandit jusqu'à devenir si forte qu'elle se retourna et examina la bordure de droite à gauche pour en découvrir la cause. Elle n'avait entendu aucun bruit de pas, mais là, à une douzaine de mètres, un homme était en train de l'observer.

Instinctivement, elle se remit debout. L'homme s'appuyait sur la grille qui donnait sur cette partie-là du jardin. Il souriait. Il avait un physique avantageux dans le genre plutôt vulgaire, et son sourire était insultant. Fronçant les sourcils, elle déclara :

— Si vous cherchez la maison, vous vous êtes trompé de chemin.

Il continua à sourire. L'espace d'un instant, elle fut en colère, puis elle eut peur. Son cœur se mit à battre la chamade. Elle pâlit.

— Vous désirez quelque chose ? demanda-t-elle sèchement.

Il sortit une cigarette qu'il tapota sur les jointures de ses doigts.

— Ah, nous y sommes enfin !

Il y avait une trace d'accent dans sa voix. Une trace seulement. Elle n'aurait su la définir.

— Si vous voulez la maison, dit-elle, elle est juste derrière vous. Continuez tout droit et vous la verrez.

— Voilà qui est bien.

Il souriait toujours, appuyé sur la grille. Tirant une boîte d'allumettes de sa poche, il alluma sa cigarette avec une lenteur délibérée. Quelque chose, elle ne savait quoi, la poussait à le regarder en attendant qu'il parlât. Il mit du temps à le faire. Une fois la cigarette allumée, il tira deux ou trois bouffées avant de déclarer :

— Vous et moi avons à causer. Je suppose que vous préférez ne pas le faire en public.

Un tourbillon étourdissant s'abattit sur elle. Elle ne savait plus ce qu'elle faisait, ni de quoi elle avait l'air. Quand cette impression eut disparu, elle n'avait pas bougé, mais le sang avait complètement reflué de son visage. Elle se sentait vidée, au bord de l'évanouissement. Il était en train de parler, mais elle avait perdu le fil de son discours. Seule la fin lui parvint, faible et ténue comme un souvenir surgi d'un passé lointain.

— ... encore jamais vu...

— Je ne vous ai encore jamais vu, répéta-t-elle.

Il rit. Ce fut un rire très déplaisant.

— C'est ce que vous avez l'intention de dire ?

— C'est vrai.

Elle espérait de toutes les fibres de son être que c'était vrai.

— C'est vous qui le dites. Moi, j'ai mon mot à dire là-dessus. Je pourrais dire...

Il fit une pause, tira une nouvelle bouffée et exhala une longue volute de fumée.

— Enfin, vous savez sûrement ce que je pourrais dire.

Elle ne le savait pas. Elle ne savait strictement rien. Elle fouilla son propre cerveau, mais c'était le noir complet. Il n'y avait rien là-dedans.

Il fumait toujours, appuyé sur la grille, l'air impudent. Elle fit un immense effort.

— Je ne vous connais pas. Je ne sais pas qui vous êtes, et je n'ai pas envie de le savoir. Allez-vous-en, je vous prie.

Il n'en tint aucun compte. Il semblait réfléchir à quelque chose de son côté. Finalement, il répliqua :

— Bien, je m'en vais pour le moment, mais n'oubliez pas, s'il vous plaît, que nous savons où vous êtes. Et que nous avons des ordres pour vous. Ne dites à personne que vous m'avez vu, ni que je vous ai parlé ! Quand vous aurez reçu les ordres, vous ferez ce qu'on vous dit... sans chichis, compris ?

Il s'interrompit et ajouta :

— Ça vaudrait mieux pour vous.

Puis il pivota sur lui-même et s'en fut sans un seul regard en arrière.

Après son départ, elle s'agenouilla devant la bordure et entreprit de retourner la terre. Elle était en train de planter des bulbes. Mais au préalable, il fallait nettoyer le sol. On ne pouvait mettre des tulipes dans les anciennes plates-bandes de réséda et de gueules-de-loup, ou dans le lin si bleu qu'il ressemblait à de l'eau de mer. On ne pouvait rien mettre dans les restes des plantations de l'été précédent. Il fallait dégager le terrain pour les bulbes, sinon ils ne pousseraient pas.

Elle était toujours à genoux, mais ses mains restaient oisives. Les larmes ruisselaient de ses yeux. Au bout d'un moment, elle tâtonna à la recherche d'un mouchoir pour les essuyer. Et elle se remit à planter les bulbes pour le printemps à venir.

Chapitre XV

L'inspecteur de la criminelle Frank Abbott leva les yeux.

— Et voilà, déclara-t-il avec une franche satisfaction.

Il allait ranger ses affaires et partir quand on lui apporta une carte.

— Jim Fancourt, dit-il, à moitié pour lui-même, en la regardant.

Il se mit debout.

— Où est-il ? Faites-le entrer. Non, attendez ... j'arrive.

Dix minutes plus tard, il revint dans la pièce avec Jim Fancourt qui disait :

— C'est à peu près tout ce que je peux vous apprendre. La dernière fois que je l'ai vue, elle était en train de monter dans l'avion. Et c'est tout, jusqu'à ce que je sois rentré ; je suis allé chez mes tantes et j'y ai trouvé cette autre fille, une parfaite inconnue, qui a débarqué là-bas à la place d'Anne. Elle s'appelle Anne aussi. Qu'en pensez-vous ?

— Drôle d'histoire, fit Frank lentement.

Jim hocha la tête.

— Cette Anne-là a perdu la mémoire. La première chose dont elle se souvient, c'est l'escalier d'une cave plongée dans le noir. Prise de vertige, elle s'est assise sur une marche. Il y avait ce sac dont elle parle à côté d'elle ; quand elle s'est sentie mieux, elle l'a ramassé, et, à l'intérieur, il y avait une lampe de poche.

— Votre Anne avait-elle une lampe de poche ?

— Je ne sais pas... je ne le crois pas. J'ignore ce qu'elle avait sur elle. Elle était arrivée prête à partir, avec son petit baluchon. Je ne sais pas ce qu'il y avait dedans, mais je suis sûr qu'elle n'avait pas de sac, car quand je lui ai donné de l'argent anglais, dix livres, elle l'a mis dans son corsage. Elle a dû acheter le sac plus tard, à son retour.

— Vous pensez qu'il était à elle ?

Jim acquiesça.

— Oui. L'autre Anne le pense également. Elle ne savait rien de son contenu... rien à propos de l'argent. Il y restait dix livres environ...

— Continuez.

— Eh bien, voilà ce qu'Anne m'a raconté. Elle a allumé la lampe et vu une jeune fille morte au pied des marches.

— Comment sait-elle qu'elle était morte ?

— Des blessures à la tête... très profondes. De plus, sa main était froide. Anne est descendue et lui a pris le pouls. Il n'y avait rien — elle est parfaitement affirmative là-dessus —, et elle est tout à fait certaine que la fille était morte. Elle a alors envisagé de partir. Elle a éteint la lampe et attendu d'y voir clair. Puis elle est remontée dans le vestibule. La porte était entrebâillée ; elle est sortie dans la rue et l'a refermée. Ensuite elle a marché jusqu'à l'artère principale, et là, elle a pris le bus.

Deux rues plus loin, Miss Silver est montée dans le même bus.

Frank haussa un sourcil.

— Miss Silver ?

— Miss Maud Silver. Elle a remarqué la fille. Elle est descendue avec elle à la gare de Victoria et lui a parlé. Elle lui a offert un thé et a obtenu en retour cette histoire extraordinaire.

— Et qu'en dit Miss Silver ?

— Miss Silver pense que tout cela est vrai. Le temps de finir leur thé, elle avait pris sa décision et conseillé à Anne d'aller à Haleycott, chez mes tantes, en attendant mon retour ou celui de sa mémoire. Je suis arrivé ce matin et je suis allé là-bas. Mes tantes...

Il esquissa une grimace.

— ... elles sont plutôt du genre vieilles filles.

Frank leva la main.

— Attendez une minute. Vous allez trop vite. Vous ne m'avez pas dit comment elle avait eu leur adresse.

Jim se mordit la lèvre.

— Excusez-moi. Je persiste à croire que je vous en ai dit davantage. Je vous ai parlé du sac, n'est-ce pas... le sac avec l'argent et la lampe de poche ? Eh bien, dedans, il y avait une lettre de ma tante Lilian qui l'invitait à venir chez elle. Je lui avais écrit, voyez-vous. Elles sont vieux jeu, elle et Harriet — elles ont vécu pratiquement toute leur vie à Haleycott — et j'ai jugé utile de les prévenir d'abord. J'ai donc envoyé Anne chez Mrs. Birdstock, une ancienne femme de chambre à nous. Elle devait poster la lettre que j'avais écrite à Lilian dès son arrivée et attendre la réponse chez Mrs. Birdstock. Or, elle n'a rien fait de tout cela.

Enfin, elle a dû expédier la lettre à Lilian, puisque la réponse est arrivée à Saltcoats Road. Mais elle n'y est pas allée, et elle n'a pas attendu là-bas. J'ignore où elle était. Quelqu'un... quelqu'un est passé le troisième jour à Saltcoats Road. Cette fille-là a dit qu'elle était Anne et a pris la lettre de Lilian. Ce pouvait être Anne, comme ce pouvait être quelqu'un d'autre. Si c'était *Anne*, c'est la dernière fois qu'on l'a vue vivante. Il y a une chose, le sac qu'Anne — celle qui est en vie, pas la pauvre fille qui est morte dans la cave — le sac avec l'argent... Non, je m'embrouille, et vous n'allez plus vous y retrouver. Attendez une minute. Anne — la vivante, celle qui est actuellement à Haleycott — lorsque Miss Silver l'a rencontrée dans le bus, elle avait un sac à main. C'est la première apparition du sac, donc à retenir. Anne, la vivante, pense qu'il n'est pas à elle. Elle croit qu'il appartenait à la morte. Ce doit être l'une des choses qu'elle a achetées en débarquant ici. Elle avait très peu d'affaires... je ne sais pas ce qu'elle avait, mais elle n'avait pas de sac.

— Vous ne savez pas si le sac a appartenu à l'autre ?

— Je ne sais rien du tout... je devine. C'est une version qui me semble plausible.

— Dites-moi, qu'y avait-il au juste dans ce sac ?

— Un mouchoir, la lettre de ma tante Lilian, des billets d'un montant global de dix livres au milieu, et un peu de monnaie dans un porte-monnaie latéral. Il y avait une lampe de poche. Anne dit qu'elle l'a sortie pour examiner la fille morte, puis elle l'a rangée. C'est tout.

Frank resta silencieux un moment. Puis il demanda :

— Et vous avez trouvé cette perle dans la cave d'une maison de Lime Street ?

— Oui... 37, Lime Street.

— Vous êtes bien sûr que cette perle provient du collier de la jeune fille ?

— Écoutez, répondit Jim, je ne suis sûr de rien. Si nous étions en Russie, rien ne serait moins sûr... là-bas, une fille sur deux doit porter un collier du même genre. Mais puisque nous sommes à Londres...

Il esquissa un geste avec les deux mains.

— Tout concorde, non ? Cette perle russe sur le sol d'une maison vide, qu'on ne remarque pas... cela ne vous dit rien ? Et le sol qui a été balayé et lavé jusqu'aux planches entassées dans un coin. Je vous dis que cette fille a été assassinée là-bas. Je veux savoir qui l'a tuée. Et pourquoi.

Chapitre XVI

Jim retourna à Haleycott le lendemain matin. Harriet le reçut avec indifférence, tandis que Lilian redoublait d'inconséquence et d'agitation. Resté seul un moment avec Anne, il lui glissa tout bas :

— J'aimerais vous parler. Mettez votre chapeau et sortons.

Quand Lilian reparut, il annonça :

— Nous allons sortir.

— Oh ? fit Lilian. Puis aussitôt : Ma foi, ça tombe mal, ça tombe vraiment mal, mais si tu y tiens... seulement, après le déjeuner, ce serait beaucoup mieux.

— Je ne serai plus là après le déjeuner. Je viens juste une heure pour voir Anne. C'est Anne et moi qui allons sortir.

— Oh ?

Lilian parut fâchée et offusquée.

— Bien sûr, fais comme tu l'entends.

Il se tourna vers Anne.

— Va chercher tes affaires et viens avec moi.

— Tu sais toujours exactement ce qu'il te faut,

fit Lilian vivement, l'air pincé. Tu sais toujours tout.

Anne s'empressa de s'éclipser. Elle entendit derrière elle la voix de Jim, mais ne distingua pas ce qu'il disait. Elle mit son écharpe et son manteau ; quand elle redescendit, Lilian était en train d'écrire, et Jim regardait par la fenêtre. Il y avait de la dispute dans l'air. Au bruit de son pas léger, il se retourna et sortit avec elle. Ils traversèrent le jardin et franchirent une petite porte qui donnait sur les flancs verts et vides du coteau. Ils n'avaient pas prononcé un mot tant qu'ils n'avaient pas laissé le jardin derrière eux. Finalement, il se tourna vers elle et dit :

— C'est l'endroit idéal pour les confidences. Je n'aime pas beaucoup les portes et les murs. Et je n'aime ni les arbres ni les buissons qui cachent la vue... peut-être n'y a-t-il rien, mais on ne sait jamais. Le meilleur endroit pour révéler un secret, c'est le sommet d'une montagne sans arbres, ou alors une barque en mer sans personne autour pour vous entendre. Mais ici, ce n'est pas mal non plus.

S'il avait eu quelque doute au sujet d'Anne, sa présence le convainquit. Elle marchait à ses côtés dans un silence qui n'avait rien de contraint. C'était plutôt le silence de l'intimité, qui peut s'instaurer entre deux amis en train de se promener ensemble. Il avait quelque chose de paisible, de reposant. Elle ne lui répondit pas ; elle attendait. Elle regardait, non pas lui, mais le coteau vert et nu en train de virer au rouille, et les arbres autour de la maison qu'ils venaient de quitter. Il n'arrivait pas à se décider pour savoir ce qu'il allait lui dire, quand, soudain, sa décision fut prise. Une fois pour toutes. Tout ce qu'il savait, elle le saurait aussi... c'était aussi simple et clair que cela.

— J'ai vu Miss Silver hier.

— Oui ?

Ce n'était qu'un mot, mais en l'entendant, il comprit que désormais, il en serait toujours ainsi entre eux.

— Nous avons retrouvé la maison...

— Oh...

Ce ne fut plus qu'un souffle.

— Le sol de la cave avait été balayé et lavé, mais il y avait des planches dans un coin. Elles n'avaient pas bougé. Je les ai déplacées. Et dessous, il y avait ceci.

Il ouvrit la paume avec la perle à l'intérieur... la petite perle bleue... témoin d'un meurtre...

Elle croisa son regard. Quelque chose parut passer entre eux.

— Ses perles étaient pareilles, fit-elle tout bas.

— Vous les avez vues ?

— Oui. Elle les avait... autour du cou. Le fil était cassé...

Elle revoyait la cave obscure. La lumière de sa lampe de poche brillait sur les perles.

— Je les ai vues là-bas, dans cette cave... je les ai vues...

— Êtes-vous sûre de les avoir vues, ces perles ? demanda-t-il avec insistance.

— Oui, j'en suis sûre.

Un frisson la secoua.

— Elles étaient là... les perles... mais le fil était cassé...

— Nous y sommes allés, Miss Silver et moi. La maison est à louer avec ses meubles. La vieille demoiselle à qui elle appartenait est morte. Pour descendre du vestibule à la cave, était-ce à gauche ou à droite ?

— Je ne sais pas.

Elle secoua la tête. Puis cela lui revint.

— Pour descendre, je n'en sais rien, mais pour remonter... la porte était à ma droite. Il y avait l'escalier, et ensuite la porte — entrouverte —, mais pas de lumière dans le vestibule. Il y avait une table entre moi et la porte... j'ai dû la contourner... la porte était entrebâillée. En sortant, je l'ai refermée. Il faisait noir dans la rue, mais, tout au bout, il y avait plein de lumières. Je suis allée en direction des lumières. J'ai pris le premier bus qui s'est arrêté.

Il fronçait les sourcils avec intensité.

— Vous ne vous souvenez pas de votre arrivée dans cette maison... qui vous a ouvert ?

Elle secoua la tête.

— Je ne me souviens de rien de tel...

Elle fit une pause.

— Si j'avais vu quelqu'un — n'importe qui —, je m'en rappellerais, non ?

— Je ne sais pas.

— Moi, je pense que oui. Je pense n'avoir rencontré personne dans cette maison. Je crois que nous étions seules là-bas... la fille morte et moi. A mon avis, il n'y avait personne d'autre. Sinon, pourquoi ne m'a-t-on pas tuée, moi aussi ? Je crois que la maison était vide.

Il le pensait aussi, mais il ne dit rien. Il se passa un moment avant qu'il ne reprît la parole.

— Combien de marches y avait-il entre le sous-sol et le vestibule ?

Pendant tout ce temps, elle n'avait cessé de le regarder. A présent, son expression changea. Elle ferma les yeux ; ses lèvres remuèrent. Il devina qu'elle était en train de compter les marches. De retour dans la cave, elle était assise dans l'escalier, la lampe de poche à la main, en attendant de reprendre ses esprits. Six marches jusqu'en bas... jusqu'au sol... et le cadavre de la fille... six marches. Combien y en avait-il jusqu'en haut à partir de l'endroit où elle était assise, luttant contre la peur... l'horreur d'être seule avec une morte ? Il y avait plus de marches au-dessus qu'en dessous. Elle ouvrit les yeux, croisa son regard et dit :

— Il y avait six marches jusqu'en bas... et six ou sept jusqu'en haut, je ne le sais pas exactement.

— C'est assez proche de la vérité.

Il y eut une longue pause. Elle avait l'impression d'avoir donné tout ce qu'elle avait. Elle se sentait faible, vidée. Soudain, il demanda :

— Vous n'avez jamais vu cette fille auparavant ?

— Non, jamais. Du moins je ne le pense pas... je ne m'en souviens pas.

Il fronçait les sourcils à nouveau.

— Comment bigre vous êtes-vous retrouvée mêlée à cette histoire ?

— Je ne sais pas... je ne me souviens pas.

Elle esquissa un petit geste vers lui.

— Il s'est passé quelque chose hier.

— Quoi ?

— Il y avait un homme... j'étais en train de planter des bulbes... j'ai levé les yeux, et il était là, derrière la grille, en train de fumer.

— Oui ?

— J'ai cru... qu'il s'était trompé de chemin. Il était là... souriant. Il a allumé une cigarette. Et il a dit...

L'horrible sentiment qu'elle avait éprouvé en présence de cet homme la submergea à nouveau. Tout s'obscurcit. Elle tendit la main, et Jim la prit. Alors seulement elle se rendit compte à quel point elle était gelée... glacée de froid. Il avait les mains chaudes. Leur chaleur la ramena à elle. Il la vit devenir blanche comme un linge. Puis il vit la couleur revenir sur ses lèvres, sa joue. Et il eut la sensation tout à fait extraordinaire d'être rentré chez lui.

— Anne... Anne... ne craignez rien... vous êtes chez vous. Je vous en prie... Anne... chérie !

L'espace d'un instant, elle se laissa aller contre lui.

— Excusez-moi, .dit-elle confusément. Je ne voulais pas... Oh, ce que je suis bête !

Ses yeux étaient emplis de larmes. Elle fouilla dans sa poche à la recherche d'un mouchoir et les essuya, appuyée contre lui.

— Je ne sais pas pourquoi j'ai fait cela. Il... il m'a effrayée... je ne sais pas trop pourquoi.

— Il vous a effrayée ? Que vous a-t-il dit ?

— Il a dit que nous avions à parler. Et que j'aurais préféré ne pas le faire en public. Je... j'ai eu un étourdissement, comme maintenant... je ne sais pas pourquoi. Cela m'a fait peur... il m'a fait peur. J'ai répondu que je ne l'avais encore jamais vu, et il a ri. Il... il était là à fumer. D'après lui, je savais ce qu'il pourrait dire...

Sa voix se fondit dans un murmure.

— Mais je ne le savais pas... non, oh non. Je ne savais rien. C'est ce qui m'a effrayée, je crois. Si j'avais pu me souvenir — peu importe ce que c'était —, je n'aurais pas eu si peur. C'est le fait de ne pas savoir... d'être incapable de voir. C'est comme se réveiller en pleine nuit sans savoir où l'on est.

A nouveau, il mit un bras autour d'elle. Elle s'appuya, tremblante, contre lui.

— Continuez, dit-il.

— Il n'y a pas grand-chose à ajouter. J'ai dit que je ne le connaissais pas... que je ne savais pas qui il était et que je n'avais pas envie de le savoir. Je lui ai demandé de partir. Et lui...

La couleur déserta à nouveau son visage. Elle agrippa son bras, mais sa voix ne frémit pas :

— Il a répondu : « Je m'en vais pour le moment. Mais n'oubliez pas que nous savons où vous êtes. » Il a dit ensuite qu'il avait des ordres pour moi. Je ne devais parler à personne de notre rencontre, et une fois que j'aurais reçu mes ordres, je devrais m'exécuter... sur-le-champ. Il a dit : « Ça vaudrait mieux pour vous. » Et il est parti.

Elle s'interrompit un instant, puis enchaîna tout bas, avec une précipitation piteuse :

— Je ne sais pas ce qu'il a voulu dire, mais cela m'a fait peur... horriblement peur.

Il réfléchit, serrant sa main dans la sienne à la broyer ; il se rendait à peine compte de ce qu'il faisait ni du fait que ce qui aurait pu la heurter en temps normal lui était, dans son état actuel, indispensable.

— Vous ne vous souvenez pas de lui ? demanda-t-il finalement.

— Non... pas du tout. Je ne crois pas l'avoir déjà vu.

— Alors pourquoi vous a-t-il parlé de la sorte ?

— Je n'en sais rien. Je vous assure que je n'en sais rien.

Il la considérait, toujours en fronçant les sourcils. Auparavant, il lui était arrivé de se demander ce qu'elle avait pu dire ou faire pour le mettre en colère. Maintenant, étrangement, elle comprit ce que signifiait ce froncement de sourcils : une profonde inquiétude pour elle, un intérêt croissant.

— Écoutez-moi, déclara-t-il abruptement. Cela me déplaît de vous laisser ici, mais je ne vois pas d'autre solution... pas pour le moment. De toute façon, cela ne me plaît pas beaucoup, mais vous n'avez rien à craindre si vous faites ce que je vous dis. Écoutez-moi bien ! Vous resterez toujours à proximité de quelqu'un... le vieux Clarke dans le jardin, quelqu'un de la maison. Vous ne sortirez pas toute seule... vous m'entendez ?

— Oui, je vous entends, mais...

— Il n'y a pas de mais. Faites ce qu'on vous dit, et vous serez en sécurité !

Et il répéta :

— En sécurité. C'est ce que vous voulez, non ? Pour le moment, je ne peux pas vous protéger car je n'en sais pas assez. Il faut que je trouve qui vous êtes, ce que vous êtes venue faire dans cette affaire, comment vous mettre à l'abri. Et vous allez m'aider. Vous pouvez le faire de deux façons. Faites exactement ce que je vous ai dit... ne vous éloignez jamais de quelqu'un que vous puissiez appeler à l'aide. Et si vous vous souvenez de quelque chose — n'importe quoi —, appelez-moi pour m'en parler. Je pense que la mémoire vous reviendra. Ne forcez pas, ne cherchez pas à vous souvenir. Ce n'est pas le bon moyen. Mais si vous vous rappelez quelque chose, téléphonez-moi tout de suite. Voici le numéro qui vous permettra de me joindre en l'espace d'une heure ou deux.

Il lâcha sa main et écrivit sur un feuillet arraché d'un carnet râpé.

— Ces gens-là sauront où me trouver. Vous pouvez leur parler librement.

— A quiconque répondra au téléphone ?

— Oui. Et il y aura toujours quelqu'un. C'est cela, la bonne piste. Ne parlez à personne d'ici. Lilian ne pose pas de problème, mais c'est une sotte. Et Harriet... oh, elles sont bien, mais elles n'ont pas une once de bon sens. Ne leur dites rien... rien du tout ! Vous avez compris ?

— Oui.

C'était plus qu'un acquiescement. C'était une promesse, et il l'accepta comme telle.

— Très bien. Rentrons maintenant. Le temps presse.

Elle ne répondit pas tout haut, mais la réponse lui vint avec une force qui l'ébranla. « Le temps presse... oui, vraiment, le temps presse. »

Plus tard, elle regretta de ne pas le lui avoir dit.

Chapitre XVII

Il repartit, sembla-t-il, en un rien de temps. La journée passa, et la nuit vint. Elle alla se coucher de bonne heure. Un certain engourdissement s'était emparé de son esprit. Avec le recul, cela lui parut bizarre. C'était comme un sentiment général d'attente, l'attente d'on ne sait quoi. Elle savait seulement qu'elle ne pouvait rien faire... elle ne pouvait qu'attendre. En son for intérieur, la question se posa : « Qu'est-ce que j'attends ? » Mais chaque fois que cela arrivait, quelque chose se fermait prestement dans ces lieux souterrains.

Le temps de boire le café et de desservir, elle fut si fatiguée que l'état de sommeil et celui de veille se fondirent en une sorte de combinaison dans laquelle elle évoluait, incertaine. Tantôt une partie d'elle-même, réveillée, était sur le point de tout savoir sur elle, sur la jeune morte, sur l'homme qui l'avait menacée ; tantôt une autre partie, invisible mais vaguement pressentie, pesait, à deux doigts de se concrétiser, sûre et inévitable. Sauf à quelques rares instants, la peur n'y était plus. Elle était capable de parler.

Pendant un long moment, Lilian discourut interminablement sur les cartes de vœux... ou la nécessité d'étudier attentivement la liste et d'en éliminer le plus grand nombre.

— Parce que, franchement, elles sont au moins trois fois plus chères que dans le temps et, sans en vouloir à personne, je trouve que c'est du *gâchis*, car tout ce qui a quelque valeur coûte tellement cher que je me demande où les gens prennent l'argent.

Harriet leva les yeux et dit :

— Si personne n'envoyait de cartes, nous n'en aurions pas pour l'hôpital. Quand je pense qu'il y en a qui les jettent, au prix que ça coûte !

Lilian gratifia Anne d'un coup d'œil perçant.

— Je suppose que vous n'avez pas de cartes à envoyer.

Anne se demanda ce qu'elle devait répondre à cela. Elle s'entendit dire :

— Non.

— C'est de pire en pire, déclara Lilian. Chaque année.

Harriet posa sa tasse à café.

— Ce n'est pas la peine d'y penser maintenant.

Pour une raison quelconque, cette phrase traversa la mouvante nébuleuse de l'esprit d'Anne. Ce n'est pas la peine de penser ou de faire des projets pour Noël ou un autre jour à venir. Prends les choses comme elles viennent. Quelle importance ? Tout a une fin.

Brusquement, elle se sentit pleinement réveillée. Les vagues caressantes, apaisantes, la demi-conscience se dissipèrent, la laissant pleinement réveillée... pleinement réveillée et sur le point de voir ce que tout cela signifiait. C'était quelque chose qu'elle n'avait pas envie de voir. C'était horrible, effrayant. Soudain, alors même que tout allait s'éclaircir, les brumes se refermèrent à nouveau sur elle. Son esprit était empli de brume. La pièce parut tournoyer. L'espace d'un instant, elle ne sut pas où elle était. Elle ignorait que la couleur avait déserté son visage, que son regard était fixe et vitreux. Au bout d'un moment cependant, tout redevint clair. Elle vit les lourds rideaux à l'ancienne qui dissimulaient les fenêtres, l'amas de meubles, le plateau en cuivre avec les tasses à café que quelqu'un avait rapportés des Indes cinquante ou soixante ans plus tôt, les hauts vaisseliers débordant de porcelaines, le canapé et les fauteuils, le tapis avec ses couronnes de fleurs usées jusqu'à la corde, et Lilian, assise, qui la regardait.

Harriet était en train de lire un gros livre sans faire attention à elles. Mais Lilian, Lilian l'observait avec une expression des plus singulières. Une petite image vint à l'esprit d'Anne : l'image d'un chat guettant devant un trou de souris. Lilian la regardait de cette façon-là. Au prix d'un immense effort, elle repoussa cette image. Ses pensées s'éclaircirent.

— Vous êtes fatiguée ? demanda Lilian.

— Oui, je suis fatiguée... je ne sais pas pourquoi.

— Vous feriez bien de vous coucher de bonne heure. En général, Harriet se couche tôt. Moi, je veille jusqu'à pas d'heure, alors ne m'attendez pas.

Elle attendit que Thomasina vînt chercher le plateau pour prendre congé et monter se coucher.

Le sommeil s'abattit sur elle tel un impétueux nuage noir. Plus tard, en y repensant, elle devait s'interroger sur la nature de ce sommeil-là.

Était-ce seulement de la fatigue, le contrecoup de la tension nerveuse ? Ou existait-il une autre explication à cette chute brutale du voile noir ? Elle ne le sut jamais vraiment, mais ses gestes se firent de plus en plus lents, et la dernière chose dont elle se souvenait fut d'avoir soufflé la bougie sur sa table de chevet. Après cela, rien... rien que la sensation directe et très nette de voir la flamme de la bougie, très grande et lumineuse, une grande flamme lumineuse qu'il fallait souffler. Elle se souvenait l'avoir soufflée, puis l'obscurité succéda à la lumière, et elle ne se rappela plus rien du tout, seulement l'inconscience noire qui se referma sur elle, sans aucune pensée vivante. Cela n'avait rien à voir avec le sommeil. Le sommeil était naturel et revigorant. Or cette perte de conscience, c'était comme se noyer dans une profondeur abyssale. Quand on dormait, on se reposait. Mais elle, elle ne se reposait pas du tout. Une lutte s'était engagée. Elle luttait pour émerger des ténèbres, de l'horrible gouffre... et elle n'y arrivait pas. L'obscurité déferlait par vagues ; elle montait et affluait en elle. Elle se débattait contre le noir, contre la suffocation, contre la découverte imminente et fatale dissimulée derrière l'obscurité. Chaque fois qu'elle s'en approchait, du fait qu'il y avait quelque chose qui lui échappait, elle sombrait à nouveau dans les ténèbres et la confusion.

Tout à coup, le rêve éclata, et elle fut libre. Couchée sur le dos, les bras tendus en avant, elle sanglotait, pantelante :

— Non... non... non !

Pendant ce temps, le monde réel, salutaire, prenait possession de ses pensées.

Elle se dressa dans le lit, à bout de souffle. Elle

avait fait un rêve horrible. Elle ignorait lequel ; il était venu et reparti. Dieu merci, il était reparti. Elle descendit du lit. Il n'y avait ni montre ni pendule dans la chambre, et elle n'avait aucune idée de l'heure. Elle alla vers la fenêtre et l'ouvrit. Elle ne dormait jamais avec la fenêtre fermée. Tout s'expliquait. Elle n'avait pas ouvert la fenêtre. Elle était trop endormie pour l'ouvrir. Elle avait fait un cauchemar épouvantable. Se penchant au-dehors, elle offrit son visage à l'air frais. Elle avait la gorge sèche et la tête brûlante. La nuit était calme et paisible. Elle songea à l'eau, ruisselante, bouillonnante, très, très froide, et de là, ses pensées se tournèrent vers un grand verre de boisson fraîche.

Elle s'écarta de la fenêtre, et la pièce lui parut très sombre. Dehors, la nuit était claire. On voyait la courbe de l'allée, les arbres, la dentelle noire de la végétation et la profondeur limpide du ciel. Se détourner d'eux était comme passer de la vision à la cécité. La peur l'effleura à nouveau ; un léger frisson la parcourut. Soudain, pleinement réveillée, elle frémit à une pensée imminente. S'il était si tard que cela, si tant de temps avait passé, pourquoi y avait-il de la lumière de l'autre côté de la porte ? Elle ignorait pourquoi cette question l'effrayait autant. Elle savait seulement qu'elle lui faisait très peur. Brusquement, sous ses yeux, le rai de lumière sous sa porte disparut. Il s'évanouit, et elle se retrouva à fixer le noir.

Peu à peu, la faible, pâle lueur de l'extérieur envahit la pièce. Pendant quelques minutes, elle demeura parfaitement immobile. Puis elle se mit à compter avec une régularité monotone. Arrivée à cinq cents, elle s'arrêta et tendit l'oreille. Il n'y avait aucun bruit. Pas le moindre souffle. Elle prit une profonde inspiration. Deux voix se disputaient en elle. La première disait : « Sottises ! Tu te réveilles, il y a de la lumière dans le couloir... et alors ? Tu ne sais même pas l'heure qu'il est. » La seconde voix répondait : « Je pourrais aller voir. » Et à nouveau, la première : « Tu n'oseras pas. Tu n'oseras pas allumer pour regarder. Imagine qu'il y ait quelqu'un dans le noir qui guette pour voir ce que tu vas faire. »

Une terreur fulgurante, profonde, la submergea. La voix avait raison : elle n'osait pas. Et elle sut avec une certitude redoutable, passionnée, que ce qu'elle ferait dans les minutes qui suivaient déciderait du reste de sa vie. Elle pensa à Jim. Il ne permettrait pas qu'il lui arrivât quelque chose. Il ne pensait pas qu'elle était en danger, sinon il ne serait pas parti en la laissant là. Puis elle comprit qu'il ne servait à rien de penser à Jim, parce qu'il n'était pas là. Elle ne pouvait compter que sur elle-même. Elle s'approcha de la porte et l'ouvrit.

Dehors, il régnait une obscurité absolue. Elle tendit l'oreille. Il n'y avait pas de bruit. Sa chambre donnait sur un couloir transversal. Au bout du couloir, il y avait un palier et l'escalier qui descendait au rez-de-chaussée. Pieds nus, elle longea le couloir jusqu'au palier et se pencha par-dessus la balustrade.

Une petite veilleuse brûlait dans le vestibule. Elle réfléchit pour savoir si elle était allumée toute la nuit. C'était fort probable. Peut-être avait-elle imaginé la lumière entraperçue sous la porte de sa chambre ? Peut-être l'avait-elle rêvée ? Peut-être était-elle en train de rêver maintenant ? Elle frissonna violemment et rebroussa chemin.

Il faisait très sombre dans le couloir. Elle

avança à tâtons jusqu'à la porte ouverte de la chambre. Son manteau... elle n'avait qu'à mettre son manteau. Elle alla vers l'armoire et l'ouvrit. Celle-ci ressemblait à une caverne noire ; à l'exception de son manteau, sa jupe et son chemisier, elle était vide. En cet instant, curieusement, aveuglément, elle se rappela qu'elle avait une robe rouge... rouge foncé. C'était sa plus belle robe. Où était-elle à présent ? La reverrait-elle un jour ? Ses mains tâtonnantes se posèrent sur le col du manteau ; elle le décrocha et l'enfila.

Il était chaud. Elle ne s'était pas rendu compte qu'elle avait froid avant de l'avoir mis. Rien ne vous réfrigérait autant que la peur. Et elle avait très peur. Se détournant de l'armoire, elle se fraya le passage jusqu'à la porte. Ensuite dehors, dans le couloir sombre, et le long du couloir jusqu'au palier.

Une fois sur le palier, elle s'arrêta. L'obscurité vous protégeait. Dans le noir, on était en sécurité. Elle ne pouvait sortir de ce refuge à la lumière et descendre dans le vestibule. Elle ne le pouvait pas. Cette seule idée la fit vaciller et lui fit monter le goût de la peur à la gorge.

Subitement, elle pensa à l'escalier de service. Elle avait trouvé. Il suffisait de traverser ce grand couloir obscur vers l'autre côté de la maison, et le plus tôt serait le mieux. Chaque seconde d'atermoiement la privait du peu de courage qu'elle avait. Surtout, ne plus attendre. C'était facile, il n'y avait aucun danger. Le cœur battant à tout rompre, elle franchit l'espace faiblement éclairé, et la bouche noire du couloir s'ouvrit devant elle.

A chaque pas qui l'éloignait de la lumière, elle se sentait de plus en plus en sécurité. Dans son manteau sombre, elle n'était plus réellement visible. Personne n'allait regarder par là. L'escalier de service commençait aux deux tiers du couloir. Il était dissimulé par une porte. Quelquefois, cette porte restait ouverte. Mattie n'y faisait pas attention. Si Thomasina était montée la dernière, la porte serait fermée. Elle était ouverte. Marchant dans le noir, tandis que la lumière s'évanouissait peu à peu derrière elle, elle la rencontra, tâtonnant le long du mur. Soudain, il y eut le chambranle, et puis plus rien. La porte était ouverte, et il n'y avait pas de lumière. Pas de lumière du tout.

Elle se glissa dans le noir, referma la porte et prit une longue inspiration. Elle ne s'était pas rendu compte à quel point elle avait eu peur jusqu'à ce que ce fût terminé. Elle s'arrêta un moment, le temps de se ressaisir.

Il faisait très, très sombre. Au bout d'une minute ou deux, elle avança son pied. Un demi-pas à la fois. Il y avait là, pensait-elle, une sorte de palier, avec un évier et des robinets d'un côté, et les marches qui descendaient, de l'autre. Elle devait faire très attention. Le moindre faux pas, et n'importe qui pourrait l'entendre. Elle fit deux pas... trois, la main devant elle... quatre, cinq... puis il y eut la rampe, et son pied resta suspendu au-dessus du vide. Sa main toucha la rampe juste à temps pour l'empêcher de perdre l'équilibre. Elle l'agrippa de toutes ses forces et descendit. Elle ne savait pas très bien où donnait cet escalier.

Arrivée à la dernière marche, elle dut tâtonner autour d'elle. Il y avait une autre porte, fermée celle-là. Elle l'ouvrit et se retrouva dans un couloir obscur. A cet instant, elle fut prise d'une envie désespérée d'être de retour dans sa chambre, au chaud dans son lit. L'envie fut passagère. Plus tard, elle pensa que ce fut la dernière occasion de battre en retraite. Elle l'avait refusée. A partir de là, elle n'eut plus le choix.

Chapitre XVIII

Dans le bureau, Lilian Fancourt était assise droite comme un piquet sur le canapé. Son expression était tendue, son visage très blanc. Elle regardait l'homme assis à côté d'elle ; il paraissait parfaitement sûr de lui.

— Allons, Lilian, déclara-t-il avec désinvolture, pourquoi tant d'histoires ? Je ne vais pas la manger.

Lilian se ragaillardit un peu.

— N-non... dit-elle.

Il rit.

— On croirait que je te demande d'accomplir quelque chose d'atroce, ma petite.

— Oh, mais ce n'est pas vrai... n'est-ce pas ?

— Bien sûr que non. Je te demande seulement de m'aider à rendre une pauvre fille perdue à son parent le plus proche. Elle n'a strictement rien à faire avec toi, tu sais. Elle n'est pas mariée à ton neveu et ne l'a jamais été. Si je l'emmène au milieu de la nuit, eh bien, on dira qu'elle s'est enfuie, voilà tout. La prochaine fois qu'elle reparaîtra, si tant est qu'elle reparaisse, ce sera dans le rôle d'une radieuse jeune épousée.

Lilian lui jeta un curieux regard effrayé.

— Que veux-tu dire ?

— Ce que j'ai dit.

— Qu'entends-tu par « si tant est qu'elle reparaisse » ?

— Oh, c'est juste une façon de parler.

— Tu ne lui feras pas de mal... ce n'est pas ce que tu veux !

Il rit.

— Écoute, ma petite, elle a de l'argent, et s'il lui arrivait quelque chose, tout irait à la Charité avec un beau C majuscule. Tu me connais depuis un bon moment. Ai-je l'air d'un gus qui se mettrait en quatre pour enrichir une œuvre de charité ?

— N-non... pas vraiment.

Lilian lui coula un regard oblique. C'était étrange de le revoir... combien ?... quinze ans après ? Non, ce serait plutôt vingt... mais elle avait l'impression que c'était hier. Elle laissa vagabonder ses pensées. Il n'en avait toujours fait qu'à sa tête... Elle ne l'aurait pas supporté. Harriet et elle étaient bien mieux ainsi. Et pourtant... et pourtant...

Sa voix l'interrompit.

— Ma petite fille, pourquoi tant d'histoires ?

Chapitre XIX

Anne sortit par la porte dans le vestibule. La lumière parut intolérablement forte à ses yeux accoutumés à l'obscurité. Elle se retrouvait tout au fond du vestibule. Le seul éclairage provenait du jet qui brûlait faiblement juste devant la porte d'entrée. La première porte à droite menait à la salle à manger, et au-delà, vers l'avant de la maison, il y avait la pièce où elles se réunissaient après le dîner. C'était là que Lilian avait son bureau. Il y avait de la lumière sous la porte. Tendant l'oreille, elle crut distinguer un bruit de voix. Elle s'immobilisa pour écouter. Le murmure des voix continua.

Tout à coup, elle eut une peur intense. L'une des voix monta, se rapprocha. Elle se précipita dans la salle à manger qui était à sa hauteur. Une fois à l'intérieur, elle s'arrêta derrière la porte... qu'elle n'avait pas refermée, mais tirée contre elle. Son cœur battait si fort qu'elle se dit que n'importe qui pouvait l'entendre et la découvrir en suivant le bruit.

Les minutes passant, les battements de son cœur s'apaisèrent. Lorsqu'elle fut capable d'entendre à nouveau, le bruit vint non pas du côté de la porte dont elle serrait toujours la poignée, mais de derrière elle. Elle se retourna. La porte à laquelle elle s'adossait, celle qui donnait sur le vestibule, n'était pas fermée. Mais le bruit ne venait pas de là. Il provenait d'un endroit situé devant elle, sur sa droite. Il venait de la pièce voisine, et elle se souvint que les deux pièces communiquaient par une porte.

Lorsque la maison avait été construite dans le temps, dans la jeunesse du vieux Mr. Fancourt, il y avait eu des fêtes joyeuses, et tout avait été conçu pour permettre aux convives de circuler. La voix de Lilian, expliquant que, bien sûr, leur vie avait beaucoup changé depuis les deux guerres, résonna à ses oreilles.

« Évidemment, nous n'avons aucun souvenir de ce bon vieux temps. Il n'était plus très jeune quand il a épousé notre mère. »

La voix aiguë, affectée, de Lilian mourut dans sa mémoire tandis qu'elle traversait à pas de loup la salle à manger plongée dans l'obscurité. Il ne fallait pas faire de bruit, aucun bruit, sinon ils l'entendraient comme elle les entendait.

Elle était à peu près au milieu de la pièce, avançant à tâtons sur le tapis doux à ses pieds, quand elle se rendit compte avec une fulgurance paralysante que l'un des interlocuteurs dans la pièce d'à côté était un homme. La soudaineté de cette découverte la terrifia. A partir du moment où son cœur s'était calmé et où elle avait commencé à tendre l'oreille, c'était la voix de Lilian qu'elle avait écoutée. Et voilà que, tout à coup, elle entendait parler un homme. Un inconnu qui, cependant, ne l'était pas tout à fait. Mais ce n'était pas la voix de Jim. Elle en était sûre, ce n'était pas la sienne.

Elle continua à avancer lentement, avec précaution, vers la porte qui séparait les deux pièces. Ses mains tendues rencontrèrent le battant et s'y immobilisèrent à plat. Elle pressa le front contre le panneau foncé. En entendant l'homme dire : « Laisse-moi m'en occuper », elle reconnut l'individu qui l'avait observée dans le jardin. Elle était à genoux en train de planter les bulbes quand, levant les yeux, elle l'avait aperçu. Surgi de sa mémoire, ce souvenir la frappa de plein fouet. Il lui fallut un moment pour s'en débarrasser et revenir dans la pièce sombre où elle se tenait, les mains et le front appuyés contre la porte, pour se retrouver là où elle était, et non là où elle avait été.

Revenue à elle, elle écouta les voix de l'autre côté de la porte sombre. Elle avait dû rater quelque chose, car c'était Lilian qu'elle entendait à présent... non pas ce qu'elle disait, mais l'écho de sa voix, comme si elle s'était interrompue en parlant. Sur ce, la voix de l'homme, très claire, s'éleva à nouveau :

— Tais-toi, veux-tu ? Moins tu en sais, et mieux cela vaudra pour toi ! Fais ce qu'on te dit et ne t'occupe pas du reste !

— Je ne pense pas...

— Tu n'as pas besoin de penser ! Fais exactement ce qu'on te dit, et il ne t'arrivera rien de mal. Mais commence à gamberger, et tu auras des ennuis sans avoir eu le temps de dire ouf ! Et si tu as des ennuis, ne compte pas sur moi pour t'en sortir.

Puis Lilian, à nouveau :

— Oh non, ce n'est pas ce que je voulais dire. J'aimerais mieux... tu m'embrouilles complètement... je voulais seulement...

— Tais-toi. Ça vaudra mieux ! Quand il te faudra réfléchir ou prévoir quoi que ce soit, je te ferai signe. Où est sa chambre ?

— Là-haut. Mais je ne crois pas...

— Tais-toi ! Je vais l'emmener tout de suite... il ne sert à rien d'attendre. Elle est là depuis longtemps... trop longtemps. Si je m'étais douté... Maintenant, écoute-moi bien...

Anne parut se ressaisir. Elle n'avait que cette minute-là... seulement cette minute. Ils pouvaient dire ce qu'ils voulaient, elle n'avait que cette minute-là pour se sauver. Ses mains, posées à plat sur la porte, la repoussèrent en arrière. On eût dit qu'elles étaient animées d'une vie et d'une énergie propres. Elle se redressa. La même force singulière lui fit faire demi-tour, et elle revint sur ses pas. Elle ne s'arrêta qu'une fraction de seconde. Elle était à la moitié du chemin quand l'homme rit. Ce rire lui glaça le sang. Elle s'arrêta pieds nus sur le tapis chaud et épais, et un froid mortel l'envahit. Elle ignorait que ce rire aurait pu la lancer dans une fuite éperdue. Rien, alors, n'aurait pu la sauver. Ce fut le réflexe intemporel de se figer, de ne pas bouger, qui vint à son secours. Elle fit une halte et attendit. Lorsque son pouls se fut calmé, elle se dirigea vers la porte.

C'était terrible de quitter la pièce sombre pour le vestibule éclairé. C'était encore plus dur qu'avant. L'idée lui vint que si c'était dur au point d'être impossible, elle était perdue. La peur qu'elle éprouva alors la propulsa à travers la partie éclairée du vestibule, entre la porte de la salle à manger et celle qui donnait sur l'escalier de service.

Une fois dans le noir, la terreur qui l'avait saisie

s'estompa un peu. Elle sortit dans le couloir qui traversait la maison de part en part et se dirigea vers le palier, et de là, dans sa chambre.

Sa chambre paraissait sûre, mais elle ne l'était pas. Rien n'était sûr sous ce toit. Absolument rien. Elle tâtonna dans l'armoire et trouva son gilet, sa jupe et le chemisier assorti. Elle entreprit de s'habiller. Les vêtements lui procurèrent une sensation de froid. Il fallait faire vite... très vite. Et elle n'osait pas allumer, non, elle n'osait pas. Elle enfila les bas et les chaussures, le chemisier, le gilet, la jupe, mit le chapeau et le pardessus et se retrouva à la porte.

Le couloir était sombre et désert. Encore un effort, et elle serait libre. Un air et un fragment de chanson lui revinrent en tête tandis qu'elle contemplait le boyau obscur qui s'éclaircissait à la hauteur du palier pour s'assombrir à nouveau de l'autre côté.

« Une rivière de plus, c'est la rivière Jourdain,
Une rivière de plus, une rivière de plus à
[traverser. »

Tout à coup, elle se sentit preste, claire et calme. Elle allait partir, et personne ne l'en empêcherait.

Elle longea sans bruit le couloir qui s'éclaircissait, franchit le palier et gagna l'escalier qu'elle avait déjà emprunté tantôt.

Chapitre XX

Lorsque la porte de service se fut refermée derrière elle, son pouls s'accéléra. Elle s'arrêta un instant, à peine capable de reprendre son souffle, à peine capable de réfléchir. Puis sa main lâcha la poignée de la porte. Elle était dehors. Elle était libre. Elle pouvait partir et ne plus jamais revenir.

Elle commença à s'éloigner de la maison. Elle n'était pas en sécurité ici... pas aussi près. Elle devait faire attention. Attention à ne pas trébucher, à ne pas faire de bruit. Il fallait prendre son temps, tout doucement, pas à pas. Inutile de songer à ce qu'elle allait faire. Pour le moment, l'essentiel était de partir le plus loin possible de cet homme, de Lilian. Elle ne devait penser qu'à partir.

La partie la plus dangereuse, c'était celle-ci. Elle était obligée de contourner la maison pour rejoindre l'allée. Elle était sur le chemin qui menait à l'entrée de service, dans l'aile est de la maison. Tous les jours, elle avait vu des livreurs aller et venir par là. Bien que carrossable, c'était un chemin étroit. Il y avait de la place pour tourner derrière la haie ornementale de cyprès et de rhododendrons qui masquait l'entrée de service. En suivant ce chemin, elle déboucherait sur la route principale. Elle continua à marcher jusqu'à perdre la cour de vue, jusqu'à respirer plus librement, jusqu'à croire enfin qu'elle s'était réellement échappée.

Le portail de derrière était devant elle. Elle pouvait accélérer le pas à présent, mais pas trop. Elle se heurtait, au fond d'elle, à l'effroyable supposition qu'en se mettant à courir elle perdrait la tête. Une image fulgurante, terrible, se présenta à elle : elle se vit en train de courir en hurlant... hurlant... Elle se figea et lutta contre cette chose qui voulait s'enfuir en hurlant. Quand elle l'eut enfermée à double tour, elle se remit en marche. Elle n'osait pas courir.

Elle commença à réfléchir à ce qu'elle allait faire. Il y avait des trains, mais elle ignorait l'heure de passage du dernier. Et que ferait-elle, une fois de l'autre côté ? Elle ne savait pas si l'on avait le droit de rester à l'intérieur de la gare. Elle ne savait même pas s'il était prudent d'y rester. Plus rien n'était sûr, même ici, même maintenant. Elle avait un peu de temps devant elle, sans plus — juste un peu de temps pendant que Lilian parlait à cet homme — avant qu'ils ne découvrent qu'elle s'était enfuie. L'espace d'un instant, curieusement, ce laps de temps lui apparut comme une poignée de joyaux étincelant de mille feux. Si elle n'en faisait pas bon usage, ils s'évanouiraient et disparaîtraient à tout jamais. Ils ne subsisteraient pas. Elle devait s'en servir maintenant.

Un bruit parvint à ses oreilles. Le bruit d'une voiture qui arrivait derrière elle la tira brutalement de sa rêverie. Elle ne savait pas d'où venait l'auto, ni où elle allait. Elle la dépassa à toute allure, sans la moindre pensée pour elle. Un instant, Anne la suivit du regard. Peu à peu, le bruit du moteur mourut. La lumière brillante avait disparu ; elle était à nouveau seule dans le noir. Elle se mit à courir vers la gare.

Elle ne sut à quel moment cette pensée lui traversa l'esprit, seulement elle s'arrêta net. Elle était en train de courir avec une seule idée en tête, retrouver la lumière, les gens, la gare, quand brusquement elle s'immobilisa, comme face à un mur. Il n'y avait pas de mur, il n'y avait rien pour l'empêcher de se rendre à la gare, sinon ceci que c'était inutile, car il n'y aurait pas de train avant 6 h 20. C'était Thomasina qui l'avait mentionné la veille, et elle avait rétorqué en riant : « C'est horriblement tôt ! » En fait, ce n'était pas assez tôt... non, vraiment pas assez. Il devait être minuit, minuit et demi. Six heures avant le départ du prochain train. Que faire ? Elle frissonna. Il ne fallait pas rester là. A tout moment, ils pouvaient découvrir qu'elle avait disparu, et il partirait à sa recherche. Elle fit un immense effort et regarda autour d'elle.

La nuit n'était pas totalement noire. Il y avait une petite lune épisodique et quelque nuage qui la voilait de temps à autre. Une maison se dressait non loin de là. Elle tenta de réfléchir pour savoir à qui elle appartenait. La maison se trouvait à droite de la route. A gauche, il y avait des champs sans aucune haie pour l'abriter. Si l'homme longeait la route en voiture, cherchant à la repérer, il l'apercevrait côté champs. Il ne servait à rien d'aller par là. Elle se tourna vers la maison. Et si elle frappait à la porte... si elle leur disait la vérité ?

— Je ne peux pas, fit-elle.

L'histoire incroyable qu'elle devrait leur narrer la dépassait elle-même. Quant à lui, l'homme, il n'aurait qu'à dire qu'elle était sa sœur, sa nièce, qu'elle avait perdu la mémoire et leur avait infligé une sacrée frayeur. Elle ne connaissait même pas son nom. Il pouvait inventer n'importe quoi, raconter une histoire que tout le monde croirait, et elle n'avait pas la moindre bribe de fait à lui opposer.

Si seulement elle pouvait joindre Miss Silver... joindre Jim. Soudain, une idée la frappa telle une gifle retentissante. Jim... n'était-il pas dans le coup ? Lilian l'était. Son cœur se serra. Si Jim faisait partie du complot, autant abandonner tout de suite. Mais, tout aussi vite, elle se surprit à le défendre. Il n'était pour rien là-dedans... ce n'était pas possible. Il y avait un tas de raisons pour lesquelles ce n'était pas possible. Elle avait le temps d'y penser. Pour le moment, cela n'avait pas d'importance. L'important était de quitter la route avant qu'on ne la retrouvât.

Elle prit à droite et gravit la demi-douzaine de marches menant vers la porte d'entrée de la maison. Pendant ce temps, une voiture arrivait sur la route derrière elle, roulant lentement.

Chapitre XXI

Arrivé en ville, Jim Fancourt se rendit tout droit à Scotland Yard. Il se présenta devant Frank Abbott, occupé à écrire, et déclara sans préambule :

— Elle n'est au courant de rien.

Frank reposa son stylo et haussa les sourcils.

— Elle ?

Jim plissa le front.

— Anne... l'autre... celle qui a trouvé le cadavre. Je vous ai tout raconté à ce sujet.

Les sourcils de Frank s'élevèrent un peu plus.

— *Tout ?* répéta-t-il.

— Tout ce que je savais. J'en ai appris un peu plus, mais pas tellement.

— Qu'avez-vous appris ?

— Je suis allé voir Anne. Elle a reconnu la perle que je vous ai montrée. Elle provient du collier qu'Anne Borrowdale portait autour du cou. Anne dit que le collier était cassé. Elle affirme avoir vu les perles là-bas, dans la cave. Je lui ai parlé de ma visite dans cette maison avec Miss Silver, et tout concorde. Elle ne se souvient pas être descendue dans la cave. Comme je vous l'ai dit, ses souvenirs commencent quelque part au milieu de l'escalier. Elle est descendue pour s'assurer que la fille était bien morte. Je vous en ai déjà parlé, non ? Après s'en être assurée, elle a voulu partir, et je la comprends. Pas vous ?

— Si.

— Quand elle s'est rendu compte que la fille était morte, elle a éteint sa lampe de poche pour remonter. Je vous ai déjà raconté tout cela : la rue, l'autobus, la rencontre avec Miss Silver. Eh bien, je suis allé la voir hier. Je lui ai expliqué que j'ai vu la maison et lui ai montré la perle. Elle est devenue toute pâle et m'a dit que la fille portait les mêmes perles autour du cou. Je l'ai pressée de questions, mais elle a été catégorique. Elle était sûre de les avoir déjà vues. Elle frissonnait violemment en le disant... visiblement, elle revivait toute la scène. « Elles y étaient, affirmait-elle, mais le fil était cassé. » Je l'ai interrogée sur la maison. Elle ne se souvenait de rien — rien du tout — avant de s'être retrouvée dans l'escalier de la cave avec le sentiment qu'il était arrivé quelque chose d'horrible. C'est ensuite qu'elle s'est assise sur les marches en attendant de reprendre ses esprits. Elle a trouvé le sac, en a sorti la lampe de poche et a vu la fille morte au pied de l'escalier.

Il esquissa un geste impatient.

— Tout cela, je vous l'ai déjà dit ! A quoi bon radoter ? Mais c'est à ce moment-là qu'elle a vu les perles au cou de la fille. Le fil était cassé... cette perle-ci avait roulé sous les planches entassées contre le mur. Tout le reste avait été nettoyé... lavé... balayé. Il n'y avait que cette perle derrière les planches, et elle confirme toute l'histoire, non ?

— Ma foi... il faudrait que nous rencontrions cette jeune personne. Autre chose ?

Jim fronça les sourcils.

— Non... pas vraiment. Elle pense que la maison était vide quand elle y était.

— Pourquoi ?

— Parce que, s'il y avait quelqu'un, pourquoi ne l'a-t-on pas tuée, elle aussi ?

— Comment est-elle entrée dans cette maison ?

— Elle n'en sait rien. Tout est opaque jusqu'au moment où elle se retrouve sur les marches, dans le noir...

Il fit une pause, avant d'ajouter :

— A mon avis, elle a lâché sa torche en voyant le cadavre... elle pense qu'elle avait une torche. Il y en avait une par terre, cassée, à côté de la morte. Celle dont elle s'est servie par la suite était dans le sac... le sac noir qui, selon elle, avait dû appartenir à l'autre Anne. Il était sur les marches à côté d'elle. Elle a tendu la main et l'a senti là où elle était assise, en train de lutter pour ne pas perdre connaissance. Elle l'a ramassé et ouvert : dedans, il y avait une lampe de poche, en plus de la monnaie et des dix billets d'une livre dans la poche interne. Je vous en ai déjà parlé. Elle ne croit pas que le sac était à elle, ni l'argent, ni la lampe de poche. En ce qui la concerne, elle part de zéro... là, dans l'escalier de la cave, sans un penny sur elle.

Frank Abbott fronça les sourcils.

— Décrivez-la-moi.

— Qui... Anne, la morte ou la vivante ?

— Les deux.

— Cette Anne-ci, la vivante, est grande et mince. Elle doit avoir entre vingt et vingt-cinq ans... plus près de vingt, je dirais... vingt-deux ou vingt-trois. Elle a les cheveux châtains, châtain foncé, bouclés...

— Cela ne veut rien dire, répondit Frank Abbott. Très peu de filles, aujourd'hui, portent des cheveux raides. Signes particuliers ?

— Rien. Comment voulez-vous que je le sache ? Rien d'apparent, en tout cas.

— Et la morte ?

Jim le considéra fixement.

— A quoi cela sert-il de décrire quelqu'un ? Quel est l'intérêt d'une description ? Anne Borrowdale était un peu plus trapue et pas aussi grande... sensiblement du même âge. Elle avait les cheveux bouclés... naturellement, je suppose, car il n'y avait pas de fer à friser là où nous étions, et elle y a vécu plus d'un an avec son père.

Frank Abbott leva vivement la tête.

— Étiez-vous marié... avec celle qui est morte ?

— Pas vraiment... il y a eu un semblant de cérémonie.

Frank leva la main et la laissa retomber.

— Vous avez dit aux Américains qu'elle était votre femme.

— C'était le seul moyen de l'expédier avec eux.

— Cela va vous attirer des ennuis, fit remarquer Frank, impassible.

— Je n'y peux rien. Si elle avait été en vie... mais elle est morte, la pauvre. C'est l'autre, l'autre Anne qui doit être prise en considération. Il se trame quelque chose, je ne sais pas quoi, mais un homme est passé la voir hier. Je venais juste d'arriver là-bas, et elle m'en parlé. Écoutez-moi bien... voici ce qu'elle a dit. Elle était en train de planter des bulbes quand il s'est approché du jardin. Elle a cru qu'il s'était trompé de chemin. Pendant qu'elle me le racontait, elle avait si peur... si peur qu'elle a failli s'évanouir. Nous étions dehors, sur la colline au-dessus de la maison. Je l'avais emmenée là-bas car je ne voulais pas qu'on nous épie.

Il s'interrompit, et Frank dit :

— Continuez.

— J'ai demandé : « Il vous a effrayée... qu'a-t-il dit ? » Et elle m'a répondu...

Il fit une pause. L'espace d'un instant, il était à nouveau sur la colline. Seul avec Anne. Qui expliquait : *« Il a dit que nous avions à parler et que je préférerais sûrement ne pas le faire en public. Je... J'ai eu un étourdissement comme maintenant, je ne sais pas pourquoi. »* De retour dans le bureau, il entendit la voix s'estomper dans ses oreilles : *« Cela m'a effrayée... cela m'a effrayée... »*

Frank était en train de le regarder. Jim continua à parler. Il répéta le récit d'Anne, sa description de l'homme et ses dernières paroles.

— Il a dit : « Je m'en vais pour le moment. Mais n'oubliez pas que nous savons où vous êtes. Nous avons des ordres pour vous. Vous ne parlerez à personne de notre rencontre. Et, une fois que vous aurez reçu les ordres, vous vous exécuterez sur-le-champ ! Compris ? » Il a ajouté : « Ça vaudrait mieux pour vous ! » Et il est parti. C'est tout.

— Très péremptoire, fit Frank Abbott.

Jim fronça les sourcils.

— Oui.

Chapitre XXII

Le cœur d'Anne cessa de battre. Il l'avait rattrapée. Elle posa la main sur la poignée de la porte pour se retenir. Et celle-ci céda. Ce n'était pas une porte fermée, lui barrant le chemin vers le salut. La porte était ouverte, et elle était en sécurité. Le battant bascula, l'entraînant à sa suite. Elle le referma, poussa le verrou et s'adossa à lui dans l'obscurité. Le sentiment de l'avoir échappé belle lui donnait envie de défaillir. Soudain, une porte s'ouvrit au fond du couloir, et elle vit briller de la lumière. Une voix jeune, très jeune, appela, ensommeillée :

— C'est toi ? Tu rentres drôlement tard !

C'était une jeune fille en train de bâiller. Derrière elle, une porte entrouverte donnait sur une pièce éclairée. La lumière était dangereuse. Au beau milieu de la nuit, il ne devait pas y avoir de lumière dans une maison endormie. Anne réagit si vite qu'elle eut seulement le temps d'y penser. L'obscurité était protectrice ; la lumière, dangereuse. Elle franchit le couloir et se retrouva dans la pièce. Presque au même instant, la porte se referma sur elle et sur la jeune fille. Elle s'y appuya, haletante, et dit la première chose qui lui passait par la tête :

— Je suis vraiment désolée. Il y a un homme... qui me poursuit. Je vous en supplie, aidez-moi !

La fille la regarda. Elle était petite et boulotte. Ses cheveux blonds étaient en désordre, comme si elle avait été tirée du lit. Elle portait une jupe courte et une chemise de flanelle. Elle s'était débarrassée de ses chaussures qui gisaient pêle-mêle au pied d'un fauteuil devant la cheminée. Ses yeux ronds couleur noisette reflétaient un étonnement ensommeillé.

— Qui êtes-vous ? s'enquit-elle.

— Je suis Anne...

— Anne comment ?

— Je ne sais pas.

— Vous voulez dire que vous avez perdu la mémoire ?

— Oui.

— Oh... comme c'est bizarre...

— C'est très gênant, dit Anne.

— J'imagine. Voulez-vous une tasse de thé ?

Son ton était résolument enjoué.

Brusquement, on frappa à la porte d'entrée. Toute trace de couleur déserta le visage d'Anne. Elle était déjà pâle, mais maintenant, on eût dit que seule la terreur la maintenait encore en vie. La fille hocha la tête.

— D'accord.

Elle tendit la main vers l'interrupteur et éteignit.

L'espoir de l'obscurité... Ces mots vinrent à l'esprit d'Anne et y restèrent. Elle était à l'abri, protégée. Elle demeura debout, la main sur le dossier d'un fauteuil droit, mettant toute sa confiance dans cette petite chose aux tranquilles yeux noisette. Cinq minutes plus tôt, elle avait ignoré son existence ; et maintenant, elle se retrouvait dans le noir, dans une maison inconnue, et tous ses espoirs reposaient sur cette fille plus jeune qu'elle.

Cette dernière sortit de la pièce. A nouveau, on frappa à la porte.

Un grand calme s'empara d'Anne. Un double sort l'attendait, elle le voyait clairement. La fille pouvait être montée pour s'éloigner d'elle. Elle pouvait être montée dans sa chambre et s'y être enfermée à clef. Elle pouvait parler par la fenêtre pour voir qui frappait à la porte. Et, si elle croyait ce qu'il lui disait, elle lui livrerait Anne.

Quelque chose en elle refusait d'accepter cette issue probable. Cela ne lui faisait même pas peur. Peut-être parce qu'elle avait dépassé les limites de la peur. Elle attendit, écoutant de toutes ses oreilles... plus que les oreilles, de tout son être, corps et âme.

Les coups se répétèrent.

Cette fois, ils furent suivis du bruit d'une fenêtre qu'on ouvrait à la volée. Une voix endormie demanda :

— C'est toi, tante Hester ?

— Ben, non...

C'était une voix d'homme. *Sa* voix.

— Oh ! Que se passe-t-il ? Que voulez-vous ?

— Je voulais juste savoir si vous n'avez pas vu ma pupille. Elle a disparu.

— Votre pupille ?

— Oui. Elle a été malade. Elle n'est pas en état de sortir seule. Si elle est chez vous...

— Et pourquoi serait-elle chez moi ? Si vous l'avez perdue, cherchez-la. Et ne venez pas me réveiller pour me flanquer une peur bleue !

De l'autre côté de la porte, la voix se radoucit.

— Toutes mes excuses. Si ma nièce est là...

— Votre nièce n'est *pas* là ! Combien de fois faudra-t-il vous le répéter ?

— Elle n'est pas là ?

— Non !

Au-dessus, la fenêtre se referma d'un coup sec.

L'homme devant la porte d'entrée mit la main sur le heurtoir. Anne l'entendit émettre un faible craquement. Puis sa main retomba. Il resta là une minute ou deux, après quoi ses pas s'éloignèrent, descendirent les quatre marches qui menaient sur la route. Elle l'entendit s'en aller et continua à tendre l'oreille. Tous ses sens semblaient aux aguets. Elle put suivre ses pas sur la route, l'entendre monter dans la voiture. La portière claqua lourdement, définitivement, et la voiture démarra, lentement d'abord, puis de plus en plus vite, jusqu'à ce qu'elle eût disparu.

Anne sentit la raideur l'abandonner. Elle ne s'était pas rendu compte à quel point elle avait froid. Cela lui vint seulement maintenant. Parfaitement immobile, elle attendait, sans savoir qui ni quoi. A présent que tout était terminé et qu'il était parti, elle se dirigea à tâtons vers un fauteuil et s'assit, la tête contre le dossier et les yeux clos. Vaguement, elle entendit la fille revenir dans la pièce. Elle entendit sa voix, mais fut incapable de proférer un son. Il y eut une pause... la lumière s'alluma. Il faisait chaud, merveilleusement chaud. Quelqu'un la secouait par l'épaule. Une voix disait :

— J'ai préparé du chocolat chaud... vous devriez en boire.

Elle rouvrit les yeux. Elle ne se doutait pas de

l'appel désespéré qu'ils contenaient. Ses yeux disaient : « Aidez-moi... aidez-moi. »

La petite jeune fille boulotte lui tapota l'épaule.

— Buvez et vous vous sentirez mieux.

C'était du chocolat, chaud et sucré. Elle le but. Au début, le goût lui parut étrange, mais au fur et à mesure il la réchauffa et la réconforta. Ses yeux étaient ouverts ; à travers sa torpeur, elle avait conscience de la pièce et de la fille.

Lorsqu'elle eut fini, on lui retira la tasse, et la fille déclara :

— Heureusement que vous avez verrouillé la porte en entrant. Je l'avais laissée ouverte... je suis une vraie calamité. Il se trouve que ma tante devait rentrer. Elle était partie en ville pour la journée, et quand elle a téléphoné pour dire qu'elle avait rencontré une amie qui la gardait pour la nuit, j'ai décidé de fermer la porte avant d'aller me coucher. Je me suis endormie en lisant, et quand je me suis réveillée, j'ai cru qu'elle était rentrée pour finir. Quel avertissement terrible, hein ?

Anne cligna des yeux.

— Sans doute. Mais si vous n'aviez pas laissé la porte ouverte, je n'aurais pas pu entrer.

Elle frissonna subitement, violemment.

La fille avait un petit plateau peint entre les mains. Elle ramassa la tasse qui avait contenu le chocolat et rit.

— Je ne dirai rien à tante Hester, ou elle va me faire la morale. Elle est très bien, mais elle a tendance à pontifier.

Elle reposa le plateau avec la tasse et dit énergiquement :

— Maintenant, la question est de savoir ce que je vais faire de vous. Avez-vous une idée ?

Anne regarda devant elle et détourna la tête. Elle ne pouvait encore envisager le lendemain. Attendons qu'il vienne... Elle ouvrit la bouche pour parler quand la jeune fille déclara :

— Il est une heure et demie. A mon avis, nous ferions bien de nous coucher. Je vous prêterai une chemise de nuit. Elle sera courte, mais tant pis. Je dors toujours en chien de fusil. Vous pouvez faire pareil. Et le matin, nous réfléchirons à ce que nous allons faire. De toute façon, ma tante ne rentrera pas avant midi.

Anne se retint au bord de la table pour se lever, mais l'effort lui-même fut balayé par un flot de gratitude. Elle dit à voix basse, saccadée :

— C'est très gentil à vous. Vous ne connaissez même pas mon nom... je ne le connais pas moi-même. Je suis Anne, c'est tout ce que je sais.

— Moi, je suis Prissy... Prissy Knox. Allez, venez ! Vous semblez avoir besoin d'une bonne nuit de sommeil.

Immédiatement, Anne sentit que c'était vrai. Elle se leva. Et ce fut la dernière chose dont elle se souvint clairement.

Chapitre XXIII

Avec le recul, elle se revit seulement en train de gravir les marches qui se révélèrent très raides. Ensuite, il y eut la flamme de la bougie qui la gênait. Elle n'arrêtait pas de l'avoir dans les yeux. On eût dit qu'on lui retirait ses vêtements. Les petites mains potelées de Prissy dégrafaient boutons et crochets et enfilaient une chemise de nuit. Puis... puis la bougie fut remportée, et la chambre, plongée dans l'obscurité. Prissy dit quelque chose — elle pensa que c'était bonne nuit — et la porte se referma. Elle sombra dans le sommeil comme une pierre dans l'eau, et ce fut le néant.

Au début, aucun rêve ne vint troubler son sommeil. Elle était trop fatiguée pour penser. Plus tard, alors que la nuit tirait à sa fin et que son hébétude s'était dissipée, les rêves affluèrent. Elle courait dans un tunnel sombre poursuivie par le bruit d'un train. Elle était assise en haut d'une colline avec Jim. Il y avait du soleil, et ils étaient en paix. C'était comme le jour où ils s'étaient retrouvés ensemble, la dernière fois où elle l'avait vu. Elle savait qu'il y avait eu une dernière fois, et qu'il l'avait prise dans ses bras. A présent, il ne la touchait pas. Ils étaient assis côte à côte au soleil sans se regarder. Tout était paisible. Soudain, les vagues commencèrent à clapoter à leurs pieds. Le temps avait passé. Il n'y avait pas d'eau, mais le temps passant, la mer était montée à leurs pieds. Elle envahit tout l'espace en contrebas, là où Anne avait vu des champs et des arbres. Brusquement, une énorme vague déferla sur eux. Et Jim disparut. Elle se retrouvait seule. Elle émergea, pantelante, de son rêve avec un cuisant sentiment d'abandon. Jim avait disparu, et elle était seule.

Elle ouvrit les yeux et vit la chambre inconnue avant que la mémoire ne lui revînt. Cela lui fit peur. Réveillée en sursaut dans l'aube grise et froide, elle la vit. Elle n'avait aucun souvenir d'être venue là, et, pendant un moment, tout parut flotter. Puis, d'un seul coup, elle se souvint. Se dressant dans le lit, elle se revit en train de descendre l'escalier dans l'autre maison, écouter l'homme parler à Lilian. Elle était à nouveau dans le noir, les yeux agrandis, le cœur battant, tandis qu'elle les écoutait parler dans la pièce d'à côté. Elle se souvenait de tout. Elle aurait pu répéter chaque mot qu'elle avait entendu, chaque mot qu'on lui avait dit.

Lève-toi et va-t'en vite d'ici. Elle était à moitié hors du lit quand on frappa à la porte, et Prissy entra, les cheveux nattés. C'était absurde de se sentir prise en flagrant délit, mais elle ne put s'en empêcher.

Prissy était en train de bâiller.

— J'ai horreur de me lever tôt, déclara-t-elle. Pas vous ? Il n'est que six heures et demie, mais si vous tenez vraiment à prendre un train...

Le train... Elle ne savait plus... Elle regarda Prissy à travers un brouillard de frayeur. Puis tout s'éclaircit. Il fallait partir... rejoindre Jim... Miss Silver. Elle ferma brièvement les yeux.

— Excusez-moi... je rêvais. Je ne sais pas où j'étais, mais pas ici.

— Et maintenant, vous êtes là ?

Il y avait une franche curiosité dans la voix de Prissy, dans son regard aussi.

— Oui... je suis là.

Sa voix trembla légèrement à ces mots. Prissy s'approcha et s'assit sur le lit.

— Bon, eh bien, je crois que nous avons à parler. Je pensais à une chose... vous avez des amis, n'est-ce pas ?

Jim... Miss Silver...

— Oui, j'ai des amis, répondit-elle.

Prissy croisa les bras.

— Très bien, fit-elle avec un réel soulagement. Le mieux, à mon avis, serait que je vous conduise à la gare de Felsham. C'est seulement à douze kilomètres d'ici, et ce n'est pas la même ligne. Ainsi, si quelqu'un vous recherche, il ne pensera pas à aller par là... du moins, je l'espère.

— Vous... vous feriez cela ?

— Mais oui. Me parlerez-vous ?

— Je ne sais pas. Me croirez-vous ?

Prissy éclata de rire.

— Que voulez-vous que je vous dise ? Essayez toujours. Enfin, si vous me racontez que vous êtes tombée d'un avion ou quelque chose de ce genre, je vous aiderai peut-être, mais je ne vous croirai pas, car ce serait stupide. Ce serait beaucoup plus facile de croire que vous avez tout inventé.

Anne la regarda. Des yeux brillants couleur noisette dans un visage rosé, une robe de chambre rouge, pieds nus repliés sous elle.

— Je n'inventerai rien, répondit-elle, je vous le promets. Je ne peux pas tout vous dire car j'ai perdu la mémoire et je ne le sais pas moi-même. Si je vous parle de ce dont je me souviens, vous pourriez ne pas me croire, donc je ne le ferai pas. Parce qu'il ment... l'homme qui est venu ici hier soir...

— Oui, qui est-ce ?

— Je ne sais pas... vraiment, je ne sais pas.

Les genoux sous le menton, Prissy pouffa légèrement.

— Il a dit que vous étiez sa nièce.

— Je sais... j'ai entendu. C'est faux.

— Comment le savez-vous, si vous ne vous souvenez de rien ?

— Je ne l'ai jamais vu... j'en suis certaine. Il était tout à fait bizarre et... et affreux.

Prissy hochait la tête.

— C'est ce que j'ai pensé aussi. Heureusement que vous aviez fermé la porte. Je l'ai trouvé monstrueux.

Elle descendit du lit et bâilla.

— C'est atroce de se lever, hein ? Mais il faudrait y aller avant qu'il n'y ait trop de monde.

Anne sortit du lit et s'habilla rapidement. Il lui restait dix livres, intactes, c'était sa véritable consolation. Dix livres. Elle chercha son sac des yeux, mais ne le vit pas.

Il n'était pas là. Incrédule, elle fouilla la pièce du regard. Elle regardait toujours autour d'elle lorsque Prissy revint. Anne leva des yeux tragiques et dit :

— Mon argent a disparu...

— Oh... quand l'avez-vous vu pour la dernière fois ?

— Je ne sais pas. Il était dans mon sac... je ne le vois pas. C'étaient des billets... dix billets d'une livre.

— Tâchez de vous rappeler quand vous l'avez eu entre les mains pour la dernière fois.

Anne s'efforça de réfléchir.

— Hier matin.

Elle s'assit sur le lit, livide, les mains tremblantes.

— Que vais-je faire ?

— Peut-être l'avez-vous laissé en bas ?

Elles regardèrent en bas, mais il n'y avait rien.

Prissy quitta la pièce d'un pas énergique. Avant qu'Anne n'eût le temps de se ressaisir, elle était de retour. Avec une petite liasse de billets dans la main.

— Et voilà, dit-elle.

Le visage d'Anne se colora d'un seul coup.

— Oh, Prissy, je ne peux pas !

Prissy plissa le front.

— Sottises ! L'argent n'a de valeur que s'il sert à quelque chose. Celui-ci ne sert à rien, à part dormir dans une boîte sous mes chemises de nuit. Si ce triste individu était entré ici hier soir, il l'aurait pris.

Elle eut un petit hochement de tête déterminé.

— Sans aucun problème. Venez, on va prendre le petit déjeuner. Après, je vous emmène au train.

Le petit déjeuner se composait de bacon froid, de pain, de marmelade et de cacao. Ensuite, Prissy descendit au garage et sortit la voiture.

— Imaginez que le monstre soit en train de rôder. A votre place, je me dépêcherais. En fait, il vaudrait mieux que vous vous recroquevilliez sur le siège arrière avec le plaid par-dessus. Ainsi, personne ne saura que je ne suis pas seule. Plus vite nous partirons, et mieux ce sera.

Anne était paralysée de peur. Le sentiment de ne pas savoir qui elle était, d'être nue, vulnérable à l'agression, l'emportait sur le reste. Pendant tout le trajet jusqu'à Felsham, elle serra le plaid autour d'elle, horrifiée à l'idée de devoir le lâcher et de sortir sur le quai.

En arrivant en vue des premières maisons, Prissy dit :

— Sortez maintenant. Il ne faut pas avoir l'air de quelqu'un qui cherche à ne pas être vu.

Elle avait raison. Anne repoussa le plaid, s'assit et remit de l'ordre dans sa coiffure. Elle avait plus peur que jamais, mais elle ne voulait pas le laisser paraître.

La voiture s'arrêta devant la gare, et elle descendit. Se retournant, elle vit que Prissy descendait, elle aussi.

— Allez dans la salle d'attente, lança-t-elle. C'est juste là. Je vais prendre votre billet.

C'était un jeu pour Prissy, un jeu excitant. Alors que pour elle... Tout à coup, elle ressentit une bouffée de courage et d'espoir. Elle entra dans la salle d'attente et s'assit, le dos à la lumière.

Prissy l'y rejoignit avec le billet.

— Tenez. Le train arrive dans un quart d'heure. C'est atroce à dire, mais je préfère ne pas attendre.

Anne lui jeta un regard perplexe.

— Pourquoi ?

— Mrs. Brown, répliqua Prissy. C'est son jour. Si elle vient et s'aperçoit que je suis sortie, tout le village sera au courant. Mais si je pars tout de suite, j'arriverai juste avant elle, et personne n'en saura rien. Ne vous inquiétez pas, tout ira bien.

Elle hocha la tête et prit les deux mains glacées d'Anne dans les siennes, qui étaient comme deux petits pâtés chauds.

— Vous me raconterez la suite.

Et elle partit.

Chapitre XXIV

Prissy reprit la route de très bonne humeur. Elle était contente d'elle. Elle envisagea de dire à tante Hester qu'elles avaient eu une visite, puis se ravisa. Tante Hester était quelqu'un de bien, mais elle avait tendance à faire des histoires, et elle n'avait pas vu Anne. Mieux valait ne pas lui parler d'elle. Bien que dépourvue de sens pratique, tante Hester avait une bonne trentaine d'années de lecture de journaux de plus que Prissy. Elle en connaissait un rayon sur les personnages louches, les manigances et toutes sortes de choses qui ne devraient pas exister, mais qui se donnaient des apparences. A trop lire ce genre d'histoires, elles s'interposaient dans votre réelle opinion des gens... l'opinion que pouvait avoir un chien ou un chat, ou bien un enfant.

Prissy s'estimait très douée pour juger les gens à leur juste valeur. L'homme de la veille, elle l'avait détesté à l'instant même où il avait frappé à la porte. Anne était quelqu'un de bien... Prissy en avait été convaincue au premier coup d'œil. Elle regrettait de ne pas l'avoir mise dans le train, mais le plus raisonnable était de partir tout de suite, pour qu'on ne les vît pas ensemble, et de rentrer avant l'arrivée de Mrs. Brown. Elle roulait à une vitesse agréable tout en chantonnant.

Elle avait verrouillé la porte du garage et était montée lorsqu'il lui vint à l'esprit qu'elle avait été très maligne. Il lui arrivait souvent d'être contente d'elle, mais cette fois-ci, elle était vraiment très contente, car elle était rentrée depuis un quart d'heure à peine quand on frappa de nouveau à la porte. C'était trop tôt pour Mrs. Brown. Elle arrivait à huit heures et quart, or il n'était que huit heures.

Prissy descendit et mit la chaîne avant d'ouvrir la porte d'entrée. C'était la première fois qu'elle se servait de la chaîne, et elle s'en félicita. La porte s'ouvrit autant que la chaîne le permettait, et elle vit l'homme qui se tenait dehors.

Affreux. Désinvolte. Insolent. En un mot, louche.

— Qu'est-ce que c'est ? demanda-t-elle.

— Je recherche une jeune femme disparue. Je suis venu hier soir, mais vous n'étiez pas très accueillante. Maintenant qu'il fait grand jour, en tout bien, tout honneur, ne croyez-vous pas que vous pourriez m'ouvrir ? Je viens de la part de Miss Fancourt qui habite un peu plus haut.

Pas un instant, elle ne fut dupe. Cet individu-là était louche. Elle regretta de n'avoir pas quelque chose sur quoi grimper, car il était juste au-dessus de sa tête. Se redressant de toute sa hauteur, elle déclara :

— Je ne sais pas de quoi vous parlez. Ma tante est en ville, et Mrs. Brown ne sera pas là avant un quart d'heure. Allez-vous-en, je vous prie.

— Eh bien, dans ce cas, j'attendrai de voir

Mrs. Brown. Vous êtes ridicule, vous savez. Si cette jeune personne est chez vous, vous ne pouvez pas la garder. Elle a été confiée aux soins de Miss Fancourt car elle n'a pas toute sa tête. Vous prenez une énorme responsabilité en la soustrayant à ceux qui sont chargés de veiller sur elle.

L'espace d'un horrible moment, tout se brouilla abominablement dans l'esprit de Prissy. Et s'il disait la vérité ? Ils n'étaient plus au cœur de la nuit noire. Ils étaient en plein jour... enfin, pas si plein que cela, car le nuage noir au-dessus de leurs têtes semblait annoncer la pluie d'un instant à l'autre. Tout en elle tremblait.

Et puis soudain, tout rentra dans l'ordre. Elle croyait Anne, mais ne croyait pas un mot de ce que lui disait cet individu. Elle jeta un coup d'œil par-dessus son épaule sur l'horloge de l'entrée et vit qu'il était huit heures sept.

— Tout cela est très joli, répliqua-t-elle, mais je ne suis pas censée ouvrir à qui que ce soit quand je suis toute seule. Vous n'avez qu'à attendre l'arrivée de Mrs. Brown.

Il n'avait pas envie d'attendre. Elle l'entendit lâcher un « Zut ! » distinct à travers la porte.

— Elle sera là dans cinq minutes environ, ajouta Prissy. Cela ne vous ennuie pas si je ferme la porte ?

Et elle lui ferma la porte au nez.

C'était très impoli de sa part. D'un côté, elle était choquée, mais de l'autre, ravie. Il y avait quelque chose d'infiniment gratifiant dans le fait d'être impolie avec quelqu'un qui ne pouvait vous atteindre. Frémissante d'excitation, elle recula dans l'entrée.

Ces cinq minutes furent très longues, et en plein

milieu, une idée consternante effleura Prissy. Et si, ce jour-là précisément, de tous les jours du mois, et de tous les mois de l'année, Mrs. Brown ne venait pas ? Elle se reprit fermement. Pourquoi ne viendrait-elle pas ? Elle viendrait... il fallait qu'elle vînt... elle venait toujours.

La voix de l'autre côté de la porte interrompit ses réflexions.

— Écoutez, c'est proprement insensé !

L'homme, dehors, était très en colère.

Mrs. Brown serait là dans une minute. Son aide lui serait précieuse. Prissy recula jusqu'à heurter de ses talons la première marche de l'escalier. L'homme cognait à la porte et secouait la poignée. Elle monta deux ou trois marches et attendit Mrs. Brown. Une fois que tout serait terminé, ce serait une véritable aventure. En ses dix-huit ans, elle n'avait jamais vécu une aventure comme celle-ci.

De l'autre côté de la porte d'entrée, l'homme avait cessé de frapper. Elle entendit le portail. Puis la voix de Mrs. Brown :

— Mais que se passe-t-il ici ?

Elle dégringola les trois marches et se précipita vers la porte de service.

— Mrs. Brown ! Mrs. Brown !

Mrs. Brown mena l'affaire rondement.

— Faire peur à une jeune fille ! Franchement, vous devriez avoir honte ! ... Non, vous n'entrerez pas ! Si vous avez quelque chose à dire, vous le direz à Miss Hester Knox quand elle sera rentrée. Il n'y a personne ici qui corresponde à la dame que vous recherchez. Il n'y a que moi et Miss Prissy, que vous avez effrayée à mort !

Prissy l'écoutait donner de la voix. Elle n'était

pas effrayée à mort, mais ses jambes flageolaient, et elle s'assit, soulagée, sur les marches pour écouter Mrs. Brown régler son compte au monstre. Elle ne pensait pas lui parler d'Anne. Ce n'était pas raisonnable. Et elle n'en parlerait pas non plus à tante Hester. Moins il y avait de gens au courant et mieux cela valait. Tante Hester ne manquerait pas d'en parler à sa meilleure amie, Miss Ribblesdale, et Dieu sait combien de personnes Miss Ribblesdale mettrait dans la confidence. A la réflexion, tante Hester ne posait pas de problème, mais Miss Ribblesdale avait des centaines d'amies, absentes et présentes. Les absentes ne comptaient pas. Les présentes, si. En un rien de temps, tout Haleycott serait au courant. Avec une clarté redoutable, Prissy imagina Mrs. Bodingley, Miss Escott, Mrs. Town et les deux Miss Bamfield en train de jacasser comme des folles. Elle secoua résolument la tête : elles ne parleraient ni d'elle, ni d'Anne. Se levant, elle dit :

— Oh, Mrs. Brown, quel horrible individu ! Il a dit qu'il cherchait quelqu'un... sa nièce, d'après lui. Vraiment, je ne vois pas pourquoi il est venu ici, alors que tante Hester est partie et tout.

Mrs. Brown parut scandalisée.

— Miss Knox est partie ?

— Seulement pour la nuit. Elle sera là pour le déjeuner... enfin, je crois.

Mrs. Brown ôta son chapeau et son pardessus et les accrocha à une patère à l'office.

— Vous avez eu parfaitement raison de le remettre à sa place, mon petit. Un sale petit voyou, voilà ce qu'il était. Je pense que je vais commencer par la salle à manger et la chambre de votre tante... un bon coup de propre. Mais avant, on va boire une tasse de thé. Je vous trouve un peu pâlotte, Miss Prissy.

Il était vrai que Prissy se sentait plutôt pâle.

Chapitre XXV

Anne était assise dans le train. Elle ne pensait qu'à une chose : elle était sauvée. Elle avait réussi. Elle s'était échappée. Rien ne pouvait la retenir. Tous ces sentiments familiers la submergèrent complètement... pendant une demi-heure environ.

Ce fut alors qu'elle commença à réfléchir. Que faire maintenant, où aller ? Elle pensa à Jim. Et si elle se rendait chez lui ? Admettons qu'elle allât chez lui et qu'il ne la crût pas. Cette supposition la glaça, et elle s'obligea à l'examiner calmement, minutieusement. Que savait-il d'elle, après tout ? Seulement qu'elle avait surgi avec le sac de sa femme et la plus incroyable des histoires, comme quoi elle l'avait vue morte dans la cave d'une maison inconnue. Si elle avait pu se présenter, expliquer d'où elle venait et ce qu'elle faisait... si au moins elle connaissait son propre nom... Mais elle ne savait rien, rien du tout, hormis le fait qu'elle se prénommait Anne. Elle avait perdu la mémoire et ignorait si celle-ci lui reviendrait un jour. Peut-être, ou peut-être pas... elle était incapable de le dire. Comment pouvait-elle aller chez Jim ? La réponse était simple et claire. S'il croyait

Lilian — et pourquoi ne la croirait-il pas ? —, elle était perdue. Un sentiment de fierté et d'indépendance monta en elle et prit le dessus. Pas encore. Il fallait trouver un endroit tranquille où elle pourrait rester un moment. Jim l'avait laissée chez ses tantes, et elle était partie. Il aurait beau dire ou faire, elle n'y retournerait pas. Et si elle n'y retournait pas, il lui fallait un peu de temps pour réfléchir à ce qu'elle allait faire.

Elle écarta la pensée de Jim et songea à Miss Silver. Pouvait-elle aller chez Miss Silver ? Cela méritait réflexion, car si elle ne pouvait pas... si elle ne pouvait pas... Un spasme de terreur la saisit. Ses mains se serrèrent convulsivement sur ses genoux. Pouvait-elle aller chez Miss Silver ? Au moment même de poser la question, elle sut nettement la réponse : elle ne le pouvait pas. La réponse vint avec une clarté terrifiante ; sa chair et son esprit avaient beau se ratatiner, rien ne pouvait la voiler. Miss Silver coopérait avec Jim. Elle ne pouvait pas, ne devait pas prendre ce risque. Elle n'osait pas le prendre. Si elle avait retrouvé la mémoire... si... Mais à quoi bon ? Le visage de l'homme venu la voir dans le jardin surgit devant elle. Terriblement net. Il pouvait raconter n'importe quoi sans qu'elle fût en mesure de le contredire. Il pouvait dire ce qu'il voulait : elle était impuissante. Les choses qu'il pouvait dire se dessinèrent dans sa tête, l'une après l'autre ; elle saurait qu'elles n'étaient pas vraies, mais elle n'aurait aucun moyen de le prouver, aucun. Or si elle était incapable de réfuter ses mensonges, que lui restait-il à faire ? Disparaître... se fondre dans la foule londonienne. C'était la seule issue raisonnable en attendant de retrouver la mémoire. Et si la mémoire ne lui revenait plus jamais ? Un frisson la parcourut. Il ne servait à rien de penser à l'avenir.

Brusquement, une image surgit dans son esprit. L'image d'une petite fille, âgée de huit ou neuf ans, en train d'écrire dans un cahier. Elle écrivait : « Les manières façonnent l'homme. » Elle avait déjà rempli la moitié de la page. « Les manières façonnent l'homme. » Encore et encore. L'image était petite et nette. Soudain, l'enfant cessa d'écrire, étira sa main droite et poussa un profond soupir. L'image disparut. Mais en cet instant, Anne s'était reconnue. C'était tante Letty qui l'obligeait à copier ces mots et, tandis qu'ils défilaient devant elle, elle vit clairement tante Letty, une femme énorme, vieille, aux cheveux blancs et à la main leste.

Le tout avait duré moins d'une minute. Elle en émergea à bout de souffle, mais encouragée. Elle s'était souvenue. Pour la première fois, le voile s'était soulevé. C'eût été certainement plus utile s'il s'était soulevé sur une scène plus récente. Mais curieusement, cette vision d'elle-même à l'âge de huit ans et demi ou neuf ans la rassurait. Le fait de regarder en arrière et de se voir enfant remettait le présent à sa juste place.

Ses mains se détendirent, et son esprit s'apaisa. Elle avait dix livres, ainsi que sa liberté. Maintenant qu'elle avait commencé à se souvenir, cela allait continuer. Il n'y avait pas de quoi s'affoler. Tout finirait par s'arranger.

C'était curieux, l'effet que cela produisait sur elle. Elle se sentait pleine de courage et d'espoir. Pendant le reste du trajet, son esprit fourmilla de plans. Il lui faudrait trouver du travail. L'argent que Prissy lui avait donné ne durerait pas longtemps. Elle devait louer une chambre, acheter une chemise de nuit, une brosse et un peigne. Pour la chambre, il allait falloir payer d'avance. Oh, et puis elle devrait se procurer une valise. La moins chère ferait l'affaire... sinon personne ne l'accepterait sans bagages.

Et elle continua à échafauder des plans.

Chapitre XXVI

Une heure plus tard, Jim téléphonait à Chantreys.

— Je voudrais parler à Anne.

Cela eut un curieux effet. Il n'aurait su dire lequel. Le mot qui lui vint à l'esprit fut consternation. C'était Lilian qui avait répondu. Au début, elle ne dit rien du tout, puis elle fit :

— Anne...

— Oui.

— Ma foi...

— Je veux lui parler.

Lilian ne savait quoi faire. Elle temporisa.

— Je ne sais pas si c'est possible.

— Pourquoi ?

— Elle... elle n'est pas là.

— Tu veux dire qu'elle est sortie ?

— Eh bien...

— Lilian, peux-tu avoir la gentillesse de me dire ce que tu entends par là ?

Il y eut une pause. Elle était fortement tentée de raccrocher. Elle pourrait toujours prétexter que la communication avait été coupée. Son esprit oscillait, répugnant à prendre une décision.

— Jim... il est arrivé quelque chose.

Elle était soulagée d'avoir avoué. Il fallait bien lui dire. C'était beaucoup mieux de lui dire la vérité... beaucoup mieux, vraiment...

— Qu'est-il arrivé ?

— Elle... elle est partie.

— Comment cela, Lilian ?

— Elle... est partie. Je n'ai pas pu l'en empêcher. Je ne savais pas qu'elle allait partir.

— Tu veux dire qu'Anne est partie ?

Une agitation croissante perçait dans la voix de Lilian.

— Oui... oui. Ce n'est pas la peine de me demander pourquoi... je n'en sais pas plus que toi. Ce matin, à notre réveil, elle n'était plus là, voilà tout. Elle n'était plus là. Et ne me demande pas pourquoi elle est partie de cette façon : je n'en sais rien. Personne ne sait. Je lui ai dit bonne nuit ; elle est montée se coucher... et je ne l'ai plus revue.

A présent, Lilian était très contente d'elle. Le pire était passé. Jim n'avait pas grand-chose à dire. Il l'avait trompée, honteusement. Elle ignorait s'il fallait lui en parler. Peut-être pas. Qu'avait-il dit déjà, cet homme-là, la veille... ? « Moins on en dit, et mieux on se porte. » Oui, elle ferait bien de s'en souvenir. Quand on ne révélait rien, on pouvait toujours glisser un mot ici ou là, au moment propice. La voix de Jim lui parvint aux oreilles, dure et froide :

— J'arrive tout de suite.

Elle fut suivie du déclic du combiné qu'on raccrochait.

Lorsque Jim arriva, Lilian était convaincue qu'elle était parfaitement capable de maîtriser la situation. Elle était de ceux qui savent mener un projet à bien, à condition que personne ne lui dictât sa conduite, mais, face à Jim, ce ne fut pas aussi simple. Pour commencer, elle ne l'avait encore jamais vu dans cet état. Elle ne le voyait pas souvent, du reste. Il avait été élevé par la famille de sa mère et, durant ses visites, d'abord petit garçon, puis jeune homme, il s'était montré plutôt taciturne. Ensuite, il avait disparu pendant trois ans... elles ne savaient pas vraiment ce qu'il était devenu. C'était totalement absurde de croire qu'il pût les mettre dans l'embarras. Elle, en tout cas, ne le tolérerait pas.

Seulement, à son arrivée, tout sembla avoir changé. Ce n'était plus un petit garçon maintenant. C'était un homme. Quand il la regardait de la sorte, son cœur se serrait. C'était plus fort qu'elle.

Elle se leva, s'approcha de la fenêtre, puis revint sur ses pas.

— J'ignore ce que tu penses. Nous étions toutes plus gentilles avec elle les unes que les autres.

— Ah oui ? Alors pourquoi est-elle partie ?

— *Franchement*... comment le saurais-je ? Tu auras beau dire, elle avait quelque chose de tout à fait étrange. Je ne sais pas, moi...

Debout devant la cheminée, il lui faisait face.

— Qu'est-ce que tu ne sais pas ?

— *Franchement*, Jim, on croirait que...

— On croirait que quoi ?

Lilian fondit en larmes.

— On croirait que tu... que tu nous soupçonnes, nous ! C'est très dur... très *dur* !

— Lilian, sais-tu pourquoi elle est partie ?

— Non.

— Dans ce cas, il faut que je trouve quelqu'un qui le sait.

Et il sortit. Elle en fut soulagée, mais que comptait-il faire ? Elle était incapable de réfléchir. Elle se moucha et repensa à ce qu'elle venait de dire. Il n'y avait rien d'important là-dedans. Il ne pouvait s'attendre à ce qu'elle sût quelque chose. Il ne pouvait la suspecter de savoir quelque chose. Tout se passerait bien. Il le *fallait*. Et s'il était parti... Était-il parti ?

Il n'était pas parti.

Après avoir laissé Lilian, il se dirigea vers les communs. Il avait décidé de voir Thomasina. Lilian cherchait toujours à arrondir les angles. Il ne voulait pas arrondir les angles, il voulait la vérité. Et il pensait l'obtenir de Thomasina.

La croisant à l'office, il ferma la porte.

— Thomasina, j'aimerais vous interroger au sujet de Mrs. Fancourt.

Elle pivota vers lui avec une théière à la main et un fin chiffon de polissage.

— Oui, Mr. Jim ?

— J'ai appris qu'elle était partie.

— Cela en a l'air.

Elle parlait sans agitation, lentement... il crut déceler quelque chose dans sa voix. Non, il était impossible d'en dire plus.

— Savez-vous pourquoi elle est partie ? demanda-t-il.

Thomasina frotta le bord de la théière.

— J'ai mon idée là-dessus, Monsieur.

— Et quelle est-elle ?

— Je ne sais pas si je dois en parler.

— Si, si, il le faut.

Elle continua à astiquer la théière.

— Ce n'est pas à moi de parler de ce qui se passe dans cette maison, répliqua-t-elle enfin.

Se penchant en avant, il lui prit les poignets d'un geste calme et léger.

— Il ne s'agit pas de ce que vous devez faire ou ne pas faire. Il s'agit de moi, de mon désir désespéré de savoir ce qui est arrivé à Anne.

Elle leva les yeux et, rencontrant son regard, fit posément :

— C'est donc cela, hein ?

— Oui, c'est cela.

Elle se tourna pour poser la théière sans hâte, sans agitation. Puis, une fois qu'elle fut à nouveau face à lui, elle le regarda et dit :

— Elle est bien.

— Oui, elle est bien.

Il eut l'impression que la conversation se déroulait maintenant sur un autre plan. Un plan où l'on s'exprimait par simples vérités qui étaient reçues comme telles. Tout était clair et facile entre eux.

— Pourquoi est-elle partie ?

— Je ne sais pas. Son départ a été précipité.

— Comment le savez-vous ?

Elle prit son temps pour répondre. Elle ne le quittait pas des yeux. Quand elle se remit à parler, sa voix avait perdu de son calme.

— Je me suis réveillée dans mon premier sommeil. D'habitude, je ne me réveille pas. Il m'est venu à l'esprit qu'il y avait quelque chose à faire et que je n'avais pas su quoi. Puis je me suis rendormie et ne me suis réveillée qu'au matin.

Il avait entendu ce qu'elle disait. Cela n'avait aucun sens... ou alors cela en avait trop. Où était la réponse ?

— Quand avez-vous découvert qu'elle était partie ?

— Quand je lui ai monté son thé. Le store était

levé comme d'habitude, et j'ai vu tout de suite qu'elle n'était pas là. Ses habits non plus. Son chapeau et son manteau avaient disparu comme le reste. Mais elle avait laissé son sac.

— Avec son porte-monnaie dedans ?

Thomasina secoua la tête.

— Elle n'avait pas de porte-monnaie. Les billets étaient au milieu du sac, et les quelques pièces dans une poche latérale. J'ai regardé pour voir.

Sa voix était tranquille et résolue.

— Mais si elle n'avait pas d'argent sur elle, s'exclama-t-il, comment a-t-elle pu partir ?

— Je ne sais pas.

Il y avait quelque chose dans sa voix.

— Thomasina, s'il y a quoi que ce soit, il faut me le dire... *il le faut*.

Elle soutint son regard sans ciller.

— Je ne sais rien, c'est la vérité. Rien. Mais la porte de service était ouverte ce matin. Ni Mattie ni moi ne l'avions laissée ouverte.

— Pourquoi serait-elle sortie par la porte de service ?

— A mon avis, parce qu'elle ne voulait pas qu'on l'entende.

— Oui. Mais qu'est-ce qui l'a poussée... qu'est-ce qui l'a poussée ?

Thomasina avait son idée, mais elle la garda pour elle. N'obtenant pas d'explication, Jim en chercha une lui-même.

— Il a dû se passer quelque chose. Lorsque vous vous êtes réveillée... quelle heure pouvait-il être ?

— Je ne sais pas. D'habitude, je ne me réveille jamais avant le milieu de la nuit.

— Autrement dit, entre minuit et une heure ?

Elle hocha la tête.

— Mais ça ne nous avance pas à grand-chose.

— Qu'a-t-il pu se passer pour la faire fuir de la sorte ? Elle est partie précipitamment... puisqu'elle a oublié son sac. Comment a-t-elle pu l'oublier ?

Les yeux de Thomasina rencontrèrent les siens.

— Je ne sais pas.

Il se détourna un instant, puis la regarda à nouveau.

— Il doit y avoir une raison à ce départ précipité.

— Peut-être qu'elle s'est souvenue de quelque chose, répondit Thomasina lentement.

Chapitre XXVII

Jim retourna tout droit chez Miss Silver.

— Personne n'est au courant de rien. Elle s'est évanouie, purement et simplement.

Miss Silver reprit son ouvrage et continua à tricoter en silence pendant une ou deux minutes. Puis elle leva les yeux sur Jim, debout sur le devant de cheminée, et dit :

— Vous feriez mieux de vous asseoir, Mr. Fancourt.

— Je n'en ai pas envie.

— Tout de même, ce serait mieux... Merci. Que s'est-il passé, selon vous ?

— Aucune idée. J'ai réfléchi dans le train, pendant tout le trajet. Et je ne vois que deux possibilités. Ou bien elle est partie d'elle-même, ou bien elle a été enlevée.

— Cela me paraît raisonnable.

— Si elle est partie d'elle-même, pourquoi a-t-elle laissé son sac ?

— Elle pouvait être extrêmement pressée.

— Pourquoi ?

— Cela, nous l'ignorons. Mais vous avez dit

qu'hier, quand vous êtes allé là-bas, il est arrivé quelque chose.

— Oui, l'homme qui est venu et l'a trouvée dans le jardin. Il l'a menacée. Mais elle ne le connaissait pas, absolument pas. Elle ne l'avait jamais vu. Ses propos ont été une énigme pour elle.

— Que lui a-t-il dit ?

— Qu'ils avaient à parler, mais pas en public. Il lui a fait peur. Elle a manqué défaillir quand il lui a dit cela. Il s'est moqué d'elle ; il affirmait qu'elle savait ce qu'il pourrait dire, et elle a répondu qu'elle ne savait rien, rien du tout. « C'est ce qui m'a effrayée, m'a-t-elle dit. Si j'avais pu me souvenir, je n'aurais pas eu aussi peur. C'est le fait de ne pas savoir, d'être incapable de voir. C'est comme se réveiller en pleine nuit sans savoir où l'on est. »

Il répéta ces mots, et ils la rapprochèrent de lui. Il n'était pas chez Miss Silver. Il était sur le flanc venteux de la colline. Son bras était autour d'Anne. Il la sentait trembler contre lui.

Miss Silver tricotait toujours. Elle savait parfaitement où il était. Et elle le laissait là-bas. Finalement, il reprit son récit.

— Elle a fini par me raconter toute l'histoire. J'ignore s'il l'avait prise pour quelqu'un d'autre, mais voici ce qu'il lui a dit : « N'oubliez pas que nous savons qui vous êtes. » Et il a ajouté qu'ils avaient des ordres pour elle. Elle ne devait parler de leur entrevue à personne. Et, lorsqu'elle aurait reçu ses ordres, elle devrait s'exécuter sur-le-champ. « Ça vaudrait mieux pour vous », a-t-il dit avant de tourner les talons.

Miss Silver leva la tête.

— Elle ne le connaissait pas du tout ?

— Du tout.

— Je vois...

Elle s'interrompit pour réfléchir. La voix de Jim lui parvint :

— Je n'y comprends rien... strictement rien. Vous savez ce que c'est. On se sent proche de quelqu'un. Très proche. On sait qu'il dit la vérité. Et quand je dis qu'on sait, j'entends : réellement. On ne cherche pas à deviner... vos esprits n'en forment qu'un. Eh bien, c'était ainsi.

Il se renversa dans son fauteuil.

Miss Silver inclina doucement la tête.

— Je vois.

— Et, tout à coup, poursuivit-il, il y a une cassure... vous n'avez plus aucun moyen d'atteindre l'autre. C'est proprement infernal. Que s'est-il passé... voilà ce que je cherche à comprendre. Qu'est-ce qui a bien pu se passer ?

Miss Silver continua à tricoter en silence une minute ou deux.

— A mon avis, il y a deux solutions, répondit-elle enfin. L'une est qu'Anne a retrouvé la mémoire. Et nous ignorons ce que sa mémoire lui a révélé.

— Vous croyez ?

— Je n'en sais rien. A l'évidence, quelque chose a dû la perturber très fortement. Voulez-vous me dire seulement ce qui s'est passé entre vous ?

Il obtempéra.

— L'autre solution, reprit-elle, est qu'il est arrivé quelque chose après votre départ. Quelque chose qui l'a décidée à partir. Qu'aurait-elle pu découvrir, d'après vous ?

— Elle est partie dans la précipitation.

Il lui parla du sac oublié.

— Elle n'avait donc pas d'argent sur elle ?

— Non. Pas que je sache.

Il y eut un nouveau silence.

— Votre tante, quel genre de personne est-ce ? demanda Miss Silver.

— Lilian ?

— Si tel est son prénom.

— Elles sont deux, Lilian et Harriet. Harriet est la plus jeune. Elle a voué sa vie aux bonnes œuvres.

— La lettre dans le sac d'Anne était signée de Lilian. Quel genre de femme est-ce ?

Jim ouvrit de grands yeux.

— Je ne les ai pas vues souvent, l'une et l'autre. Juste des visites épisodiques de politesse... vous voyez ce que je veux dire. Elle n'a pas inventé la poudre. C'est une provinciale.

Miss Silver se souvenait clairement de ce que son amie de Haleycott avait dit sur Lilian Fancourt. « Elle est de ces femmes qui n'ont pas grand-chose, mais qui se cramponnent à ce qu'elles ont. »

— Puis-je vous demander... quelle est la situation concernant la maison de Haleycott ?

— Mon grand-père me l'avait léguée, répondit Jim lentement, mais je n'aurais pas eu le cœur de les en chasser. Elles ont toujours vécu là. C'était ma seconde famille. Je n'avais pas le droit de les chasser.

— Et elles le savaient ?

— Je suppose qu'elles connaissaient le testament de mon grand-père. Voyons, Miss Silver, vous ne pensez pas...

Elle posa son regard sur lui.

— Je pense qu'aucune piste ne doit rester inexplorée.

Il se leva de son fauteuil. Comme pour mieux se démarquer de cette proposition.

— Écoutez, on ne va pas rentrer là-dedans. Même si Lilian l'avait voulu, qu'aurait-elle pu faire ? De toute façon, elle n'est pas comme ça. C'est une tête de linotte. J'avoue franchement que je ne la porte pas dans mon cœur, mais cela étant dit, qu'aurait-elle pu faire ?

— Mr. Fancourt, cet homme qui est venu là-bas, l'a-t-il vue ?

— Vu Lilian ? Oui. Mais j'ignore s'il a demandé à la voir. Thomasina ne sait plus très bien s'il a dit Mrs. ou Miss Fancourt.

— Est-il resté longtemps avec elle ?

— Thomasina n'en sait rien. Elle l'a laissé avec Lilian pour retourner à l'office.

Ils continuèrent à parler, mais sans grand résultat.

Chapitre XXVIII

Le train arriva au terminus. Anne descendit. Elle ne savait pas où elle allait. Elle ne savait pas ce qu'elle allait faire. Elle alla s'asseoir dans la salle d'attente et s'efforça d'analyser la situation. Longtemps, rien ne vint. Puis elle se mit à réfléchir.

Elle se leva et sortit de la gare. Il fallait acheter une valise et trouver une chambre. Elle dénicha la valise presque tout de suite, après quoi elle s'acheta une chemise de nuit à bas prix, une brosse, un peigne, un pain de savon et une serviette. Tout était effroyablement cher, mais personne ne l'accepterait sans bagages. Un curieux sentiment se fit jour dans sa conscience. Ce n'était pas le genre de choses qu'elle avait coutume de s'acheter auparavant. Elle était capable d'effectuer une addition dans sa tête. Elle pouvait décider de dépenser le strict minimum, mais, en même temps, elle savait que ce n'était pas le genre de choses qu'elle s'achetait auparavant. Tout ceci était nouveau pour elle, comme tenir compte des prix, ou choisir l'article le moins cher.

Dans la première boutique où elle entra, elle

commença par donner son nom. Elle alla jusqu'à Miss Anne, s'arrêta net et se mordit la lèvre.

— Non, je préfère payer, dit-elle.

La vendeuse qui était en train d'emballer sa chemise de nuit lui jeta un coup d'œil furtif.

Ses achats terminés, elle passa à la question de la chambre. Il y avait un policier au carrefour. Elle s'approcha de lui, attendit qu'il eût fini de régler la circulation et lui présenta sa requête.

— Pourriez-vous me dire où je peux trouver une chambre ?

Le policier avait l'air rassurant. Depuis dix ans qu'il se trouvait à Londres, il avait gardé une trace de l'accent du pays.

— Quelle sorte de chambre, miss ? s'enquit-il.

— La moins chère, répondit Anne.

Il la dirigea vers le Foyer des Jeunes Chrétiennes : cela lui parut terriblement sûr et respectable. Elle poursuivit son chemin, encouragée, se sentant très maligne. Rien ne pouvait vous arriver, si vous étiez raisonnable.

Rien ne pouvait arriver au Foyer des Jeunes Chrétiennes. C'était un endroit beaucoup trop sûr, trop respectable. Elle allait déposer son bagage — comme il était sûr et respectable d'avoir un bagage — et se renseigner au sujet d'un travail. Ils sauraient sûrement la renseigner. Le simple fait qu'il y aurait quelqu'un pour la renseigner était comme une lumière dans l'obscurité... l'obscurité de son ignorance, de l'absence de souvenirs.

Mais le Foyer des Jeunes Chrétiennes affichait complet. On lui donna une ou deux adresses en disant qu'il y aurait peut-être de la place dans une semaine. Elle s'embarqua dans la longue et épuisante recherche d'une chambre. Finalement, trop fatiguée pour faire la difficile, elle prit ce que lui proposait une femme qu'elle aurait envoyée paître au début de sa quête, une créature petite et rougeaude, mal coiffée et pateline. Elle ignorait combien de temps elle garderait la chambre. Elle allait laisser ses affaires sur place et sortir manger un morceau. Elle tombait de fatigue. Elle était si découragée qu'elle ne voyait aucun endroit où se poser. Le monde était un désert. Personne ne se souciait de savoir si elle était morte ou vivante. « Mangeons et buvons, car demain nous mourrons. »

Elle mangea et but dans un petit estaminet crasseux, puis elle rentra dans la chambre, se déshabilla et se mit au lit. La journée avait été longue, et la nuit, courte. Elle enfila sa chemise de nuit propre et s'allongea dans le lit douteux, se demandant si elle arriverait à dormir. Ce fut sa dernière pensée consciente. Elle dormit, dormit jusqu'au matin, et à son réveil, ne se souvint de rien. Les heures de sommeil s'étaient écoulées à son insu.

Son abattement était passé aussi. Elle devait trouver du travail. Et écrire à Jim et à Miss Silver. Ce n'était pas juste de les laisser sans un mot. Elle était partie et, maintenant qu'elle se suffisait à elle-même, elle pouvait les recontacter. C'était une pensée très réconfortante. Elle mit son chapeau et son manteau, réfléchit à l'opportunité de demander à Jim de récupérer son sac et son argent à Chantreys, et s'en fut d'abord en quête d'une tartine beurrée et d'une tasse de thé, et ensuite à la recherche d'un travail.

Chapitre XXIX

Miss Silver reçut la lettre le lendemain au petit déjeuner. C'était la deuxième de la pile de courrier. Elle l'ouvrit en premier et lut :

« Chère Miss Silver,

Je vous écris pour vous dire que j'ai été obligée de partir. Je n'avais pas d'autre choix. Je vous raconterai tout quand nous nous reverrons, mais je ne sais pas quand. Avant toute chose, il faut que je trouve du travail. J'ai cru bon de vous écrire à cause de Jim. J'ai voulu lui écrire, mais je n'ai pas pu. Il sera tellement furieux contre moi parce que je suis partie ; je ne sais pas si je pourrai lui dire pourquoi, il faut que j'y réfléchisse bien d'abord. Mais si vous le voyez, ou s'il vient chez vous, *surtout* dites-lui de ne pas s'inquiéter. Il a été si gentil avec moi... tout comme vous. Ce serait lui rendre le mal pour le bien, si je faisais quelque chose qui lui compliquerait la vie. Je vous enverrai mon adresse lorsque j'en aurai une. Celle-ci n'est que provisoire. Chère Miss Silver, je vous suis si reconnaissante. Je ne peux pas l'expliquer, mais surtout, *surtout* ne croyez pas que j'entends me montrer ingrate ou que je ne vais pas bien. »

La lettre était signée « Anne ».

Miss Silver la relut deux fois, puis quitta la table du petit déjeuner et se rendit au salon pour téléphoner à Jim Fancourt.

— Mr. Fancourt...

— Oui, qui est à l'appareil ?

— Miss Silver. J'ai reçu une lettre d'Anne.

Elle la lui lut à voix haute, et il écouta en silence. Au bout d'un moment, elle dit :

— Vous êtes là, Mr. Fancourt ?

Un rire courroucé lui répondit.

— Oh oui, je suis là... pour ce que ça sert ! Elle dit qu'elle écrit de Londres ?

— Oui.

— Pourquoi ne m'écrit-elle pas, à moi ?

Miss Silver regarda à nouveau la lettre.

— Je pense qu'il y a eu un problème avec votre tante.

— Qu'est-ce qui vous fait croire cela ?

— C'est juste une impression.

— Il doit bien y avoir une raison.

— Oui. Elle dit qu'elle a été obligée de partir, qu'elle n'avait pas d'autre choix. Ensuite, lorsqu'elle parle de vous... « Il sera tellement furieux contre moi parce que je suis partie ; je ne sais pas si je pourrai lui dire pourquoi, il faut que j'y réfléchisse bien d'abord. » — Elle lut la lettre jusqu'à la fin, puis revint sur la phrase qui disait : « Ce serait lui rendre le mal pour le bien, si je faisais quelque chose qui lui compliquerait la vie. » — C'était cela, me semble-t-il, sa motivation : ne pas vous compliquer la vie.

— Quelle fichue idiote !

Miss Silver fit la sourde oreille. Même si elle désapprouvait ce « langage », elle pouvait toujours l'ignorer.

— Je vous enverrai un double de la lettre, dit-elle. Je pense que vous serez content de l'avoir, et je vous recontacterai aussitôt que j'aurai de ses nouvelles.

Lorsqu'il reçut la lettre, Jim la lut et la relut plus que suffisamment pour la savoir par cœur. Elle disait : « J'ai voulu lui écrire, mais je n'ai pas pu. » Et pourquoi diable ? Elle pouvait tout lui dire... absolument tout. Pourquoi ne pouvait-elle lui confier ce qu'elle confiait à Miss Silver ? Il poursuivit sa lecture. « Il sera tellement furieux contre moi parce que je suis partie ; je ne sais pas si je pourrai lui dire pourquoi, il faut que j'y réfléchisse bien d'abord. » Qu'entendait-elle par là, au juste ? A quoi voulait-elle réfléchir ? « Surtout, dites-lui de ne pas s'inquiéter. » Ne pas s'inquiéter... « Il a été si gentil avec moi. Ce serait lui rendre le mal pour le bien, si je faisais quelque chose qui lui compliquerait la vie. » Qu'y avait-il là-dessous ? De plus, elle avait laissé son sac avec l'argent à l'intérieur. C'était un véritable casse-tête. On ne peut aller nulle part sans argent, or elle était venue à Londres. Comment ? Comment était-elle venue ? Il y avait bien des réponses, mais elles le mettaient en colère. Et où était-elle à présent ? A Londres ? Peut-être, ou peut-être pas.

Il téléphona à Miss Silver.

— Jim Fancourt à l'appareil. Rien de nouveau ?

— Non, Mr. Fancourt. Je vous préviendrai sitôt que j'en aurai.

— Pensez-vous qu'il y en aura ?

— J'en suis certaine.

Sa voix calme et affirmative le rassura.

— Je ne sais pas où la chercher, dit-il. Je ne sais pas quoi faire.

— Il n'y a rien d'autre à faire qu'à attendre.
— C'est ce qui me chagrine fichtrement.
— Je vous appellerai dès que j'aurai appris quelque chose.

Chapitre XXX

Le troisième jour de sa recherche de travail, Anne dut s'avouer vaincue. Les gens voulaient savoir ce qu'elle avait fait avant, or elle ne le savait pas elle-même. Elle commençait à se demander si elle ne devrait pas inventer quelque chose, mais à y regarder de près, il y avait beaucoup trop à inventer. Si ce n'était que son nom... si seulement il y avait quelqu'un qui pût se porter garant pour elle... Elle pensa à Miss Silver, pour se dire d'abord qu'elle ne pouvait lui demander une référence, puis, les jours passant, elle fut de plus en plus tentée par cette solution. « Mais elle ne sait pas grand-chose de moi. » Et là-dessus, impitoyable : « Personne ne sait rien de moi. » Cette pensée l'entraîna dans une sorte de spirale vertigineuse. L'espace d'un instant, elle fut toute seule, sans personne pour l'aider. Personne ne savait qui elle était ni où elle était. C'était comme un accès de vertige, seulement bien, bien pire. Elle était dehors quand cela lui arriva, et elle dut s'immobiliser pour laisser passer la foule. Elle tituba jusqu'à une grille et s'y arrêta en attendant de reprendre ses esprits. Plus jamais il ne fallait céder à ce genre d'idées. Un jour, elle se souviendrait. Et entre-temps, elle n'avait qu'à continuer...

Elle se rendit compte soudain qu'on lui parlait. Une voix demanda :

— Vous ne vous sentez pas bien ?

Levant la tête, elle vit une jeune fille à peu près de son âge qui la regardait avec sollicitude.

— Si, si, ça va... mieux.

— Cela n'en a pas l'air, répondit la jeune fille d'une voix forte et ferme. Venez, on va prendre une tasse de thé. Il y a un café juste à côté.

Anne éprouva un curieux soulagement. Voilà que quelqu'un d'autre décidait pour elle. La fille glissa une main dans un gant marron, passablement râpé, au creux de son bras, et elle la suivit sur une douzaine de pas, guère plus, le long du trottoir. Là, elles tournèrent et firent douze pas de plus. Il y eut un intervalle pendant lequel elle ne sut plus très bien ce qui se passait, puis son esprit s'éclaircit, et elle releva la tête. Elle était assise sur un banc devant une petite table au plateau de marbre. Sa tête était presque dans ses mains. La jeune fille était en train de lui parler.

— Ça va mieux ? A votre place, je resterais encore un peu la tête en bas. Vous boirez bien un chocolat... c'est ce que j'ai commandé. Je pense que cela vous fera du bien. Ne prenez pas la peine de répondre, si ça vous va.

Anne se sentait détendue et soulagée. Une curieuse indifférence semblait s'être emparée d'elle. Elle ignorait qu'elle était presque à bout de forces. Cette fille pouvait prendre momentanément la relève. Car elle-même n'était plus bonne à rien.

Lorsque le chocolat arriva, elle le but et revint

lentement à elle. La fille la dévisageait avec une franche curiosité.

— Qu'avez-vous donc fait pour être dans cet état ?

— Je ne sais pas, répondit Anne.

— Vous êtes sérieuse ?

— Oui. Je ne sais pas qui je suis.

La fille arrondit la bouche et émit un sifflement.

— Ça alors ! Vous ne parlez pas sérieusement, dites ?

— Si.

— Mais comment ?

Anne s'entendit lui expliquer. Pas tout. Pas la fille au pied des marches. Elle commença par le bus où elle avait rencontré Miss Silver. En arrivant à Chantreys, elle avait eu des ennuis. Elle dut laisser Jim en dehors. Curieusement, cela lui fit mal. Si mal même qu'elle ne sut comment faire. Elle s'interrompit et regarda la fille. Elle ignorait à quel point son regard était douloureux, mais son interlocutrice répliqua aussitôt :

— Laissez de côté tout ce que vous n'avez pas envie de dire.

Anne fondit de gratitude.

— C'est difficile... fit-elle dans un souffle.

La fille dit rapidement :

— Ne parlez pas de ce dont vous ne voulez pas parler.

— Je... j'ai dû m'en aller à nouveau... en pleine nuit. Ce... ce n'était pas ma faute.

— Qu'avez-vous fait ?

— Une fille m'a hébergée chez elle jusqu'au matin. Ensuite, je suis venue ici.

Les yeux ronds l'examinèrent d'un air scrutateur.

— Aviez-vous un endroit où aller ?

Anne secoua la tête.

— Il faut manger quelque chose, décréta la fille. Voici des petits pains tout ce qu'il y a de plus ordinaire.

Et, après qu'Anne se fut servie :

— Qu'avez-vous fait ?

— J'ai trouvé une chambre. Cela m'a pris presque toute la journée.

La fille fronça les sourcils.

— Vous n'avez pas l'air enthousiaste.

— Il n'y a pas de quoi être enthousiaste. La chambre est... sale. La propriétaire aussi.

Le froncement de sourcils s'accentua.

— Ne connaissez-vous personne d'autre ?

— Si, Miss Silver.

La fille frappa dans ses mains.

— Serait-ce la Miss Silver que je connais, moi ? Elle est mieux qu'une douzaine de références !

— 15, Montague Mansions, dit Anne.

La fille battit des mains à nouveau et éclata de rire.

— C'est bien elle... la seule et unique ! Je ne l'ai rencontrée qu'une fois, mais elle a accompli des miracles pour ma cousine, Evelyn Baring. Vous voyez, nous n'avons plus besoin de présentations. Je m'appelle Janet Wells. Et vous, Anne... Anne comment ?

Le visage d'Anne se colora.

— Je me présente comme Anne Fancourt. A mon avis, Anne est la partie correcte. L'autre, non, mais il faut bien avoir un nom de famille.

Janet fronça les sourcils.

— Écoutez, vous ne pouvez pas rester dans cet

affreux taudis où vous êtes en ce moment. Je viens avec vous chercher vos affaires, et si cela vous dit... eh bien, il y a une chambre dans la maison où j'habite. L'une des filles est partie la semaine dernière, et ce matin, quand je suis sortie, la chambre n'était toujours pas louée. Si le cœur vous en dit...

Anne tendit la main, puis la retira à moitié. Elle ne se doutait pas que ses yeux s'étaient illuminés.

— Vous ne savez rien de moi, fit-elle d'une voix tremblante. Miss Silver non plus, d'ailleurs... pas vraiment... seulement depuis notre rencontre.

Janet Wells prit sa main, la serra fermement, la tapota et la relâcha.

— Vous en auriez fait autant pour moi, je pense, répondit-elle négligemment, sur le ton de la conversation.

Chapitre XXXI

Il est beaucoup plus facile d'être ferme lorsqu'il s'agit de quelqu'un d'autre que soi-même. Mrs. Pink était bien décidée à se monter désagréable, et Anne n'avait pas émergé de sa torpeur. Il était plus simple de céder, de payer ce qu'elle demandait et d'en terminer une bonne fois pour toutes. Mais Janet Wells ne l'entendait pas de cette oreille. Elle ne mâcha pas ses mots, et elles finirent par l'emporter.

Une fois dans le taxi avec la valise d'Anne, Janet se tourna vers elle.

— Quelle mégère, cette femme ! Vous n'auriez jamais dû aller là-bas.

— Je sais. J'ai été debout la moitié de la nuit, et partout où j'allais, c'était complet. Je... je dois avoir l'air effroyablement sotte. Je... je ne suis pas toujours comme ça... je vous assure.

— Bien sûr que non. Ne vous inquiétez pas pour ça. Ne vous préoccupez de rien.

L'impression d'être prise en charge enveloppa Anne confortablement. Elle s'adossa au siège du taxi et ferma les yeux. Elle avait dû s'assoupir car, brusquement, elle revint à elle en sursaut. Le taxi s'était arrêté, et la main de Janet était posée sur son genou.

— Anne... nous sommes arrivées.

Toujours légèrement hébétée, elle régla la course et suivit Janet sur le perron d'une grande maison située sur une place. Il y avait des plaques en cuivre avec des noms. L'entrée était recouverte de linoléum, et il y avait aussi du linoléum dans l'escalier. Janet posa la main sur la poignée de la valise.

— Venez. Nous sommes au deuxième étage. Votre future chambre se trouve à l'étage du dessus, mais si vous voulez, vous pouvez partager le salon avec nous. Voyons, qu'y a-t-il ? Vous avez un nouveau malaise ?

Anne s'appuyait sur la rampe. La valise avait glissé de sa main. Janet lâcha la poignée et l'entoura d'un bras fort et ferme.

— Asseyez-vous. Baissez la tête. Je vous aiderai à monter quand ça ira mieux. Rien ne presse.

— Je suis désolée.

Ces mots furent à peine audibles. Elle entendit un bruit de pas précipités et perdit connaissance.

Lorsqu'elle revint à elle, elle était sur un canapé, dans ce qui avait dû être le salon de la maison, ou du moins une partie du salon. Il y avait des voix dans la pièce. L'une d'elles disait :

— Moi, je trouve que tu es folle.

A cela, Janet répondit :

— D'accord, je suis folle. Mais je suis comme ça.

Se retournant sur le flanc, Anne vit les deux jeunes filles près de la fenêtre. L'entendant bouger, Janet se détacha et s'approcha d'elle.

— Ça va mieux ? N'essayez pas de parler

avant d'avoir mangé quelque chose. Vous devez mourir de faim. Vous prendrez du potage, du flan... nous avons un excellent fromage... Oh, voici ma cousine Lizabet.

— Je suis terriblement navrée, commença Anne. Vous devez croire...

Sa voix mourut.

Lizabet continuait à lui tourner le dos. Soudain, elle pivota sur elle-même.

— J'aimerais dire...

Mais Janet l'interrompit.

— Tu n'as strictement rien à dire !

Anne comprit qu'il y avait un profond désaccord entre elles. Se soulevant péniblement sur un coude, elle fit :

— Oh !

Elle regarda Lizabet, et Lizabet lui rendit son regard. Anne ne savait pas elle-même de quoi elle avait l'air. Si elle s'était posé la question, elle aurait répondu : débraillée... échevelée. Ce n'était pas ce qui vint à l'esprit de Janet. Ce fut plutôt : désarmée, innocente. Anne regardait toujours Lizabet de cet air désarmé. « Pourquoi... pourquoi ? » Puis : « Comme elle est ravissante. »

— Pourquoi me regardez-vous ainsi ? demanda Lizabet.

Un peu de couleur monta au visage d'Anne.

— Excusez-moi. Vous êtes tellement jolie.

Lizabet s'empourpra.

— Oui, n'est-ce pas ? opina Janet. Allez, Lizabet, viens m'aider avec le déjeuner.

Lizabet s'exécuta.

Anne se dressa sur le canapé et regarda autour d'elle. Elle éprouvait un sentiment de faiblesse et de liberté. Elle sentait que Janet était un roc.

Quant à Lizabet — qu'était-elle — une ennemie ? Ces mots lui traversèrent l'esprit, mais elle les chassa. Pourquoi y aurait-il une ennemie ici ?

La pièce était vaste et harmonieusement proportionnée. Sur le manteau de la cheminée trônait un service à thé bleu. En porcelaine de Spode bleu roi, superbe, éclatant. Elle se rendit compte soudain qu'elle était capable de reconnaître une porcelaine, alors qu'elle ignorait jusqu'à son propre nom. Elle n'avait pas le moindre doute au sujet de la porcelaine... elle la connaissait. Cela signifiait-il qu'elle avait vécu avec un service semblable, qu'il lui était familier ? Elle était incapable de répondre à cette question.

Elle continua à examiner la pièce. Il y avait des tapis sur le sol, tapis d'Orient, petits, de belle facture. Ils ne se touchaient pas ; dans les interstices, on voyait du parquet ciré. Il y avait des livres, énormément de livres. Ainsi qu'un adorable petit bureau en noyer. Au-dessus de la cheminée, reflétant la porcelaine bleue, il y avait un joli miroir en noyer.

Elle en était au miroir quand la porte s'ouvrit, et Janet entra avec un bol de potage épais à la main. Lizabet suivait avec du pain et du beurre. Sa mine était plutôt méfiante. Son regard glissa furtivement sur Anne. A la vue de la nourriture, Anne comprit à quel point elle était affamée. Elle était partie le matin avec seulement une tasse de thé dans l'estomac. Tout avait l'air sale dans l'autre maison, et leur lait avait tourné. Le potage sentait délicieusement bon. Il contenait de la viande et des boulettes de graisse de bœuf. Elle mangea tout. Assise à côté d'elle, Janet parlait juste suffisamment pour la mettre à l'aise. Lizabet était sortie, mais elle revint avec le fromage et le flan. Chaque fois qu'elle entrait dans la pièce, elle considérait Anne de la même curieuse façon. Anne se dit qu'elle ressemblait à une enfant gâtée qui n'avait pas l'habitude d'être contrariée. Elle ne voulait pas la contrarier. Elle voulait seulement trouver une chambre et du travail. Elle n'avait pas le droit de venir ici pour causer des ennuis à Janet.

Lizabet posa le flan devant elle et déclara d'une drôle de petite voix revêche :

— Janet dit que j'ai été impolie. Je m'excuse.

Cela avait quelque chose de touchant. Anne se surprit à tendre la main vers elle.

— N'y pensez plus. Je ne resterai pas. Votre cousine est très gentille... mais je ne resterai pas, croyez-moi.

Janet était derrière elle. Elle n'avait pas bougé. Anne pensa qu'elle devait avoir l'air fâchée, car Lizabet commença à se tortiller les doigts.

— Il ne faut pas que vous partiez à cause de moi. Janet sera très en colère.

On eût dit une petite fille. Anne se demanda quel âge elle pouvait avoir.

Janet s'avança, et Lizabet sortit en courant.

— Ne faites pas attention à elle, dit Janet. Elle a été trop gâtée. C'est mon grand-père qui l'a élevée : il lui passait tout. A sa mort, elle est venue vivre chez moi. J'arrive à la tenir, mais à condition que les autres ne lui cèdent pas. Ça va mieux ? Désirez-vous voir votre chambre ? Elle est à l'étage du dessus. Celle de Lizabet aussi. La vôtre est l'une des deux chambres qui donnent sur la rue.

— Mais...

Anne s'interrompit, rougit et ajouta :

— A qui appartient cette maison ? Peut-être ne m'acceptera-t-on pas.

— La maison est à moi. Ou plutôt, elle était à mes parents. Après leur mort, tout est devenu si cher que j'ai cherché une solution. Notre ancienne cuisinière, Mrs. Bingham, s'est installée au sous-sol. Son mari est gardien dans une bijouterie : il n'est jamais là la nuit. Il y a deux filles à l'étage supérieur, vous et Lizabet au-dessous, et une vieille dame occupe les deux étages du bas. Moi, je suis au fond de cette pièce-ci. La chambre que je vous donnerai était à une autre de mes cousines, mais elle vient juste de partir. Comme elle n'aime pas la ville, elle descend dans le Dorset élever des poulets avec une amie. A mon avis, c'est une vie épouvantable, mais il faut de tout pour faire un monde, et elle *déteste* la ville. C'est drôle, non ?

Anne ne savait pas si elle devait trouver cela drôle. Il lui vint à l'idée qu'elle ignorait tout de sa vie d'avant. Elle reposa soigneusement le plateau et se leva pour suivre Janet dans sa future chambre.

Chapitre XXXII

Jim Fancourt entra dans le salon de Miss Silver. Il attendit à peine qu'Emma Meadows refermât la porte derrière lui ou que Miss Silver lui serrât la main, avant de déclarer :

— J'étais en train de penser...

Miss Silver toussota d'un air légèrement réprobateur.

— Vous ne voulez pas vous asseoir ?

— Merci, je préfère rester debout.

Miss Silver s'assit pour sa part. Elle prit son sac à ouvrage sur la petite table à côté de son fauteuil et se mit à tricoter. Jim Fancourt se tenait devant le foyer. Elle avait tricoté environ une rangée et demie lorsqu'il émit quelque chose entre un gémissement et une quinte de toux.

— Vous n'avez pas eu d'autres nouvelles ?

Miss Silver n'était pas prête à cacher la vérité.

— J'en ai eu, répondit-elle, mais pas directement par Anne elle-même.

Il s'était détourné et regardait le feu. En un éclair, il fit volte-face.

— Que voulez-vous dire ?

— Exactement ce que j'ai dit, Mr. Fancourt.

J'ai eu des nouvelles d'Anne, mais pas par elle. J'ai téléphoné chez vous, mais vous étiez déjà parti. J'étais sûre que vous seriez soulagé d'apprendre quelque chose d'aussi rassurant.

Il ne s'était pas douté à quel point il avait peur avant de découvrir qu'Anne était saine et sauve. Il ne se doutait pas combien son expression le trahissait. Il voulut l'entendre à nouveau, en y mettant l'accent nécessaire.

— Où est-elle ?

— Je ne pense pas pouvoir vous répondre. Elle est chez la cousine d'une jeune personne que j'ai eu l'occasion d'aider, une jeune fille très gentille et posée. Elle est parfaitement en sécurité, Mr. Fancourt. Soyez tout à fait tranquillisé à cet égard.

— Vous ne voulez pas me dire où elle est ?

Miss Silver reposa son tricot.

— Je peux comprendre votre impatience, mais je vous prie de tenir compte des circonstances. Actuellement, Anne désire rester seule. Elle est en sécurité, et vous feriez bien de respecter ses souhaits.

Il se mordit la lèvre.

— Tout cela est très bien...

— C'est ce que je pense aussi. A mon sens, vous obtiendrez davantage en lui laissant le temps, disons, de s'ennuyer de vous.

— Vous croyez ?

— Oui, si vous ne l'affolez pas en essayant de lui imposer une décision qu'elle n'est pas prête à prendre.

— De quelle décision parlez-vous ?

— Réfléchissez une minute, Mr. Fancourt. Anne n'est pas votre femme... cela est maintenant tout à fait clair.

— Je n'ai jamais dit qu'elle l'était.

— En effet. Mais ayant perdu la mémoire, et en votre absence, elle a été présentée à votre famille comme telle. Là-dessus, vous êtes arrivé, et elle a dû recevoir un choc.

— Sans doute.

L'un et l'autre parlaient si sérieusement qu'aucun des deux ne trouva cette formulation étrange. Miss Silver se pencha en avant.

— Ne le voyez-vous pas, Mr. Fancourt ? J'ignore quels étaient vos sentiments pour la pauvre jeune fille assassinée. Je ne sais pas si le mariage que vous aviez contracté avec elle aurait tenu la route. Mais tout cela est maintenant hors sujet. Vous devez comprendre qu'Anne a besoin de temps pour réfléchir avant de prendre une quelconque décision concernant votre relation. Elle est dans une situation où elle n'a pas de passé. Je ne crois pas qu'elle puisse décider de son avenir avant de savoir ce qu'a été son passé. Le mieux pour elle, et ce qui l'aiderait sûrement à éclaircir ses idées, c'est une période de repos. Ce qu'il lui faut, c'est un temps où il ne se passe rien, un temps où elle puisse se sentir en sécurité et, le cas échéant, recouvrer la mémoire.

— Oui... oui, je vois. Mais elle aura besoin d'argent. Pourriez-vous veiller à ce qu'elle ne manque de rien ? Je vais vous donner un chèque. Cinquante livres, ça ira ?

— Oui, Mr. Fancourt.

— Ne pourriez-vous pas me dire où elle est ?

Elle sourit.

— Il serait préférable que je ne vous le dise pas.

Se penchant en avant, il lui prit les mains. Bien

que les siennes fussent dures et vigoureuses, elle les sentit trembler.

— Si je vous dis que je ne la verrai pas... ne l'approcherai pas...

— En serez-vous réellement capable ?

— Je ne sais pas. Peut-être pas, mais j'essayerai.

Miss Silver le considéra avec infiniment de bonté.

— Laissez faire la nature, Mr. Fancourt. Ce sera mieux ainsi.

Chapitre XXXIII

Lorsqu'on a lâché prise, il est toujours difficile de se remettre en mouvement. Anne avait lâché prise. C'était l'impression qu'elle avait. Comme si, alors qu'elle escaladait une pente fortement escarpée, le genre de pente dont l'ascension nécessite chaque atome de votre force, elle était tombée sur un endroit plat, accueillant, où elle pouvait faire halte pour se reposer. Une semaine passa. Elle ignorait que le processus de guérison était en cours. Elle ne voyait pas, contrairement à Janet, qu'elle avait changé : ses joues avaient repris des couleurs, et ses yeux, leur éclat.

Elle se réveilla soudain, au bout d'une semaine, pour réfléchir à l'argent qui lui restait. Lorsqu'elle descendit au petit déjeuner, elle avait l'air troublée. Dieu merci, Janet était seule.

— Il faut que je me trouve quelque chose.

— Rien ne presse.

— Oh, mais si. Il faut que je trouve du travail. Je n'ai pas beaucoup d'argent.

Janet hésita.

— Vous en avez plus que suffisamment pour le moment. A votre place, je ne me presserais pas.

Anne lui jeta un regard chargé de détresse.

— Vous êtes si bonne avec moi. Mais ne voyez-vous pas que je ne puis l'accepter indéfiniment ? Vous ne savez rien de moi, et si vous louez une chambre, il est légitime que l'on vous paie un loyer et... et je devrais gagner ma vie.

Janet continuait à mettre la table. Elle n'avait pas envie de le lui dire, mais elle n'avait pas le choix. Elle espérait qu'Anne ne lui en voudrait pas.

— Vous n'avez pas à vous inquiéter au sujet de l'argent, dit-elle.

Anne la regardait avec de grands yeux désemparés.

— Vous êtes tellement gentille... mais il le faut.

Janet s'arrêta, la théière dans la main.

— Vous avez parlé de Miss Silver, vous savez. Je lui ai dit que vous étiez chez moi.

Le sang afflua au visage d'Anne, jusqu'à la racine de ses cheveux, puis reflua aussitôt. Elle semblait au bord de l'évanouissement. Janet l'installa sur une chaise et en rapprocha une autre pour s'asseoir à côté d'elle. Elle parlait depuis un moment déjà quand le sens de ses paroles parvint à Anne.

— ... cinquante livres. Vous saisissez ? Vous n'en avez pas l'air.

— Non... non...

— Si, fit Janet fermement. Il y a cinquante livres pour vous.

Anne revint lentement à elle. Assise à côté d'elle, Janet lui tenait la main.

— Miss Silver m'a envoyé cinquante livres, et c'était pour vous.

— Il... il n'aurait pas dû.

— Que voulez-vous dire ?

La main d'Anne retomba.

— C'est Jim. Il n'aurait pas dû...

— Pourquoi ?

Anne était secouée de frissons.

— Il... il n'aurait pas dû. Je ne veux pas qu'il le fasse.

Janet fronça les sourcils.

— Écoutez, Anne, je suis absolument convaincue qu'en ce moment vous avez besoin d'aide. D'après Miss Silver, il est dans tous ses états à cause de vous.

— Ah oui ?

— C'est ce qu'elle dit. Allons, si Miss Silver considère que vous pouvez accepter cet argent sans problème, alors, franchement, vous n'avez pas à vous inquiéter. Elle est comme toutes les vieilles tantes du monde. Si elle dit qu'il n'y a pas de problème, c'est qu'il n'y en a pas, voilà tout.

— Elle le pense vraiment ?

— Si elle ne le pensait pas, elle ne l'aurait pas envoyé.

Anne se rendit compte qu'elle était en train de parler de Jim, or... que savait Janet au sujet de Jim ? Si elle savait quelque chose, cela ne venait pas d'Anne. Jim habitait son esprit, ses pensées, mais jusqu'à présent, elle n'avait jamais encore prononcé son nom.

— Qui vous a parlé de Jim ? demanda-t-elle.

— Miss Silver a cru que j'étais au courant.

— Vous l'avez vue ?

— Oui. C'est là qu'elle m'a remis l'argent. Elle a dit que ce serait gentil de l'accepter, parce qu'il est dans un état lamentable à cause de vous. Vous pourrez le rembourser, vous savez.

— Oui, répondit Anne lentement. Je pourrai le rembourser.

En cet instant, Lizabet entra, et la conversation s'interrompit.

La lettre de Jim arriva le lendemain matin. Elle ne sut pas tout de suite qu'elle venait de Jim, car elle était incluse dans la lettre de Miss Silver. Anne lut celle de Miss Silver en premier.

« Ma chère Anne,

Je suis très heureuse d'avoir de vos nouvelles et de vous savoir en sécurité. Mr. Fancourt était dans tous ses états vous concernant. Je lui ai dit d'attendre jusqu'à ce que vous exprimiez le désir de le voir. Ne le faites pas languir trop longtemps, mon enfant. Il est très inquiet pour vous, et tout à fait digne de confiance.

Affectueusement à vous,

Maud Silver. »

Le regard d'Anne passa de son écriture nette à la missive jointe, qui n'était pas nette du tout. Un peu de désespoir de Jim se transmit à elle tandis qu'elle contemplait l'enveloppe avec un nom qui n'était pas le sien : Mrs. Fancourt. Cela la toucha. Soudainement, inexplicablement, cela la toucha. Elle tentait de se dégager, et ce fut comme s'il avait tendu la main pour la retenir. Elle prit la lettre, monta en courant dans sa chambre et s'y enferma. Mais même ainsi, elle fut incapable de l'ouvrir et de la lire pendant un long, long moment. Elle voulait l'ouvrir, et elle avait peur. Elle le voulait de tout son cœur, et c'était précisément parce qu'elle le voulait si fort qu'elle avait peur comme elle n'avait jamais eu peur de sa vie.

Lorsqu'elle finit par s'y résoudre, ce fut au prix d'un immense effort. Elle déchira l'enveloppe et sortit le paquet de feuilles qu'elle contenait.

La lettre commençait sans le moindre préambule d'usage :

« Pourquoi êtes-vous partie ainsi ? C'était cruel de votre part, et totalement inutile. Ignorez-vous... *ignorez-vous* que je tiens à vous ? *Il faut* que vous le sachiez. Laissez-moi venir vous retrouver. Je ne sais pas pourquoi vous êtes partie. A mon avis, Lilian y est pour quelque chose. Si c'est le cas, vous n'aurez plus jamais besoin de la revoir, je vous le promets. Je ne vois rien d'autre qui puisse nous séparer. Miss Silver m'assure que vous êtes saine et sauve. Elle refuse de me dire où vous êtes. D'après elle, elle l'a su par une confidence, et elle ne me le révélera qu'avec votre permission. *S'il vous plaît, Anne, dites oui... s'il vous plaît.* Quel que soit le problème, quoi que vous jugiez bon de garder pour vous, *s'il vous plaît*, faites-m'en part. Je veux seulement vous aider. Croyez-moi, Anne... Anne chérie. Vous pensez peut-être qu'il est trop tôt pour vous dire tout cela. Moi, je sais que je ne changerai pas. Je ne vous importunerai pas, promis. Mais permettez-moi de vous voir. Ne coupez pas les ponts entre nous. C'est intolérable. »

Un grand et audacieux « Jim » barrait le bas de la page.

Anne lut la lettre trois fois. Portant la main à ses yeux, elle s'aperçut qu'ils étaient humides et sortit un mouchoir pour les essuyer. Elle ne savait pas pourquoi la lettre de Jim la faisait pleurer. Soudain, elle remarqua qu'il y avait une autre feuille.

Elle était tombée sur le lit à côté d'elle. Elle la ramassa et lut :

« Je ne vous ai pas parlé d'Anne. Il n'y a pas grand-chose à dire. Je la connaissais à peine. Elle était avec son père à l'endroit où je me trouvais. Sa mère était russe, et elle avait grandi là-bas. Je ne sais pas si elle était une enfant légitime. J'en doute, à en juger par l'état de son père, Borrowdale, peu avant sa mort. Il a été victime d'un accident auquel il a survécu quelques heures seulement. Il m'a demandé d'épouser Anne et de veiller sur elle. Je n'avais guère l'habitude des femmes, mais comme il n'y avait personne d'autre, j'ai dit oui, sans beaucoup de temps pour réfléchir. Il a envoyé chercher le prêtre du coin — c'était à une quinzaine de kilomètres, dans une région très rude — et celui-ci nous a mariés. Une heure après le départ du prêtre, nous avons vu se poser l'avion américain. Il a redécollé deux heures plus tard, en emmenant Anne. Comme il s'agissait plus ou moins d'une combine, n'en parlez pas trop. Il est très difficile de faire sortir quelqu'un de Russie, surtout lorsque sa nationalité n'est pas claire : l'avion américain arrivait donc à point nommé. J'ai pensé que c'était la solution la plus sûre pour elle. Comment elle a été assassinée à Londres, ou comment vous vous êtes retrouvée mêlée à cela, je n'en sais rien. Permettez-moi de venir vous voir. *Je vous en prie.* »

Singulière histoire. Que venait-elle faire là-dedans ? Elle n'en avait pas la moindre idée. Y réfléchir était comme repousser les ténèbres. Des ténèbres épaisses. La mémoire ne revenait pas de cette façon-là. Si elle revenait, elle reviendrait naturellement... aussi naturellement qu'elle se souvenait de s'être levée le matin même, ou de ses activités de la veille.

Après un laps de temps qui lui parut très long, elle se leva et se lava le visage. Elle n'arrivait pas à décider ce qu'elle allait lui dire. Il faudrait lui écrire. Qu'avait-elle dit ? Non pas qu'elle n'eût pas confiance en lui, mais lui pouvait ne pas avoir confiance en elle. Admettons qu'elle lui racontât par le menu ce qui était arrivé : comment, descendue en pleine nuit, elle avait surpris Lilian en conversation avec l'homme dont elle ignorait le nom. Admettons qu'il ne la crût pas. Son cœur palpita à cette pensée. Pourquoi la croirait-il ? Lilian était une proche parente. Sans cela, elle aurait pu lui faire confiance, mais... Elle s'efforça de se mettre à sa place. Une étrangère aux origines inconnues vous narrerait d'étranges histoires sur des gens que vous connaissez depuis toujours. Comment la croire ? Comment croire ses dires ?

Elle n'en savait rien.

Chapitre XXXIV

Jim Fancourt descendit prendre son petit déjeuner après une nuit peuplée de rêves tumultueux. Une petite pile de courrier l'attendait. Il était en train de le trier quand, tombant sur la lettre d'Anne, il lâcha les autres. Elle écrivait comme lui, sans préambule ni formule de politesse.

« Je ne sais que dire. Vous ne savez rien de moi. Je ne sais rien de moi-même. Vous m'avez envoyé de l'argent. J'ignore si je dois l'accepter, mais je le veux bien, provisoirement, à condition de pouvoir vous rembourser quand j'aurai trouvé du travail. Inutile de vous inquiéter pour moi. Miss Silver connaît la jeune fille qui m'héberge : il n'y a pas plus gentille. S'il vous plaît, attendez un peu avant d'essayer de me voir. J'ai besoin de réfléchir. Si seulement je pouvais me souvenir... mais il ne sert à rien d'insister : tout se brouille davantage. »

Il mit la tête dans ses mains et gémit. Pourquoi ne voulait-elle pas le voir ? Parce qu'elle n'avait pas confiance ? Parce qu'elle n'aimait pas être bousculée ? Cette explication-là faisait moins mal que l'autre. Mais il n'y avait pas un mot pour justifier son départ précipité en pleine nuit. Il revit la scène avec elle sur le flanc du coteau. Elle lui avait tout dit alors. Comment le savait-il ? La réponse vint, passionnée. Il le savait, mais il ne savait pas comment il le savait. Une chose était sûre : tout allait bien entre eux. Quoi qu'il eût pu arriver, cela s'était produit après. Car il était arrivé quelque chose. Mais quoi ? Quelque chose qui l'avait poussée à fuir en pleine nuit la maison de Lilian... ou Lilian elle-même. La voilà, la réponse : c'était Lilian qui l'avait fait fuir. Qu'avait-elle encore manigancé ?

Qu'elle fût une oisive, une langue de vipère, ne faisait aucun doute. Mais la plus oisive des langues de vipère avait besoin d'un prétexte pour agir. Il lui vint soudain à l'esprit que l'homme qui avait effrayé Anne dans le jardin pouvait bien être derrière tout cela. Il était venu à la maison d'abord, et il avait vu Lilian. Qu'y avait-il eu entre eux, et était-ce leur première rencontre ? Il n'en avait pas la moindre idée, mais il comptait bien s'informer. Il consulta sa montre. Il pouvait prendre le train de onze heures pour Haleycott.

Son arrivée surprit considérablement Lilian. Elle ne cessait de se féliciter sur la manière dont elle s'en était tirée. Anne était partie. Jim était venu et reparti. L'homme qu'elle connaissait sous le nom de Maxton était parti. Ils n'avaient aucune raison de revenir, à part Jim qui, naturellement, passerait de temps à autre pour une visite familiale sans signification particulière, et qui pourrait être très agréable. Elle tenait beaucoup à conserver des relations agréables avec la famille. Mais elle n'avait pas prévu qu'il reparaîtrait si peu de temps après son autre visite et, qui plus est, d'humeur aussi massacrante, aussi autoritaire. Il refusa tout net d'aller voir les bordures dans le jardin. Ouvrant la porte du bureau, il la poussa à l'intérieur et referma la porte, le tout d'une façon très péremptoire.

— *Franchement*, Jim ! protesta-t-elle. Qu'y a-t-il ? Qu'ai-je fait ?

— C'est ce que j'aimerais savoir. Qu'as-tu fait exactement ?

Elle revint à son : « *Franchement*, Jim ! » Et ensuite, dans un torrent de paroles :

— Je ne vois vraiment pas de quoi tu parles. Je crois que tu ne vas pas très bien. Je ne comprends rien à ce qui se passe.

— Ah oui ? En es-tu sûre, Lilian ? Es-tu réellement sûre de ne pas comprendre ?

Elle commençait à avoir peur. Que savait-il, au juste ? Comment pouvait-il savoir quoi que ce soit ? C'était impossible... il ne savait rien du tout ! Elle écarquilla les yeux du mieux qu'elle put.

— Je ne vois pas de quoi tu parles. Je peux seulement imaginer que tu ne te sens pas bien ou alors... que tu as bu.

— Non, je n'ai pas bu. Je vais très bien, Lilian. Il faudra t'y résigner et me dire la vérité. Anne m'a parlé de l'homme qui était venu la voir. Je sais qu'il t'avait vue d'abord. Inutile de chercher à me tromper. Je suis là pour découvrir la vérité et j'entends y parvenir.

Il lut une terreur non déguisée dans ses yeux. Elle porta la main à sa gorge.

— Je ne sais pas... de quoi tu parles...

— Écoute, il est arrivé quelque chose ici la nuit où Anne a disparu. Inutile de me répéter que tu n'es pas au courant. Inutile, te dis-je.

Lilian eut recours à son arme préférée. Elle éclata en sanglots.

— Franchement, Jim... Je ne vois pas... Je ne sais pas pourquoi ! Oh... oh, mon Dieu ! Qu'aurais-je fait, d'après toi ?

— Je n'en sais rien. Mais tu ferais bien de me le dire. L'homme qui est venu ici... je veux savoir si tu l'avais déjà rencontré.

Il n'était donc pas au courant. Il voulait savoir. Eh bien, elle ne le lui dirait pas. C'était bien fait pour lui.

Il y avait un canapé devant la fenêtre. Elle s'y dirigea et s'assit faiblement. Ce serait bien fait pour lui si elle s'évanouissait. Elle considéra cette possibilité et dut y renoncer à regret. A l'évidence, il ne savait rien. Il ne *savait* pas qu'elle connaissait Maxton, ou que Maxton était venu là pendant la nuit. Elle devait se rappeler qu'il ne savait pas, et ne pas en démordre. Elle sortit son mouchoir et s'essuya les yeux.

— Je ne vois pas du tout où tu veux en venir, déclara-t-elle de sa voix la plus pathétique. Anne s'est enfuie d'ici. Pourquoi, je n'en ai aucune idée, mais si tu tiens vraiment à savoir ce que je pense...

Elle fit une pause, se tamponna les yeux et le regarda par-dessus le mouchoir.

— Si tu tiens à savoir ce que je pense... ma foi, je n'ai pas envie d'en parler, mais j'ai la certitude...

— La certitude de quoi ?

Elle eût préféré que Jim restât plus loin. Elle regretta de s'être assise, mais ses jambes flageolaient, et elle n'avait pas pu faire autrement. Elle redoutait de terminer sa phrase, mais il ne semblait pas y avoir d'autre issue. Elle se mit à parler avec une agitation croissante :

— Quand elle est arrivée ici, je l'ai trouvée bizarre... très bizarre. Et j'ai pensé...

Elle s'interrompit.

— Tu as pensé... répéta Jim.

Lilian fut forcée de répondre :

— J'ai pensé qu'elle n'avait pas toute sa tête.

Chapitre XXXV

Anne mit son chapeau et sortit. Elle avait besoin de réfléchir, et, pour réfléchir, elle devait marcher. Lorsqu'elle était assise sans bouger, tout se brouillait dans son esprit. L'après-midi était clair et ensoleillé. Le ciel bleu se voilait légèrement de brume, grisonnait imperceptiblement. Il n'y avait pas un nuage, pas un seul. Les maisons se dressaient, hautes et raides. Elle ne réfléchissait pas à ce pour quoi elle était sortie. Il ne servait à rien de penser aux choses qu'on avait oubliées... les pensées vagabondaient, voilà tout. Il ne servait à rien d'essayer de se souvenir. Elle le savait, c'était une évidence. Un jour, tout lui reviendrait : qui elle était, ce qui lui était arrivé, comment elle s'était retrouvée dans la maison avec le cadavre d'une jeune fille. Le rideau se lèverait d'un seul coup, et elle saurait tout. Mais cela ne viendrait pas en cherchant. Il était inutile de chercher. Parfaitement inutile.

Elle poursuivit son chemin, sans savoir où elle allait. L'air était agréable, doux et tiède. Cela lui rappela quelque chose, elle ne savait quoi... quelque chose de très lointain. Tout à coup, elle se souvint. Seulement, ce n'était pas l'automne ; c'était le printemps, un jour de printemps avec les oiseaux qui chantaient et cette sorte d'élan vital que le printemps vous donne... ou vous donnait à l'époque où vous étiez vous-même et saviez qui vous étiez.

Le printemps... la fraîcheur, la verdure. Tante Letty disait toujours que le printemps était la saison des enfants et de tout ce qui naissait dans le monde. Elle la revit en train de citer un passage de la Bible... à propos du chant des oiseaux... et elle disait... elle disait... Non, c'était parti. Elle ne se rappelait plus ce que tante Letty avait dit au sujet du printemps.

Tante Letty... qui était tante Letty ? Elle ne le savait plus. L'espace d'un instant, elle était redevenue une enfant. Tante Letty était quelqu'un que l'enfant connaissait, très bien même. Mais c'était déjà reparti. Elle n'était plus une enfant. Tout avait disparu. Comme si c'était arrivé dans un autre monde, une autre vie.

Seulement, c'était sa vie, sa propre vie. Elle n'avait rien pour la remplacer, absolument rien, sinon ce qui représentait l'effrayant début de son existence actuelle : l'escalier sombre et elle-même, recroquevillée sur les marches, sachant qu'au-dessous, dans le noir, gisait le cadavre d'une jeune fille.

Elle s'immobilisa, parcourue de frissons violents, et tapa du pied. Où était son bon sens ? Ne pouvait-elle pas maîtriser ses pensées mieux que cela ? La réponse fut qu'elle n'avait pas cherché à les maîtriser. Elle leur avait donné libre cours ; ce n'était plus à refaire. Plus jamais.

Pour la première fois, elle regarda autour d'elle.

Elle avait continué à marcher, laissant vagabonder son esprit, sans faire attention où elle allait. Aux carrefours, elle avait traversé machinalement. Les pensées qui l'accaparaient s'étaient dispersées pour mieux revenir à l'assaut. Elle n'avait pas remarqué le chemin qu'elle avait pris : elle sortait de sa rêverie seulement pour traverser, tourner, suivre une direction, un trajet gravé dans son esprit, trop profondément pour qu'elle en eût conscience. Or voici que, soudainement, elle regardait autour d'elle et voyait une rue calme, huppée et, juste à côté d'elle, une entrée. Immobile, Anne la contempla.

Des pensées lui vinrent à l'esprit. Elle éprouva l'impulsion irrésistible d'aller pousser la porte. Elle se représenta même le hall d'entrée. Elle le vit momentanément. C'était un hôtel. Il y avait un comptoir, et une jeune fille derrière qui notait votre nom. Elle fut tentée d'entrer, d'emprunter l'escalier. Tout aussitôt, un flot de pensées inverses la submergea, si impérieux qu'il lui fut impossible de s'y soustraire. Mue par ces pensées, elle pivota sur elle-même et s'éloigna précipitamment, en proie à un effroyable sentiment de peur. Elle ignorait d'où il lui venait. Elle savait seulement qu'il lui fallait toute sa fermeté, tout son sang-froid simplement pour continuer à marcher d'un pas régulier, comme si elle savait où elle allait. Elle n'avait pas la moindre idée quant à ce qui avait pu lui inspirer ce sentiment. C'était la peur à l'état brut, sans qu'elle en soupçonnât l'origine. Elle ne savait pas qu'elle avait manqué de près la rencontre avec Maxton : il était passé au *Hood* pour s'enquérir si Miss Anne Forest n'était pas rentrée à l'hôtel. Si elle avait gravi les marches et pénétré dans le hall, elle serait tombée nez à nez avec lui.

Elle continua à marcher. Même si elle ne se doutait pas à quoi elle venait d'échapper, elle éprouvait une sensation de soulagement, de délivrance. Elle commençait à percevoir les faibles rayons du soleil, la brise légère. Ses pensées s'apaisaient. Elle commençait à penser à Jim. Il n'était pas parti en courant, trop content d'être débarrassé d'elle. Il prenait sincèrement à cœur ce qui lui arrivait.

Elle parcourut un long chemin à pied en pensant à Jim.

Chapitre XXXVI

Anne rentra à la tombée du jour. Janet leva les yeux en souriant.

— Ah, vous voilà, dit-elle en essayant de dissimuler son soulagement.

— Je ne suis pas en retard ?

— Oh, non... non.

Lizabet tourna une page de son livre et déclara :

— Janet *croyait* que vous étiez partie pour toujours. Pas moi.

Personne ne lui demanda pourquoi. Elle attendit un moment, puis secoua sa crinière flamboyante et ajouta languissamment :

— C'eût été trop beau.

Anne était revenue dans un état de contentement tel qu'elle en rit.

— Encore un peu de patience, Lizabet.

Lorsqu'elle sortit de la pièce, Janet la suivit.

— Elle est comme une enfant. C'est très gentil à vous de ne pas la prendre au sérieux. Ce n'est qu'une enfant jalouse. Je ne peux pas lui céder.

— Je m'en doute. Je ne resterai pas ici. Cela vous crée trop de problèmes.

— Non... non, vraiment ! Il faut que Lizabet

apprenne. Elle ne doit pas penser qu'elle est la seule à compter. C'est mauvais pour elle. Très mauvais.

Anne esquissa une moue.

— Je ne sais pas si j'ai envie d'être une leçon de morale.

Elles rirent toutes les deux.

— Anne, j'ignore ce que vous allez en penser, mais si vous tenez réellement à gagner de l'argent...

— Oh oui... et comment !

— Eh bien, voilà, j'ai eu un coup de fil d'une vieille cousine, Miss Carstairs. Elle habite dans le Devonshire et vient en ville de temps à autre, chez une ancienne bonne à elle qui loue des chambres. Je ne dirai pas qu'elle est facile à vivre : ce n'est pas le cas. Si vous arrivez à tenir le coup, elle vous paierait environ trois livres par semaine. La bonne, Mrs. Bobbett, habite juste au coin ; vous n'aurez donc pas à trop traîner dehors.

— Croyez-vous que je ferai l'affaire ? Que faudra-t-il que je fasse ?

Janet rit.

— Aucune idée. Elle a une amie, et cette amie a de la famille. Deux fois par an, elle leur rend visite. C'est aussi incontournable que le changement des saisons. Cousine Clarry monte alors en ville, pleine de courroux et d'exigences. C'est une période difficile pour tout le monde, et, pour être honnête, ce sera une période difficile pour vous. Je n'ai rien dit à ce sujet. D'abord, je ne savais pas exactement quand elle allait arriver, et puis je n'en ai pas eu le courage.

— Vous voulez dire... Oh, Janet, comme c'est gentil ! Vous n'en avez pas parlé, pensant que je n'étais pas en position de refuser, et c'est seulement maintenant... maintenant que je ne suis pas forcée d'accepter... Voyons, Janet, bien sûr que j'accepte !

— Il y en a pour une quinzaine de jours, mais si vous ne le supportez pas...

— Pendant quinze jours, on peut supporter n'importe quoi, répliqua Anne.

— Eh bien, si vous en êtes sûre... tout à fait sûre...

— Évidemment !

Tout fut réglé par téléphone. Anne participa silencieusement aux pourparlers. Debout à côté de Janet, elle l'écouta parler dans le combiné.

— J'ai une amie, cousine Clarry, qui, je pense, vous conviendrait à merveille. Elle habite ici... Oui, chez moi. Je crois qu'elle est précisément ce qu'il vous faut.

Elle fit une pause. L'appareil grésilla vigoureusement. Miss Carstairs avait manifestement le don de la parole. Elle s'exprima pendant cinq bonnes minutes, après quoi il fut tout juste possible de glisser un mot de temps à autre. Visiblement habituée à cela, Janet attendit patiemment. Lorsque la voix se tut un instant, elle reprit calmement :

— Si vous désirez la voir, je peux vous l'amener demain matin et, si vous la jugez à votre convenance, elle pourrait rester la journée et revenir ici le soir... Oui, trois livres par semaine, ce serait bien. Comme elle loge ici, ce sera pratique... Très bien, je l'amène le matin... Dix heures ? Au revoir.

Elle raccrocha et se retourna.

— Voilà, c'est réglé. Si vous sentez que vous

n'en pouvez plus, vous n'aurez qu'à le dire. C'est de dix heures à six heures tous les jours.

Chacune pensait, sans le formuler tout haut, qu'ainsi Anne ne serait pas dans les parages de Lizabet la majeure partie de la journée, et que c'était aussi bien.

Le lendemain matin, à dix heures moins le quart, Janet et Anne traversèrent la place, tournèrent à gauche et s'engagèrent dans la rue aux maisons un peu plus délabrées, mais autrement semblables à celles sur la place.

A la cinquième maison, elles s'arrêtèrent et sonnèrent à la porte. Une femme replète, accueillante, leur ouvrit, gratifiant Janet d'un sourire radieux.

— Entrez, entrez. Elle ne tient pas en place. Elle veut s'installer. Elle veut voir la demoiselle. Tout cela parce qu'elle n'a pas pensé à vous dire de passer hier soir ; ainsi, tout aurait déjà été réglé. Jamais vu quelqu'un se tracasser autant que Miss Carstairs... jamais de la vie !

Pendant qu'elle parlait, elles étaient en train de gravir les marches. Arrivées à ce que Mrs. Bobbett appelait premier étage face, elle ouvrit la porte et annonça d'une voix sonore et joviale :

— Miss Janet et l'autre demoiselle.

Elle les fit entrer et s'éclipsa, refermant la porte derrière elle.

Miss Carstairs resta assise jusqu'à ce qu'elles eussent traversé la moitié de la pièce. Puis elle se leva, s'appuyant sur une canne noire et recourbée. Elle ressemblait tant aux illustrations d'un vieux livre de contes de fées qu'Anne n'en crut pas ses yeux. C'était le portrait exact de la Fée Carabosse qui avait hanté ses cauchemars de petite fille. Pour commencer, elle ne mesurait guère plus d'un mètre quarante. C'était une stature d'enfant, mais le visage n'avait rien d'enfantin. Elle avait des bajoues et un nez crochu. Ses yeux étaient noirs et perçants. Ses cheveux, coiffés avec le plus grand soin, étaient noirs aussi, d'un noir de jais, sans le moindre cheveu gris pour les adoucir. Savamment arrangés en plis et en coques, ils encadraient un front proéminent, nets, serrés et incroyablement artificiels. Elle portait une curieuse toilette de velours noir, ornée sur le devant d'une broche de diamants, compliquée et apparemment d'une grande valeur. Appuyée sur sa canne, elle attendait qu'elles s'approchent.

Se penchant, Janet déposa un baiser sur la joue cireuse. Son geste ne suscita aucune réaction. Il fut toléré, mais ne lui fut nullement rendu. Le petit bout de femme l'accepta, attendit que ce fût fini et continua d'attendre.

Janet, légèrement empourprée, lui présenta Anne.

— Voici l'amie dont je vous ai parlé.

Miss Carstairs sortit de son silence. Elle avait une voix grave et énergique.

— Tu ne m'as pas dit son nom. Quelle négligence, vraiment, quelle négligence.

— Oh, elle s'appelle Anne Fancourt, fit Janet précipitamment.

Miss Carstairs ne tendit pas la main à Anne. Elle la toisa de la tête aux pieds. Sous ce regard pénétrant, Anne se sentit transparente. C'était un regard très déplaisant. Il semblait dire : « Essayez donc de vous cacher, et je vous trouverai. Oh oui, je vous trouverai, aussi maligne que vous vous croyiez. »

Là où Janet s'était empourprée, Anne pâlit. Puis

ce fut terminé. Les yeux noirs et perçants se détournèrent, la canne sur laquelle s'appuyait la petite silhouette bougea. Miss Carstairs recula d'un pas, se rassit et, se penchant en avant, toujours appuyée sur sa canne, apostropha Janet.

— Elle a compris ce que je voulais ?

Ce fut Anne qui lui répondit :

— Vous cherchez quelqu'un qui puisse vous être utile... pour remplacer votre dame de compagnie pendant qu'elle est en vacances.

Miss Carstairs la gratifia d'un regard aigu.

— A dire vrai, il ne s'agit pas réellement de vacances. Ada Lushington est une fieffée imbécile d'être allée chez sa cousine. C'est la femme la plus antipathique que je connaisse, mais il a suffi qu'elle s'alite pour qu'Ada se précipite chez elle, soi-disant pour passer des vacances ! Vous parlez de vacances !

Elle eut un rire grinçant.

— Enfin, Ada est une imbécile, c'est comme ça. Au revoir, Janet... je ne te retiens pas. Tu as assez à faire avec ta cousine... comment s'appelle-t-elle déjà ?

— Vous voulez parler de Lizabet ?

— *Qui ça ?* Non, absolument pas. *Lizabet, non mais !* J'ai assisté en personne à son baptême : le prénom qu'elle a reçu, c'était Elizabeth. Tu peux l'amener ici demain à l'heure du thé. Allez, file !

Janet fila. Elle avait oublié à quel point cousine Clarry pouvait être insupportable... ou alors, son caractère avait empiré. Elle n'aurait jamais dû exposer Anne à cela. Tant pis, c'était fait, et elle n'y pouvait plus rien. Elle descendit les marches, s'arrêtant un instant au tournant pour entendre la voix grave et éraillée de cousine Clarry reprendre la conversation.

Chapitre XXXVII

Les premières paroles de Miss Carstairs lorsqu'elles se retrouvèrent seules furent un défi au sang-froid d'Anne. Elle était assise, les mains croisées sur le pommeau de sa canne et la tête penchée sur le côté.

— Alors ? demanda-t-elle. Comment me trouvez-vous ? Est-ce que je mange les petits enfants, oui ou non ?

Anne rit malgré elle.

— Je ne le crois pas.

— Ma foi, si j'essaie, vous pouvez toujours claquer la porte, n'est-ce pas ? Comment vous entendez-vous avec Elizabeth ? Ne faites pas semblant d'ignorer de qui je parle... je refuse de l'appeler Lizabet. Ce n'est pas son prénom, et je ne reviendrai pas là-dessus.

— Elle a été baptisée Elizabeth ?

— Mais oui. Et je ne vois pas ce qu'elle y trouve à redire. Lizabet, quelle sottise ! Quand elle vient ici, je l'appelle par son nom de baptême, Elizabeth. C'est celui de ma pauvre cousine, qui était sa mère. Vous ne l'avez pas connue ?

— Non.

Elle fut transpercée du regard.

— Je n'ai jamais entendu parler de vous, jusqu'à hier soir, quand j'ai eu Janet au téléphone. Depuis combien de temps la connaissez-vous ?

— Pas très longtemps.

— Jamais entendu parler de vous. Ne restez pas plantée là ! Retirez votre chapeau et vos gants, et asseyez-vous ! Voilà qui est mieux. De quoi parlions-nous ?

— Je ne sais pas.

— Vous n'êtes pas simple d'esprit, hein ? Bien sûr que vous le savez. Nous parlions d'Elizabeth. Janet traîne cette jeune personne comme un boulet. Elle le regrettera bien avant d'en avoir fini avec elle. Évidemment, elle ne veut rien entendre. Elle sait ce qu'elle fait et elle continuera de n'en faire qu'à sa tête jusqu'au jour où la jeune Elizabeth va la mettre dans le pétrin d'une manière ou d'une autre. Elle préférera alors ne pas m'entendre dire : « Je t'avais prévenue ! » Elle peut toujours attendre ! Mais vous, que venez-vous faire là-dedans ? Je vous conseille de me répondre sans biaiser car je vous poserai des questions jusqu'à ce que vous me disiez la vérité.

Anne pensa qu'elle était sincère et qu'il y avait deux solutions : soit elle optait pour l'heure de vérité, soit elle se dérobait. Dans le deuxième cas, elle n'avait plus qu'à se lever et à prendre congé. Alors, qu'en serait-il ? C'était à elle de choisir. Brusquement, elle sut quelle serait sa décision. Elle voulait savoir... eh bien, elle allait savoir, et on allait bien voir ce qu'elle en ferait. Se penchant légèrement en avant, elle déclara le plus naturellement du monde :

— J'ai perdu la mémoire.

— Vous avez *quoi* ?

— J'ai perdu la mémoire. Je ne sais ni qui je suis, ni comment je m'appelle.

Miss Carstairs donna un grand coup de canne. Ses yeux noirs se figèrent.

— Continuez... racontez-moi ça !

Anne lui sourit.

— C'est tout.

— Sottises, c'est impossible ! Janet ne sait-elle pas qui vous êtes ?

— Non.

— Vous êtes-vous adressée à la police ?

— Non... je n'y tiens pas.

— Pourquoi ?

— Je n'en sais rien.

— Tout le monde dirait que c'est mauvais signe. Moi, je me le demande. Allez à la police, et vous serez dans les journaux, voilà ce que j'en dis. Évidemment, c'est ce qu'ils cherchent, la plupart des gens qui prétendent avoir perdu la mémoire. Tout ce qu'ils veulent, c'est être dans les journaux et faire des vagues.

Son regard étrangement brillant glissa sur Anne.

— Non, vous n'êtes pas comme eux. Vous ne m'avez pas tout dit, n'est-ce pas ?

— Non, pas tout.

— Pas d'entourloupes ?

— Non... ce n'est pas mon style.

— Hum.

Les yeux noirs regardaient fixement Anne. Ils la fixèrent longtemps. Finalement, Miss Carstairs répéta : « Hum » et se leva.

— Venez dans l'autre pièce et aidez-moi à défaire mes bagages, dit-elle en la précédant.

Sa chambre se trouvait au fond. C'était un véritable capharnaüm. Châles, robe de chambre, jupes, sous-vêtements gisaient pêle-mêle, certains sur le lit, d'autres par terre. Tandis qu'Anne s'affairait pour les ramasser et les trier, Miss Carstairs l'observait, assise sur le lit. Elle avait pris la même pose que dans le fauteuil, penchée en avant, les mains sur la canne et le menton sur le pommeau, les yeux brillants et attentifs. Et, pendant tout ce temps, elle parlait sans interruption.

— Ada est lamentable lorsqu'il s'agit de faire les bagages. Il faudra accrocher les robes ; reste à espérer que les plis vont disparaître. Si Janet avait eu le bon sens de vous envoyer ici hier, on aurait eu moins de travail. Espérons que tout s'arrangera. Avez-vous déjà fait ce genre de choses ?

— Oui... je crois...

— Mais vous ne savez pas si c'était pour vous-même ou pour quelqu'un d'autre ?

— A mon avis, c'était pour moi-même.

— Qu'est-ce qui vous fait dire cela ?

— Je ne sais pas... je pense...

— Eh bien, à quoi pensez-vous ?

Anne se tenait au milieu de la pièce, mais elle n'était pas vraiment là. Elle était en train de ranger dans une valise une robe bleu et argent. L'espace d'un instant, elle la vit avec netteté. C'était une très jolie robe. Elle en avait gardé la sensation dans les mains, puis tout s'évanouit. Ce n'était pas une robe bleu et argent qu'elle avait dans les mains, mais noir et or : du brocart noir, empesé, avec un motif en or. Par-dessus le noir et l'or, les yeux noirs la regardaient, scrutateurs, chargés d'intérêt.

— Alors, qu'avez-vous vu ?

Il ne lui vint pas à l'idée de dissimuler la vérité.

— J'ai vu une robe bleu et argent. Je pense qu'elle était à moi.

Miss Carstairs éclata d'un rire rauque.

— Bleu et argent ? Ce doit être ravissant. Et cela vous irait... oh oui, parfaitement. Vous ne l'aviez pas sur vous, hein ?

— Non, j'étais en train de la soulever...

Sa voix se brisa.

— Hum. Cela vous arrive souvent ?

— Non.

— Eh bien, quoi, vous aviez une robe bleu et argent, et vous vous en êtes souvenue. Cela n'a rien d'extraordinaire. Petit à petit, vous vous souviendrez de tout. Mais ne vous y forcez pas : ce serait fatal. Ça viendra quand ça viendra... tout seul, sans effort. En revanche, si vous insistez, le brouillard s'épaissira, et vous n'arriverez à rien.

Elle hocha la tête et ajouta sur un autre ton :

— Assez parlé de cela. Continuez à ranger mes affaires.

Chapitre XXXVIII

Elles continuèrent à défaire les bagages et, une fois tout bien rangé, Miss Carstairs mit un très beau manteau de fourrure, un bonnet de velours noir avec un magnifique ornement en acier sur le côté, fit venir un taxi et partit faire les magasins. Elle portait des gants gris pâle et des chaussures gris pâle qui, confia-t-elle à Anne, étaient « uniques ». Visiblement très fière, elle expliqua qu'elles avaient été fabriquées spécialement pour elle, puisqu'il n'existait pas de chaussures pour adultes dans ces pointures-là. Elle semblait se plaire beaucoup en compagnie d'Anne.

— Ada n'est qu'une poule mouillée, déclara-t-elle. Bien sûr, comme elle n'a pas d'argent, elle n'en dépense pas. Il n'y a donc pas plus assommant qu'elle pour vous accompagner dans la tournée des magasins. La qualité lui importe peu. Son seul critère, c'est le prix. Résultat, quand nous allons faire les courses, je dépense invariablement le double de ce que j'avais prévu. Mais si on me pousse, la réaction naturelle est de freiner. Vous comprenez cela ?

La question, posée à brûle-pourpoint, prit Anne au dépourvu. Elle rougit violemment et répondit :

— Non... oui...

Puis :

— Je crois.

Elles se lancèrent dans une orgie d'emplettes. Miss Carstairs désirait acheter un tapis pour sa chambre et du tissu pour rideaux.

— Les anciens, je les ai depuis vingt ans, expliqua-t-elle au vendeur, un homme entre deux âges. Vingt ans, et l'étoffe n'est même pas usée. Ils conviendront très bien à ma demoiselle de compagnie ; elle se sentira plus à l'aise qu'avec du neuf. Pour elle, ce serait une lubie monumentale, et elle n'en dormirait pas la nuit. Je veux un tapis neuf également, et je lui donnerai le vieux. Elle est trop rabat-joie pour profiter du neuf. Du reste, elle se tracassera parce que mon tapis sera trop beau pour elle.

Et elle partit d'un grand éclat de rire.

Le vendeur pensait en son for intérieur qu'il ne devait pas être facile de lui servir de demoiselle de compagnie. Il ignorait s'il s'agissait de la jeune fille qui l'accompagnait. Si c'était le cas, il la plaignait, car ce n'était pas une sinécure... mais alors, pas du tout. Ses sentiments se précisèrent à mesure qu'il sortait rouleau après rouleau de chintz fleuri, chaque nouvelle pièce étant accueillie d'un : « C'est très joli, vraiment, mais j'aimerais voir ce que vous avez d'autre, si cela ne vous ennuie pas. »

Finalement, elle sélectionna six pièces ; elle admirait chacune d'elles, mais n'arrivait pas à se décider, quand soudain, lassée de cette occupation, elle arrêta son choix sur un tissu fleuri, décoré de digitales, après quoi elle passa à l'achat d'un tapis pourpre, terne et banal.

Ce fut lorsqu'elles quittaient le magasin qu'elles virent le jeune homme en costume gris. Miss Carstairs avait donné son adresse et des instructions détaillées concernant la livraison du tapis et du tissu pour rideaux.

Elle avait rédigé un chèque, et le vendeur se félicitait de n'avoir pas perdu sa matinée quand un séduisant jeune homme croisa leur chemin. Accaparé par les personnes qui l'accompagnaient, il ne fit pas attention à elles. Miss Carstairs le regarda à travers la salle et s'esclaffa à mi-voix.

— Ça, c'est drôle, déclara-t-elle. Vraiment très drôle.

Puisque, manifestement, elle était censée faire un commentaire, Anne s'exécuta.

— Qu'est-ce qui vous amuse ? demanda-t-elle.

La réponse qu'elle obtint ne lui dit rien.

— Oh, ho, ho... c'est vraiment très drôle, quand on sait ce que je sais ! Seulement, vous ne savez rien. Non, ma chère... absolument rien !

Anne rit car cela avait été dit avec bonhomie. En riant, elle suivit le regard de Miss Carstairs et faillit tomber parce qu'elle connaissait le visage du jeune homme en gris. En cet instant précis, elle le connaissait. Elle savait qui il était et ce qu'il avait à voir avec elle. La tête lui tournait. Elle posa la main sur le comptoir, pour se retenir à quelque chose de ferme et de solide. Elle s'y appuya et, pendant un moment, tout oscilla autour d'elle. Puis son esprit s'éclaircit, elle recouvra la vue. Tout était calme alentour, et l'homme en costume gris n'était plus là. Miss Carstairs regardait dans la direction où elle l'avait aperçu. Apparemment, elle n'avait pas remarqué le malaise subit d'Anne.

— Voilà un jeune homme qui ne savait pas de quel côté sa tartine était beurrée, observa-t-elle.

— Comment s'appelle-t-il ?

— Je ne sais plus. J'ai certainement dû le savoir, mais j'ai oublié. Craddock... Crockett... oh, je ne peux pas vous dire, cela n'a aucune importance.

— Connaissez-vous les gens avec qui il était ?

Elle n'aurait pas dû poursuivre dans cette voie. Sa voix ne s'était pas suffisamment raffermie. Elle eut droit à l'un de ces regards directs qui semblaient se promener parmi ses pensées et les inventorier, que la porte fût fermée ou non. Elle eut l'impression d'être soumise à un interrogatoire sans merci. La voix grave, rude, résonna à ses oreilles.

— Non, je ne les connais pas. Et vous ?

Bien que prononcées sur un ton normal, ces paroles lui firent l'effet d'un coup de poing.

— Non, répondit-elle, sachant combien sa réponse était peu convaincante.

— Vous ne les connaissez pas ?

— Non.

Cette fois, elle se força à soutenir le regard noir et dur. Elle le vit étinceler.

— Ma foi, vous manquez vous évanouir en apercevant des gens très ordinaires à l'autre bout de la salle. Si ce ne sont pas les femmes qui vous ont perturbée, alors c'est l'homme. Eh bien, qu'en dites-vous ?

Anne avait le sentiment de ne rien savoir... ni qui elle était, ni pourquoi, rien.

— Je ne sais pas, dit-elle.

Miss Carstairs lui jeta un coup d'œil et se mit à

parler d'Ada Lushington : ses goûts, ses dégoûts, son amour démesuré des chats.

— Elle en aurait une douzaine si je la laissais faire. En attendant, nous en avons quatre, donc trois de trop. Je n'ai rien contre un seul chat, pourvu qu'il soit en bonne santé et qu'on n'ait pas de portées de chatons en permanence, qu'on le veuille ou non. Mais quatre ! J'ai dit à Ada qu'il y en a trois de trop, et qu'il faut qu'elle trouve un foyer pour les autres, sinon un beau jour, elle découvrira en rentrant qu'il manque trois chats. Et que pensez-vous qu'elle a eu le toupet de répondre ? Vous ne devinerez jamais. Elle a eu l'impudence de m'assurer que moi-même, j'aimais ces bêtes et que je leur trouverais certainement un excellent foyer d'accueil. Que dites-vous de cela ?

Le jeune homme en costume gris était parti. Effacé d'un trait de la mémoire d'Anne. Elle se rappelait l'avoir vu, mais ne comprenait pas pourquoi cela l'avait perturbée. Elle ne l'avait jamais vu auparavant ? Elle en était sûre ? Alors, qu'est-ce qui la préoccupait ? Rien... ou bien tout à la fois...

Les eaux profondes qui dormaient sous la surface de sa pensée frémirent et remuèrent. Elle revint à elle avec un frisson et écouta Miss Carstairs qui la contemplait d'un air interrogateur en demandant sur un ton très déterminé :

— Que dites-vous de cela ?

Un flot de sang lui monta au visage. Elle s'empressa de répondre, d'une voix palpitante :

— Je pense qu'elle a raison.

Miss Carstairs fut grandement déconcertée.

— Ah oui ?

Elle la dévisagea pendant une longue minute

chargée de protestation, avant d'ajouter abruptement :

— Je ne crois pas que vous ayez entendu ce que j'ai dit. Non pas que cela valait la peine d'être entendu. Maintenant, il faut que je trouve du ruban pour jarretières. Savez-vous confectionner les jarretières ?

— Je pense que oui.

— Vous devriez savoir si vous en êtes capable ou non. J'aime les jarretières bien faites. On va acheter du ruban ce matin, et vous pourrez vous y mettre cet après-midi. Il nous faudra aussi de l'élastique. Je vous en donnerai une paire pour que vous ayez un modèle.

A la sortie du magasin, Ross Cranston prit congé de ses amies, Mrs. Magstock et sa belle-fille Sylvia. Il était tombé sur elles par hasard, et cette rencontre avait semé le trouble dans son esprit. Sylvia Magstock était plutôt jolie, et pas vraiment farouche. Même si, cette fois-ci, il les avait croisées inopinément, il pouvait facilement s'arranger pour les revoir. Il connaissait leur adresse ; il pouvait rappeler plus tard dans l'après-midi. Si seulement... si seulement... Le sentiment d'être allé trop loin pour revenir en arrière prit possession de lui. C'était comme voir quelque chose d'horrible à distance et savoir que chacun de vos pas vous en rapprochait davantage. Il frissonna violemment, et l'image se précisa. C'était toujours le même souvenir qu'il s'efforçait d'oublier, et qui ne voulait pas partir : la vision d'une jeune fille morte au pied d'un obscur escalier en sous-sol.

Il le chassa violemment de sa tête et poursuivit son chemin.

Chapitre XXXIX

Anne rentra à la maison à six heures et demie. Après s'être changée, elle descendit pour tomber sur Lizabet, seule. Janet était partie voir une amie qui avait été malade.

— Et si vous voulez mon avis, je trouve idiot de se mettre en quatre pour les autres, comme elle le fait. Quand on commence à porter les gens à bout de bras, on n'en finit plus. Et on aggrave les choses, au lieu de les améliorer. Voilà ce que je pense. Mais vous, vous êtes sûrement d'accord avec elle.

— Qu'est-ce qui vous fait dire cela ?

— Je me le demande...

Lizabet avait un livre sur les genoux, mais elle ne lisait pas.

— Simplement, ce qui est bon pour l'un, est bon pour... Ah, mais il ne faut pas que je parle ainsi, sinon vous allez le rapporter à Janet, je me ferai sonner les cloches, et vous serez bien contente, non ?

Revenue de très loin, Anne répondit posément :

— Écoutez, Lizabet, vous ne m'aimez pas, et

ma présence ici vous incommode. Mais ne vous inquiétez pas, je n'ai pas l'intention de rester.

Lizabet plissa le visage.

— Causez toujours !

Anne garda son calme.

— Je suis la mieux placée pour le savoir, tout de même. Vous ne m'aimez pas, mais je suppose que vous aimez bien Janet... vous avez de l'affection pour elle. Ne pourriez-vous pas me supporter encore un peu, juste pour lui faire plaisir ? Je suis en train de chercher du travail.

— Vous en avez un.

— Ce n'est pas un poste permanent. Vous le savez sûrement. C'est seulement pour quinze jours, pour remplacer Miss Lushington qui est partie en vacances. Nous n'aurons pas souvent l'occasion de nous voir.

— Uniquement le soir, rétorqua Lizabet en rejetant la tête en arrière. Et le matin, avant votre départ. Cela me rend malade de voir Janet à vos petits soins !

— Elle ne l'est pas.

Lizabet rejeta la tête en arrière.

— Évidemment, vous ne vous en rendez pas compte !

Janet rentra peu avant sept heures.

— Pauvre Magda, dit-elle, elle a un de ces cafards.

— Et naturellement, ajouta Lizabet, il a fallu qu'elle te le refile.

Janet s'empourpra.

— Enfin, bon, fit-elle, conciliante.

Elle se mit à rire.

— Je n'avais pas l'intention de le rapporter à la maison.

Toujours sans lever les yeux de son livre, Lizabet susurra :

— C'est pourtant bien ce que tu fais, chérie.

Le lendemain matin, Anne retourna chez Miss Carstairs. Cette soirée l'avait convaincue qu'elle devait trouver un autre logement. Elle allait en parler à Janet. Lizabet était pénible, et il était inutile d'essayer de la changer. Les discussions ne faisaient que la braquer davantage. Anne était persuadée qu'elle manigançait quelque chose : tous ses faits et gestes confirmaient cette certitude. A quoi bon lutter contre cela ? Le mieux était de se tenir à l'écart, le plus loin possible. Elle n'était pas prête à renoncer à son amitié avec Janet, mais elle préférait profiter d'elle en dehors de Lizabet. Lorsqu'elle arriva chez Miss Carstairs, elle avait déjà tout organisé intérieurement.

Quand Mrs. Bobbett lui ouvrit, elle lui présenta sa requête.

— Mrs. Bobbett, connaîtriez-vous quelque chose qui me conviendrait ? Malheureusement, je ne peux pas payer cher, mais je ferai ma chambre moi-même, et je suis tout à fait prête à aider par tous les autres moyens.

Mrs. Bobbett s'arrêta sur les marches et réfléchit.

— Quelle sorte de chambre cherchez-vous ?

— Oh, juste un endroit pour dormir. Voyez-vous, je ne sais pas encore très bien ce que je vais faire ; je ne dois donc pas dépenser trop. Je veux simplement m'assurer que cela me convient.

Mrs. Bobbett regarda en bas, puis en haut.

— Il y a une chambre là-haut que je pourrais vous donner. Elle est petite et mansardée ; en règle générale, elle n'est pas à louer, et c'est la vérité.

C'est comme une pièce d'appoint. Ma chambre est juste à côté et, quand ma nièce vient de la campagne, elle dort là-bas. Si vous voulez la voir...

La chambre était petite, mais merveilleusement propre et rangée. Anne dit à Mrs. Bobbett qu'elle la prenait et descendit chez Miss Carstairs en proie à une exultation qui chuta brusquement des sommets enivrants de la confiance dans un vague sentiment de détresse. Elle ne savait pas ce que c'était, ni d'où cela venait. Cela ne lui ressemblait guère, mais elle ne parvint pas à s'en débarrasser. Ce sentiment la poursuivit toute la journée qui, au fur et à mesure, se teinta d'appréhension.

Elle le mit sur le compte du mauvais temps. Elles étaient sur le point de sortir lorsqu'il commença à pleuvoir, et Miss Carstairs déclara avec humeur qu'elle ne sortait jamais sous la pluie.

— Je ne vois vraiment pas pourquoi nous devons supporter ce climat ! A force d'inventer, on pourrait, il me semble, trouver une solution pour le temps. Qu'il pleuve donc, mais la nuit, et pas le matin, quand on a envie d'être dehors.

— Chacun voudrait quelque chose de différent, dit Anne. Ceux qui sortent le soir préféreraient ne pas se faire tremper alors. Et qui déciderait à quel moment il devrait pleuvoir ? Aucune décision ne saurait satisfaire tout le monde, et les insatisfaits se regrouperaient en associations, organiseraient des réunions et des défilés.

— Au moins, il y aurait de quoi s'occuper, répliqua Miss Carstairs avec irritation.

Elle fit une grimace et éclata de rire.

— Vous savez, je déteste m'ennuyer. Chez moi, j'ai un tas de choses à faire : trier les vieilles lettres, les vieilles photos. C'est extraordinaire, ce qu'on y trouve. On fait revivre le passé, qui n'était pas toujours triste. Mais quand je suis loin de la maison, je prévois de sortir et de m'amuser. Et, franchement, c'est un soulagement d'être débarrassée d'Ada... enfin, pour quelque temps. Je n'aimerais pas savoir que je ne la reverrai plus, mais, par moments, je m'en passe fort bien. Ma conscience ne me trouble pas quand elle s'en va pour ses propres affaires. Vous ne pensiez peut-être pas que j'avais une conscience, et pourtant, j'en ai une.

Le ciel s'éclaircit après le déjeuner, et elles sortirent. Anne, poussée par Miss Carstairs, acheta du tissu pour deux chemises de nuit.

Chapitre XL

Lizabet regarda dans le salon et vit qu'Anne était seule. Elle entra, referma la porte et se percha sur l'accoudoir d'un fauteuil légèrement en biais par rapport à celui d'Anne. Anne avait découpé les deux chemises de nuit et était en train de faire une longue couture rose. A l'arrivée de Lizabet, elle leva les yeux et attendit qu'elle parlât. Lizabet l'examina de la tête aux pieds, mais ne dit rien. Anne se sentit rougir. Baissant les yeux sur son ouvrage, elle se remit à coudre. A peine eut-elle détourné le regard que Lizabet demanda :

— Combien de temps allez-vous rester ici ?

Anne releva la tête.

— Je ne sais pas.

— Ne feriez-vous pas mieux d'y réfléchir ?

Anne reposa son ouvrage et la regarda.

— Ma présence ici vous indispose.

Lizabet rejeta la tête en arrière.

— Quelle drôle d'idée !

— Je le crois aussi. Pourquoi m'en voulez-vous ?

Lizabet posa les mains sur le bras du fauteuil et se pencha en avant.

— Qui êtes-vous ? D'où venez-vous ? Pourquoi vous vous cachez ?

— Je ne me cache pas.

Lizabet rejeta la tête en arrière.

— Oh, que si. Janet m'a dit de ne parler à personne de votre présence ici. Pourquoi l'aurait-elle fait si vous n'aviez pas quelque chose à cacher ? Quelque chose d'affreux ? Moi, je ne veux pas de ça ! Je ne veux pas que vous mêliez Janet à vos histoires louches. Inutile de le nier : je ne vous croirai pas. Vous m'entendez... je ne vous croirai pas !

Que peut-on répondre à une enfant jalouse qui déraisonne ? Anne n'en savait rien. Par affection pour Janet, elle allait faire son possible.

— Vous compliquez beaucoup les choses, vous savez, dit-elle.

— Moi, je complique les choses ?

— Enfin, vous ne les facilitez pas. Je regrette que ma présence vous gêne. Il n'y en a plus pour longtemps.

Lizabet rejeta la tête en arrière.

— Suis-je censée m'en réjouir ?

Anne était partagée entre le rire et les larmes. Elle opta pour le rire, mais ce fut un rire tremblant.

— Ne soyez pas aussi difficile, Lizabet. Ne pourriez-vous pas me supporter encore une semaine ou deux ?

— Si c'était réellement juste pour une semaine ou deux...

— Ce ne sera pas plus long. Si vous voulez, je peux vous le promettre.

Lizabet rougit subitement, violemment. Elle tapa du pied.

— Pensez-vous que je vais croire à ce que vous racontez ? Eh bien, non... non... et non !

Au deuxième « non », elles entendirent la porte d'entrée se refermer à l'étage du dessous. Lizabet pivota sur elle-même et sortit en courant de la pièce. Anne l'entendit monter quatre à quatre et claquer la porte de sa chambre. Elle-même tremblait de la tête aux pieds. Il fallait partir d'ici dès que possible. Lizabet était une enfant gâtée. Mais Janet... ce n'était pas juste vis-à-vis de Janet. Elle devait partir sitôt que la correction le lui permettrait.

Janet était allée voir Miss Silver. Elle voulait lui parler d'Anne. Miss Silver pensait-elle que Jim Fancourt était vraiment, sérieusement, digne de confiance ?

Oui, Miss Silver le pensait. Et elle lui donna ses raisons. Arrivée à ce stade, Janet hésita avant de lâcher :

— J'ai beaucoup de problèmes avec ma cousine. Elle a été complètement pourrie... Oh non, pas par moi. Elle est chez moi depuis peu, mais elle est vraiment pénible. Voyez-vous, elle a été l'objet de toutes les attentions de la part de son grand-père et de sa vieille nourrice, et elle est jalouse. Elle n'a que dix-sept ans. Anne n'y est strictement pour rien. Elle a fait son possible pour se lier d'amitié avec elle, mais Lizabet ne veut rien entendre. Je me demandais...

Elle se tut et fixa Miss Silver d'un air désemparé.

— Que vous demandiez-vous, mon enfant ?

— Je ne sais pas. Ce n'est guère dans mes habitudes de ne pas savoir me décider. Lizabet est si jeune, elle a été tellement gâtée qu'elle est capable de tout. Je peux la tenir, je pense, mais seulement si cela ne dure pas longtemps.

Elle repartit grandement soulagée et rassurée. D'après Miss Silver, bientôt elle n'aurait plus à se sentir responsable d'Anne. Les choses ne tarderaient pas à bouger, et, de toute façon, elle était convaincue de pouvoir trouver un logement convenable pour elle.

— Il vaudrait mieux qu'elle soit à proximité sans être sous le même toit que vous. Ainsi, vous pourriez aller la voir sans éveiller cette malencontreuse jalousie chez votre cousine.

Janet rentra chez elle considérablement réconfortée. Perdue dans ses pensées, elle ne remarqua pas l'homme qui traînait dans la rue en face de chez Miss Silver et qui, la voyant sortir, lui emboîta le pas.

Chapitre XLI

Lizabet regardait par la fenêtre de sa chambre. Elle était rongée par la colère, la jalousie, le dépit. Janet était rentrée, mais elle n'était même pas montée la voir. Elle était allée directement au salon, et elle y était toujours, en train de parler avec Anne. Avant l'arrivée d'Anne, c'était Lizabet qu'elle eût appelée dès son retour à la maison. Et maintenant, elle restait au salon à parler avec Anne ! Elle tapa du pied, si fort qu'elle se fit mal, et contempla la rue où tout était calme.

Il y avait un homme en bas. Il regardait les numéros. Puis il fit volte-face et traversa. Lizabet eut la curieuse impression qu'il avait été sur le point de sonner à leur porte, mais qu'il s'était ravisé. Elle saisit un chapeau et dévala l'escalier d'un pas léger. Si Janet sortait du salon, elle lui dirait qu'elle allait à la poste. Mais Janet ne se montra pas. Elles étaient trop occupées à discuter pour se rendre compte ou pour se soucier de savoir qu'elle était descendue. L'aiguillon acéré de la colère la piqua furtivement tandis qu'elle ouvrait la porte d'entrée et regardait dehors.

L'homme était à mi-chemin du carrefour. Elle

n'avait pas besoin de lui adresser la parole. Elle pouvait le rattraper facilement, sans se faire remarquer. Elle n'avait qu'à le dépasser, aller jusqu'à la boîte aux lettres au coin et faire semblant de poster quelque chose. Ainsi, elle profiterait de l'occasion pour jeter un coup d'œil sur lui. S'il lui plaisait, elle engagerait la conversation. S'il ne lui plaisait pas, elle ne risquait pas grand-chose.

Elle accéléra le pas, parvint à la hauteur de l'homme qui marchait lentement, le dépassa et s'approcha de la boîte aux lettres. Là, elle mima l'acte de poster une lettre, tout en laissant son regard s'attarder sur lui. Elle le trouva très beau. Ce n'était pas l'homme qu'Anne avait vu à Chantreys. Il était plus jeune et beaucoup plus séduisant. Lorsqu'il vit que Lizabet le dévisageait, il sourit et ôta son chapeau.

— Dites-moi, pourriez-vous m'indiquer le nom de cette rue ?

Lizabet piqua un fard. Elle était à Londres depuis suffisamment de temps pour juger Janet extrêmement vieux jeu. Quand on a passé sa vie dans un village, que l'on a été la petite-fille du squire et que tout le monde vous connaît depuis le berceau, cela vous donne une certaine assurance. Malheureusement, elle n'avait pas eu le temps de la perdre. Janet avait beau lui faire la morale, Lizabet savait à quoi s'en tenir. Elle répondit donc, de la manière la plus amicale :

— Puis-je vous être utile ?

— Je me demande si vous ne connaîtriez pas une amie à moi qui, je crois, habite par ici. C'est très gênant de ne pas avoir son adresse. Mais je suppose que vous ne pouvez pas m'aider ?

— Je ne sais pas.

Elle ne se serait pas embarrassée d'un inconnu qui lui aurait posé ce genre de question à Cruxford, alors pourquoi s'en embarrasser maintenant ? Cependant, quelque chose semblait l'aiguillonner. Elle savait parfaitement ce que dirait Janet. Janet était pointilleuse et conformiste. Janet ne la traitait pas bien... rentrer à la maison sans même s'enquérir si elle était là ! Les autres la jugeaient digne d'intérêt, eux. Comme ce jeune homme, par exemple. Elle fit taire résolument la petite voix qui lui défendait de parler aux inconnus.

L'homme oublia un instant ses préoccupations pour laisser filtrer une pensée admirative. Cette fille était très jolie, et très jeune... dix-sept, dix-huit ans peut-être ? Il avait de la chance. Faisant montre d'une admiration respectueuse, il dit :

— Elle s'appelle Anne...

La réaction de Lizabet ne lui échappa pas. Elle connaissait Anne.

— Je n'ai pas mentionné son nom, poursuivit-il. J'ai entendu dire qu'elle s'était mariée, mais je ne sais pas si c'est vrai.

— Anne Fancourt ?

— Oh, vous la connaissez ?

— Je connais Anne Fancourt.

Aussitôt, elle eut peur. Elle pensa à Janet, à ce que dirait Janet si elle la voyait parler à un inconnu dans la rue. Elle s'empourpra subitement, vivement.

— Je... je ne crois pas que je devrais continuer d'en parler. Je... je pense qu'elle ne serait pas contente.

— C'est possible. Mais au fond, on ne sait jamais. Je la cherche depuis longtemps. Elle sera peut-être ravie que je la retrouve.

— Vous croyez ?

— Ce n'est pas exclu. On peut toujours essayer. Seulement...

Il hésita.

— Voulez-vous m'aider ?

— Si je peux.

— Eh bien, ne lui dites pas que vous m'avez vu. Je voudrais que ce soit une surprise. Le fait est que nous nous sommes disputés. Si vous lui parlez de notre rencontre, elle va se raidir et refusera de me voir. Vous connaissez les filles. Mais si elle ne m'attend pas, ce sera différent. Elle n'aura pas le temps de penser à notre dispute ni de se blinder contre moi. Vous savez ce que c'est.

Lizabet hocha la tête. Elle savait parfaitement. Elle se sentait pleine de sagesse et de bienveillance. Elle ramènerait Anne à ce jeune homme ; Anne partirait avec lui, et Janet et elle reprendraient confortablement le cours de leur existence. Tout allait si bien avant l'arrivée d'Anne. Tout irait bien à nouveau, une fois qu'elle serait partie. Ce jeune homme savait qui elle était ; il était venu la chercher. Il n'y avait rien de plus simple.

— Oh oui, déclara-t-elle précipitamment. J'aimerais vous aider. Que dois-je faire ?

Ross Cranston réfléchit.

— Attendez une minute... dit-il. Puis : Pourriez-vous... croyez-vous pouvoir la faire sortir pour aller poster une lettre ou quelque chose comme ça ?

— Oh oui, je pense. Je peux essayer.

— Voyez-vous, si je venais à la maison, elle pourrait refuser de me recevoir. Je ne veux pas prendre ce risque. Mais si elle sort poster une lettre et que j'arrive juste au moment où elle est devant la boîte aux lettres, cela me laisserait une chance, non ? Il faut que je sache si elle est mariée ou non. Si elle l'est, je m'en irai, mais si elle ne l'est pas...

— Oh, oui !

Les yeux de Lizabet dansaient. C'était un plan magnifique. Elle serait débarrassée d'Anne sans avoir fait de mal à personne. Qui donc pourrait y voir le moindre mal ? Elle allait rendre Anne à ses amis et ses proches et, ce faisant, elle se débarrasserait d'elle. C'était un plan *magnifique*. Elle gratifia Ross Cranston d'un sourire radieux.

— Marché conclu, dit-il.

Et, lorsqu'il lui tendit la main, elle lui offrit la sienne avec une satisfaction non déguisée.

Ce ne fut pas aussi difficile qu'elle l'aurait cru. De retour à la maison, elle s'assit pour écrire une lettre. Peu importait à qui. Nanna ferait l'affaire... oui, Nanna conviendrait parfaitement. Ensuite, il ne resterait plus qu'à organiser une petite mise en scène, ce qui la réjouissait beaucoup.

Pour commencer, il fallait expédier Janet au lit. Par chance, Janet était plus que prête à aller se coucher. Après cela, elle joua avec sa lettre, faisant mine de la cacher, jusqu'à ce qu'elle pensât qu'Anne était suffisamment intriguée. Finalement, après avoir soigneusement planté le décor, elle prit la lettre dans la main et se faufila jusqu'à la porte. Anne était en train de finir une couture sur l'une de ses chemises de nuit. Celle-ci était bleu pâle, parsemée de petits bouquets de fleurs. Lizabet la trouva ravissante. Elle s'arrêta juste devant la porte pour le lui dire.

— Très joli, ce tissu. Vous êtes douée pour la couture.

Anne leva les yeux en souriant.

— Ah oui ?

— Mm... oui. Dites donc, vous voulez bien m'accompagner à la poste ? Janet n'aime pas que je sorte seule aussi tard.

Anne fit passer l'aiguille à travers l'étoffe bleue et la mit de côté.

— Oui, bien sûr. Je viens avec vous. C'est l'heure d'aller nous coucher, de toute façon.

C'était trop facile. Lizabet se rengorgea de satisfaction.

— Je ne veux pas que Janet le sache, fit-elle dans un murmure. Elle s'inquiète pour un rien. Elle ne pourra rien dire... pas si nous sommes ensemble, hein ? Voulez-vous un manteau ?

— Peut-être. Je pense qu'il doit faire froid dehors.

— Moi, je n'en veux pas. J'aurai assez chaud. Mais je vais chercher le vôtre.

Elle fila comme une flèche, monta les escaliers et redescendit avec le manteau d'Anne sur le bras. Janet était bien à l'abri dans la salle de bains. Comme elle était futée d'avoir tout organisé. C'était vraiment amusant.

— Descendez sur la pointe des pieds, chuchota-t-elle, prenant Anne par le bras.

Elle avait tout prévu. Elle avait été maligne... très maligne, en vérité.

Elle ouvrit la porte d'entrée et sentit la morsure glacée du vent nocturne. L'air s'était considérablement refroidi. Tandis qu'elles sortaient sur le perron, l'horloge de St James et St Mary dans la rue d'à côté se mit à sonner onze heures. Lizabet pouffa et pivota sur elle-même.

— Oh, j'ai oublié, lança-t-elle. Ne m'attendez pas.

— Qu'avez-vous oublié ?

Anne ne semblait pas fâchée. Sa voix était plutôt amusée.

— Mon autre lettre. Allez-y... je vous rattraperai.

— Oh, je peux attendre.

— Non... non. N'attendez pas. Allez-y.

La dernière syllabe se perdit.

Anne tenait la lettre à poster dans la main. Elle se dirigea lentement vers la boîte aux lettres. Une voiture était garée juste devant. Lorsqu'elle fut à sa hauteur, un homme fit le tour de la voiture, et un autre en descendit. Tout se passa avant qu'elle eût le temps de comprendre ce qui lui arrivait. L'homme qui avait contourné la voiture glissa un bras autour de son cou. Il pressa un linge imbibé sur son visage. Elle ne pouvait plus respirer. L'autre homme s'empara de ses mains et les serra dans l'une des siennes. La portière s'ouvrit, et elle fut poussée à l'intérieur. Elle ne pouvait pas respirer. Ses oreilles sifflaient. Le bruit s'estompa et se tut.

— Elle est groggy, dit l'homme qui avait surgi de derrière la voiture.

Chapitre XLII

A mi-chemin du carrefour, Lizabet retint son souffle pour écouter. Il n'y avait aucun bruit. Absolument aucun. Elle vit trois silhouettes ensemble sur le trottoir, puis plus personne. Ce fut aussi soudain et rapide que cela. Il n'y eut pas un cri, pas de lutte. Un instant, Anne était là, à quelques pas de la boîte aux lettres, et l'instant d'après, tout arrivait. Lizabet éprouvait une curieuse excitation à laquelle se mêlait une sensation de malaise naissant. Rejetant la tête en arrière, elle courut vers la maison. Elle avait laissé la porte entrebâillée. Elle la poussa, pénétra à l'intérieur et la referma d'un coup sec. C'était fait. Anne était partie. Et elle ne reviendrait plus.

A sa propre stupéfaction, un sentiment de perte irrémédiable s'empara d'elle. Qu'avait-elle fait ? Quelque chose en elle résista immédiatement. Elle n'avait rien fait, rien du tout. Si Anne était partie avec cet homme, c'était de son plein gré, non ? C'était certain. *Certain.*

Elle gravit lentement les marches et entendit Janet appeler de la salle de bains :

— C'est vous, Anne ?

— Non, c'est moi. Anne est déjà montée. Tu as besoin d'elle ?

— Non... pas vraiment... cela peut attendre demain matin.

Elle continua à gravir l'escalier qui menait à sa chambre et à celle d'Anne. Au milieu, elle cria à l'adresse de Janet qui était dans la salle de bains :

— Bonne nuit ! Je tombe de sommeil.

Elle franchit le reste du chemin en courant et fit irruption dans sa chambre avec l'impression de l'avoir échappé belle.

Elle s'enferma à clef et s'assit sur le lit dans le noir. Elle n'avait pas envie d'allumer. Au bout de quelques minutes, elle changea d'avis, se leva et alluma la lumière. Elle se déshabilla, éteignit et se mit au lit. Mais elle n'arrivait pas à dormir. Ses pensées se bousculaient. Elle avait été maligne, très, très maligne. Il n'y avait pas de quoi se sentir mal à l'aise. Qu'avait-elle fait ?

Qu'avait-elle fait ? « Je n'ai rien fait du tout. » Anne avait perdu la mémoire. Elle ne savait ni qui elle était, ni où elle était, ni d'où elle venait. C'était un acte de bonté que de la rendre aux siens.

« C'était la plus infâme des trahisons. »

Lizabet se souleva brusquement sur un coude. Qui avait dit cela ? Quelqu'un l'avait dit. Elle était dans sa propre chambre, enfermée à double tour. Elle était bien au chaud et commençait à s'endormir quand quelqu'un avait dit cette phrase.

Cela dura toute la nuit. Lorsqu'elle était pleinement réveillée, elle pouvait encore polémiquer avec elle-même. Ces gens-là étaient des proches d'Anne : elle était beaucoup mieux avec eux.

Mais au moment de glisser dans le sommeil, elle se surprenait à penser : « Comment sais-tu qui ils étaient ou ce qu'ils voulaient ? Comment le *sais-tu* ? » Les pensées allaient et venaient, tournaient en rond, toujours et encore. Il n'y avait rien pour distraire son attention dans le silence de la nuit.

Le premier souffle imperceptible de la peur surgit et disparut. Il ne resta pas longtemps. Mais il revint. Il continua à revenir jusqu'à s'installer en permanence avec les premières lueurs du jour, sans qu'il fût possible de l'amadouer ou de l'étouffer. Elle quitta son lit, enfila une robe de chambre et descendit dans la chambre de Janet. Elle ne pouvait plus le supporter toute seule. Janet saurait quoi faire. Janet avait toujours réponse à tout.

Elle ouvrit la porte avec précaution. Janet ne bougea pas. A en juger par sa respiration, elle dormait. Une vague d'apitoiement sur elle-même submergea Lizabet. Janet pouvait dormir. Alors qu'elle-même n'avait presque pas fermé l'œil de la nuit. Un sanglot se forma dans sa gorge. Janet remua aussitôt et se réveilla. Appuyée sur un coude, elle scruta la pièce à travers la pâle lumière de l'aube.

— Lizabet... qu'y a-t-il ?

Lizabet était encore assez enfant pour fondre en larmes. Elle courut vers le lit en sanglotant.

— Janet... oh, Janet !

— Qu'y a-t-il, Lizabet ? Que se passe-t-il ?

— Je... je n'ai pas réussi à dormir.

— Et pourquoi donc ?

— Je ne sais pas.

Il y eut un nouveau et plus déchirant accès de larmes.

Janet sortit de son lit.

— Tu es gelée, dit-elle. Je vais te chercher du lait chaud. Grimpe là-dedans et couvre-toi. J'en ai pour une minute.

Il faisait bon dans le lit de Janet. Peut-être arriverait-elle à dormir là. Elle pouvait toujours essayer. Mais au moment où elle commençait à s'assoupir, confortablement lovée dans la chaleur des draps, Janet revint avec le verre de lait. Lizabet but à petites gorgées. Tout à coup, elle se rendit compte que Janet la regardait.

— Qu'est-ce qui t'a mise dans un état pareil ?

Lizabet baissa la tête.

— Je ne sais pas.

— Il y a sûrement quelque chose. Dis-moi ce que c'est.

— Il n'y a rien.

Lizabet finit son lait et poussa le verre en direction de Janet.

— Rien du tout.

Janet prit le verre, le posa et se tourna à nouveau vers le lit.

— Si tu ne me le dis pas, j'irai demander à Anne.

— Non... non... ce n'est pas possible...

— Pourquoi ?

Il vint alors à l'esprit de Lizabet qu'elle eût donné n'importe quoi pour savoir qu'Anne était toujours là. Elle saisit Janet par le poignet et se remit à pleurer.

— Elle n'est plus là... elle est partie !

Il y eut un silence atterré. Puis Janet demanda :

— Où est-elle allée ?

— Je... n'en... sais... rien...

Janet s'assit sur le lit. Ses jambes flageolaient.

Elle s'assit parce qu'elle était incapable de tenir debout. Et elle questionna, aussi fermement qu'elle le put :

— Qu'as-tu fait ?

Chapitre XLIII

Le téléphone sonna. Miss Silver se réveilla. Elle était parfaitement calme, parfaitement maîtresse d'elle-même. Elle tendit la main vers le poste à côté du lit, décrocha le combiné et dit :

— Miss Silver à l'appareil.

Une voix qui s'efforçait vaillamment de ne pas trembler lui répondit.

— Miss Silver, ici Janet Wells. Il nous arrive une catastrophe. Anne est partie.

— Partie !

— Oui. Je ne sais pas quoi faire.

Miss Silver s'assit et se drapa dans un châle.

— Que s'est-il passé ?

Il y eut une pause. On eût dit que les mots ne parvenaient pas à franchir les lèvres de Janet.

— J'ai bien peur d'avoir été suivie hier après-midi, répliqua-t-elle enfin. Lizabet est sortie poster une lettre, et elle a vu cet homme. Je crois qu'elle s'est mal conduite, mais elle est si jeune... elle n'avait pas compris. Elle regrette terriblement.

Miss Silver serra les lèvres.

— Qu'a-t-elle fait ?

— L'homme a réussi à la convaincre. Elle pensait que c'était une plaisanterie... j'ignore ce qu'elle a pensé. Anne était en train de finir sa couture, et moi, je suis allée prendre un bain. Pendant que je n'étais pas là, Lizabet a prétendu qu'elle avait une lettre à poster. Elle a demandé à Anne de l'accompagner. Soi-disant, elle m'avait promis de ne pas sortir seule tard le soir. Anne est descendue avec elle, et Lizabet a fait demi-tour. Elle a dit qu'elle avait oublié une autre de ses lettres et qu'elle la rattraperait. Anne a donc continué à marcher lentement. Il y avait une voiture garée devant la boîte aux lettres. Quand elle est arrivée à sa hauteur, un homme a surgi de derrière la voiture, et un autre est descendu par la portière avant. Je... je crois qu'ils ont pressé quelque chose contre son visage. Lizabet ne pouvait pas voir, et elle avait peur. Elle dit que cela n'a pas duré une minute, après quoi ils sont partis avec elle.

— Je vois, répondit Miss Silver. Avez-vous signalé sa disparition ?

— Non... pas encore.

— Je vais prévenir Jim Fancourt. Ne faites rien tant que je ne vous ai pas rappelée.

Elle raccrocha, réfléchit un moment, puis téléphona à Jim Fancourt.

Anne était couchée à l'arrière de la voiture. De temps à autre, l'inconscience profonde où elle était plongée s'éclaircissait. Elle percevait alors des choses troublantes, une confusion, un glissement, un bruissement. Chaque fois que cela se produisait, c'était aussitôt suivi de l'odeur de chloroforme, et elle sombrait à nouveau dans les abysses du sommeil. Il en fut ainsi jusqu'à ce qu'ils eussent quitté Londres... le réseau routier des environs de Londres.

Ce fut plus tard qu'elle traversa cette phase. Elle n'entendit pas le conducteur déclarer : « Tout doux, maintenant », ni l'homme assis à côté d'elle répondre d'un laconique : « D'accord. » Mais cette fois-ci, sa conscience revint et continua à réémerger. Elle poussa un gémissement, et Ross Cranston s'exclama :

— Dis donc, qu'est-ce qu'on fait ?

L'homme qui conduisait se mit à rire.

— Elle va sans doute être malade. Tant pis... nous sommes presque arrivés.

Ross était consterné.

— Écoute, franchement ! protesta-t-il.

— Tais-toi ! rétorqua le conducteur.

Et il se tut.

La première chose dont Anne se rendit compte fut le mouvement de la voiture. Au début, ce fut vaguement agréable, mais comme cela venait et repartait, elle finit par s'en lasser et souhaita que cela s'arrête. Mais cela ne s'arrêtait pas. Cela durait, durait, durait. A la fin, elle appela et tenta de changer de position. Quelque chose l'en empêcha, et elle se débattit pour se libérer. Alors le voile blanc et épais s'abattit à nouveau sur elle.

Pendant qu'elle luttait pour s'en dégager, ils quittèrent la route.

La maison était située dans un creux. Elle disparaissait sous les arbres : grands houx et ifs monstrueux. C'était une vieille maison. Ils s'arrêtèrent devant l'entrée, et Anne rouvrit les yeux.

— Pourquoi m'avez-vous amenée là ? demanda-t-elle.

Car elle connaissait cette maison, très bien même. C'était la maison où elle avait vécu avec tante Letty, la maison qu'elle avait vue... était-ce en rêve ?... elle ne savait plus. Elle s'assit dans la voiture, les yeux grands ouverts. Devant elle, l'image oscillait et se brouillait. Chaque fois que cela lui arrivait, elle fermait les yeux et entendait un vrombissement dans ses oreilles. L'homme qui était à côté d'elle descendit de la voiture. Il avait dû aller jusqu'à la porte car, quand elle regarda à nouveau, celle-ci était ouverte, et il revenait dans leur direction.

C'était Ross.

Elle fut tellement stupéfaite qu'elle ne sut que dire. Pendant un moment, elle demeura muette. Elle ferma les paupières, mais quand elle les rouvrit, il était toujours là... son cousin Ross Cranston. Elle n'imaginait pas ce qui l'avait conduit ici. Une fois de plus, elle ferma les yeux, puis les rouvrit rapidement et dit :

— Ross !

Cranston regarda autour de lui. Il avait besoin de soutien. Le conducteur de la voiture émergea de derrière la maison.

— Tout va bien, fit-il. Voulez-vous entrer, Miss Forest ? Êtes-vous capable de marcher ?

Anne le regardait, les yeux papillotants. Elle connaissait Ross... et cet homme-là aussi. Il lui avait parlé dans le jardin de Chantreys. Il avait discuté dans le bureau avec Lilian. Et elle avait écouté dans le noir, de l'autre côté de la porte donnant sur la salle à manger. Ensuite elle était montée, les pieds glacés, dans l'obscurité, s'était habillée et avait pris la fuite. Elle ne savait pas son nom, mais elle savait qui il était. Il était venu dans le jardin pendant qu'elle y était. Il lui avait parlé. Elle ne se rappelait plus tout ce qu'il avait dit, mais cela lui avait fait peur. Apparemment, il lui avait recommandé de ne rien dire à personne. Elle l'avait fait, cependant. Elle l'avait dit à Jim. Son cœur se gonfla à la pensée de Jim. C'était une force, une délivrance. Le lien entre ses deux mondes. La sécurité. Elle devait s'y raccrocher.

Elle descendit de la voiture. Elle se sentait faible et étourdie. La tête lui tournait. Elle avait besoin du bras de Ross ; elle s'y cramponna. Ils pénétrèrent dans l'entrée de la maison. Tout ici lui était familier. La troisième marche allait craquer sous ses pieds — comme d'habitude —, et la dixième aussi. L'ascension se révéla très pénible. Très, très pénible. Ross l'aidait. C'était très gentil de sa part. Il n'avait pas toujours été gentil. Elle préférait ne pas y penser maintenant.

L'autre homme lui faisait peur. Pourquoi avait-il parlé à Lilian dans la nuit, pourquoi s'était-elle enfuie ? Elle ne s'en souvenait plus. S'arrêtant net, elle déclara :

— Je ne veux pas qu'il monte.

Ils n'étaient pas tout à fait au bout : il y avait quinze marches jusqu'au palier, et elle en avait franchi douze. Il y eut une pause. Elle eut l'impression que Ross regardait l'autre homme. Il lui tenait le bras gauche. Immobile, elle tira pour se dégager. Il rit et la lâcha si brusquement qu'elle fut à deux doigts de tomber.

— Qu'est-ce que cela peut faire ? lança-t-il.

Elle se rattrapa à Ross pour se retenir et gravit les autres marches en titubant. Elle avait besoin du bras de Ross pour la soutenir, non pour la guider. Elle n'avait besoin de personne pour la guider vers sa propre chambre.

Une fois dans sa chambre, ce fut comme si elle rentrait chez elle. Le lit se trouvait d'un côté de la fenêtre. Quelqu'un avait posé une bougie sur la commode. Elle s'approcha du lit et s'y allongea. Elle aurait aimé avoir la fenêtre ouverte, mais cela nécessitait trop d'efforts de sa part. Elle remonta l'édredon pour se recouvrir entièrement, retourna l'oreiller et s'endormit. La dernière chose dont elle eut conscience fut le passage de la lumière à l'obscurité. Il y eut le déclic de la clef dans la serrure. Mais elle dormait déjà.

Chapitre XLIV

Jim Fancourt raccrocha, s'habilla et sortit. Son premier réflexe fut de se rendre à l'adresse où Anne avait habité. Lizabet fut obligée de l'affronter. Elle n'en avait pas envie, mais elle n'eut guère le choix. Pour la première fois de sa vie, elle se trouvait confrontée aux conséquences de ses actes, qui lui apparaissaient dans toute leur crudité. Elle pleura, et s'entendit dire qu'il ne servait à rien de pleurer : cela ne l'aiderait pas, et n'aiderait pas Anne non plus. Et Janet ne lui fut d'aucun secours. Elle ne pouvait pas partir. Elle fut contrainte de répondre, et, peu à peu, le tableau de ce qui s'était réellement passé la veille se dessina avec clarté. Janet était là. Elle l'obligea à rester et à répondre. Lizabet n'aurait jamais cru qu'elle pût être aussi cruelle.

Sur ce, avant même qu'elle n'eût le temps de fondre en larmes, Jim Fancourt lui posa d'autres questions, puis d'autres, et d'autres encore.

Lorsqu'ils lui eurent tout extorqué, et après le départ de Jim, elle fut tout juste bonne à se jeter en pleurs sur son lit. Et Janet la laissa faire. Elle sortit, la laissant toute seule.

Jim Fancourt alla à New Scotland Yard. Il dut attendre, et les minutes qui passaient lui parurent durer des siècles. Où était-elle ? Pourquoi l'avait-on emmenée ? Que lui faisait-on ? Où était-elle ? Les mots revenaient, indéfiniment. Sans fin. Il n'aboutissait nulle part. Une seule chose était claire comme de l'eau de roche : en perdant Anne, il perdait toute raison de vivre.

Il ne savait pas combien de temps il avait dû attendre, mais lorsqu'un jeune policier au teint frais vint lui dire que l'inspecteur Abbott allait le recevoir, il eut l'impression d'être là depuis une éternité.

Le jeune policier le précéda, ouvrit la porte, l'annonça, et il entra dans la pièce qu'il connaissait déjà. Levant les yeux, Frank Abbott le salua amicalement.

— Elle a disparu, fit-il.

Il vit le visage de Frank changer.

— Quoi ?

— Elle a disparu... ils ont fini par la retrouver.

— Mon vieux...

— Tout le monde m'a dit : ne vous précipitez pas, ne la bousculez pas. Et voilà le résultat. Elle a disparu.

— Anne ?

— Oui, Anne.

— Assseyez-vous et racontez-moi ça.

— Je ne peux pas m'asseoir. Et il n'y a pas grand-chose à raconter... elle a disparu, c'est tout.

Finalement, il donna une version tout à fait cohérente du récit de Lizabet.

— Elle ne sait pas quel genre de voiture c'était, et n'importe qui, ou presque, pourrait correspondre à sa description de cet individu.

— Écoutez, hasarda Frank, ne soyez pas en colère... Il se peut qu'elle ait reconnu ces gens-là et les ait suivis parce qu'elle les connaissait.

— Non, ce n'est pas possible ! Cette fille l'a admis elle-même. D'après elle, l'homme avait passé un bras autour d'Anne. Et il y avait comme un linge sur son visage. Elle a été chloroformée et emmenée de force... cela ne fait pas le moindre doute. Elle ne serait pas partie de son propre gré ! Je vous dis que non !

— Cela paraît peu probable. Ne pensez-vous pas qu'en voyant quelqu'un qu'elle connaissait, quelqu'un de son passé, elle a brusquement retrouvé la mémoire ?

— Non. Il n'aurait pas été nécessaire de la chloroformer dans ce cas. Une fois que nous avons réussi à la faire parler, cette Lizabet, il n'y a plus eu aucun doute : elle a été chloroformée et emmenée de force.

— Pourquoi ?

— Je ne sais pas. Toutes les hypothèses se valent. Ou c'est l'argent, ou elle en sait trop... ou ils croient qu'elle en sait trop. Ils se doutent sûrement qu'elle a vu la jeune fille assassinée. S'ils ne sont pas certains de ce dont elle se souvient, de ce qu'elle a pu voir... s'ils ne savent pas ce qu'elle sait... ne voyez-vous donc pas quel effroyable danger elle court ?

Frank hocha la tête.

— Je me suis occupé de savoir qui a visité cette maison avec les agents immobiliers. Vous voyez, nous n'avons pas chômé. Il y avait eu deux rendez-vous : l'un datant du 12, et l'autre du 13. Celui du treize me paraît être le bon. Il s'agit d'un certain Mr. Malling, un vieil homme avec une barbe, extrêmement bavard. Il a expliqué qu'il voulait accueillir ses petits-enfants en période de vacances et qu'il voulait une maison meublée, qu'en pensaient-ils ? A l'agence, on l'a classé parmi ceux qui parlent beaucoup et ne font rien. La barbe pouvait être un déguisement. On m'a dit qu'il avait gardé les clefs jusqu'au lendemain.

— Pourquoi l'a-t-on laissé y aller seul ? Ce n'est pas très courant, n'est-ce pas ?

— Non, en effet. Je leur ai posé la même question, et on m'a répondu que c'était un très gentil vieux monsieur... Oui, oui, je sais : c'est le cas typique où l'on agit d'abord, et on réfléchit ensuite. Il y a des gens comme ça, vous savez. Au début, leur attitude vous semble parfaitement normale. C'est après seulement qu'elle peut vous paraître bizarre. Mr. Marsh, le directeur de l'agence, était absent pour cause de maladie. Le second violon, Mr. Dowding, est un brave type... peu habitué à prendre des responsabilités, à mon avis. Ils avaient cette maison sur les bras. Elle a été léguée à deux sœurs qui ont l'air très difficiles, et Mr. Marsh en avait assez de la faire visiter. Mr. Dowding était tout excité à l'idée de la louer en l'absence de son associé.

Frank haussa les épaules.

— Oui, je sais. Je l'ai vu, répliqua Jim impatiemment.

Il fit une pause, avant de lâcher :

— Qu'allons-nous faire maintenant ?

Chapitre XLV

Anne se réveilla. Il était tôt le matin... très tôt. L'espace d'un instant, elle ne sut pas où elle était, puis tout lui revint. Et, pour commencer, elle reconnut le lieu. C'était un lieu habituel, familier. Elle était Anne Forest, et elle avait vécu là depuis son enfance. Elle avait vécu là avec tante Letty. Tante Letty Forest.

Elle se souvint.

Elle se souvint du jour où tante Letty l'avait amenée ici pour la première fois. C'était un souvenir très flou qui avait du mal à se fixer. Il y avait un gros chien noir. Elle revoyait sa robe brillante et bouclée, mais ne se rappelait pas son nom. Ils jouaient ensemble sur la pelouse derrière la maison, et tante Letty venait l'appeler pour le thé. Elle se souvint des petits pains aux raisins, de leur goût délicieux. Venait ensuite un long laps de temps où elle ne se rappelait plus rien, seulement des bribes. Tante Letty était toujours là. Quelquefois, il y avait des disputes entre elles. L'une, en particulier, lui revint en mémoire avec beaucoup de clarté. C'était un jour d'été, chaud et ensoleillé. Il faisait chaud et il y avait du soleil, mais il avait dû pleuvoir car, tout le long d'un côté de la route, il y avait des flaques et des petites mares. En marchant, Anne barbotait dans les flaques. C'était très plaisant, mais tante Letty ne fut pas de cet avis. « Arrête tout de suite, vilaine ! » dit-elle. Que c'était drôle de se rappeler une chose pareille après tant d'années. Tante Letty était morte... depuis trois ans. Voilà trois ans qu'Anne avait attendu sur le pas de la porte le taxi qui l'emmènerait d'ici... trois ans depuis l'enterrement de tante Letty... trois ans depuis son vingt et unième anniversaire. Chère tante Letty... chère, *chère* tante Letty. Elle lui manquait comme si elle l'avait perdue la veille, et non trois ans plus tôt.

A la pensée de ce dernier jour, ses yeux s'embuèrent de larmes. Elle était allée au village, mais s'apercevant à mi-chemin qu'elle avait oublié son porte-monnaie, revint sur ses pas. Alors qu'elle se frayait le passage entre les buissons devant la maison, elle entendit du bruit. Elle l'entendit sans savoir ce que c'était. Il y eut un fracas suivi d'une chute. Elle dut le décrire encore et encore, mais elle ne put préciser davantage. En approchant, elle trouva tante Letty étendue devant la porte de service, une terrible blessure à la tête. Elle n'était pas morte, mais elle mourut avant l'arrivée du médecin, et sans avoir repris connaissance.

Couchée dans son lit, Anne se souvenait. Il n'y avait aucun indice... rien du tout. Quelqu'un avait tué tante Letty. Quelqu'un lui avait assené un coup brutal avant de disparaître dans les bois. Et rien ne permettait de savoir qui c'était.

La maison revint à Anne. Personne n'en voulait, en raison de l'assassinat. Tout le monde disait qu'Anne ne devrait pas rester là. Elle n'avait pas envie de rester. Elle voulait partir le plus loin possible et ne plus jamais remettre les pieds ici. Du moins le croyait-elle. Et elle partit.

Elle partit faire le tour du monde avec son amie Mavis Enderby. Curieusement, toute cette période d'absence lui paraissait très floue. Elles avaient voyagé dans le monde entier et décidé de rentrer en passant par l'Amérique. Elle avait beau faire, elle n'arrivait pas à s'en souvenir comme elle se souvenait des bribes de son enfance. Mavis était tombée amoureuse d'un inconnu rencontré par hasard et l'avait épousé... sans autre forme de cérémonie. Anne avait déclaré qu'elle trouvait inconcevable de faire une chose pareille, mais puisque Mavis y tenait, elle était libre d'agir comme bon lui semblait. Elle avait du mal à comprendre, mais après tout, c'était sa vie, et elle n'avait rien contre Bill qui était gentil, mais guère différent des centaines d'hommes qu'elles avaient rencontrés par ailleurs.

Pourquoi tombait-on amoureuse de l'un et pas de l'autre ? Pourquoi était-elle tombée amoureuse de Jim ? Pourquoi était-il amoureux d'elle ? Ils avaient tous deux rencontré des dizaines d'autres êtres. Tout était fait pour les arrêter, et pourtant, ils avaient tous deux touché le fond en même temps.

Elle s'assit et regarda autour d'elle. C'était sa propre chambre. Dans la clarté du petit matin, elle avait un air familier et vieillot. Elle descendit du lit et alla vers la fenêtre. Les arbres avaient poussé. Comme ils n'avaient été ni taillés, ni coupés, ils empiétaient les uns sur les autres. Sa chambre donnait sur l'arrière de la maison. Autrefois, par l'ouverture entre les deux cerisiers du fond, on pouvait voir tout le versant de la colline jusqu'à Swan Eaton. Maintenant, il n'y avait plus d'ouverture. Les arbres l'avaient bouchée. On ne voyait plus ni le village, ni les autres habitations.

Pour la première fois depuis son réveil, Anne commençait à avoir peur. Elle ne savait pas ce qu'elle craignait, mais la peur s'infiltra en elle, et elle s'écarta de la fenêtre comme si la peur était dehors, dans le jardin, parmi les arbres.

Tout cela était absurde. Mais, absurde ou non, elle recula jusqu'au lit et s'assit, quelque peu tremblante. Elle était en train de se souvenir... voilà pourquoi elle avait peur. A son retour des États-Unis, elle avait atterri à Londres. Elle n'avait pas écrit pour annoncer son arrivée. Ou, plus exactement, elle n'avait pas donné de date. Son absence avait duré pendant près de trois ans, et elle avait attendu le mariage de Mavis pour rentrer. Elle n'avait plus de famille proche... juste des cousins qu'elle ne voyait pas souvent. Elle se rappela être arrivée à Londres par une soirée sombre et pluvieuse. Elle se rappela être allée à l'hôtel. Après cela, plus rien. Bien que ce fût très vague et lointain, elle se souvint être arrivée à l'hôtel le soir, morte de fatigue. Ensuite, plus rien du tout... jusqu'à l'escalier de la cave, où elle s'était retrouvée en sachant qu'il y avait un cadavre au pied des marches. Elle ne fit pas d'effort pour se souvenir. Cela reviendrait peut-être. Il ne servait à rien de forcer. Il y avait une lacune dans son esprit. Elle ne pouvait la combler par ses tentatives, mais, au moins, elle savait maintenant qui elle était.

Il y avait une pendule sur le manteau de la cheminée. Elle leva les yeux comme si elle s'attendait à la trouver là. Quelqu'un avait dû la remonter. Elle indiquait six heures et demie. Elle essaya la porte et découvrit qu'elle était fermée à clef. Ses habits étaient là, et il y avait de l'eau dans le broc sur la table de toilette. Elle se lava, s'habilla et se sentit prête à affronter son sort.

Il y avait deux hommes ici : son cousin Ross Cranston et l'autre, dont elle ignorait le nom. Ross ne lui faisait pas vraiment peur. Il venait et repartait, jamais très à la hauteur, au grand dam de tante Letty, mais elle ne l'avait jamais considéré comme quelqu'un d'effrayant. C'était l'autre qui lui donnait l'impression qu'un doigt glacé lui frôlait l'échine. Elle ne connaissait pas son nom. Elle savait seulement qu'il était malfaisant et qu'elle était en travers de son chemin. Qu'arrive-t-il quand on est en travers du chemin d'un être malfaisant ?

Elle s'obligea à regarder la réponse en face.

Chapitre XLVI

Les souvenirs continuaient à affluer. Il y en avait un peu partout. Tout à coup, les choses commencèrent à prendre forme. Assise dans sa chambre, elle fit mentalement le tour de la maison. Et chaque fois, quelque chose de nouveau lui revenait en mémoire. On ne pouvait agir sur les réminiscences ; elles venaient d'elles-mêmes. Et de la plus drôle des façons. Ce fut au moment de monter au grenier qu'elle se souvint pourquoi elle était allée à l'hôtel à Londres, et qu'elle se rappela son nom : le *Hood*.

Tante Letty descendait toujours là-bas. C'était un hôtel pour des dames comme tante Letty : très comme il faut, assez cher, infiniment respectable. Il n'avait strictement aucun rapport avec les greniers ; elle ne voyait vraiment pas pourquoi elle s'en était souvenue au moment de monter au grenier de la maison.

Elle mit l'hôtel de côté et poursuivit la visite des lieux. Elle était en train de monter au grenier... il n'y avait qu'à continuer. L'escalier était extrêmement raide. Elle entendit tante Letty l'exhorter à la prudence lors de ses allées et venues. Elle se rappela même ses paroles... Non, ce n'était pas tante Letty, c'était Mamie. Qu'il était donc curieux de n'avoir aucune conscience de quelqu'un, puis de le voir resurgir soudain comme s'il avait toujours été là. Chère, chère Mamie : elle avait été leur cuisinière jusqu'à la deuxième année de la guerre, après quoi elle était partie s'occuper des enfants de sa sœur, tuée lors d'un bombardement. Mamie disait toujours : « Fais attention où tu mets les pieds, petite. Ne les regarde pas, ne te presse pas, et tu ne tomberas pas. »

Le grenier était vaste et sombre. Il lui faisait penser à un hôpital, car il y avait des objets cassés partout : un paravent avec un panneau troué, une chaise avec un pied cassé, un tableau avec un cadre abîmé. Elle se souvenait de tous ces objets cassés. Comme c'était étrange de se souvenir de ces choses sans importance — s'en souvenir distinctement, avec précision, assise au bord de son lit dans une chambre fermée à clef à l'étage du dessous — , choses qu'elle n'avait pas vues, auxquelles elle n'avait pas pensé depuis trois ans. Alors qu'elle ne se rappelait plus les événements survenus tout récemment.

Le grenier... c'était curieux, la manière dont elle y revenait en permanence. Peut-être était-ce dû à une association d'idées. Cela méritait réflexion. Tout était pêle-mêle dans le grenier, rien n'était rangé. Son esprit se trouvait dans le même état : choses anciennes, choses nouvelles. Plus rares, celles-là. Des choses qui avaient perdu leur valeur d'origine, des choses qui n'avaient jamais eu de valeur. Debout, mentalement, à l'entrée du grenier, elle scrutait du regard ses profondeurs obscures. Il ne semblait pas y avoir de fin au bric-à-brac qu'il contenait, comme il n'y avait pas de fin aux souvenirs qui se pressaient dans son esprit : souvenirs à demi oubliés, à demi présents, vaguement entrevus, puis totalement perdus à nouveau. Le temps passa.

La maison commençait à s'éveiller. Quelqu'un longea le couloir. La clef tourna dans la serrure. Anne se figea. La poignée s'abaissa, et la porte s'entrouvrit légèrement. La voix de Ross l'appela par son nom.

— Anne...

— Oui.

— Comment ça va ? Tu te sens capable de te lever ?

— Oui, répéta-t-elle.

— Tu vas bien ?

— Oui.

Il resta une minute, triturant la poignée sans ouvrir la porte, qu'il referma ensuite soigneusement, comme pour ne pas faire de bruit. Et il redescendit, tout doucement, avec précaution.

Anne se surprit à rire. C'était Ross tout craché de se mettre dans une situation impossible et de n'avoir pas le cran d'aller jusqu'au bout. Elle se souvint qu'elle l'avait toujours méprisé, et cela la ragaillardit. Il n'avait pas fermé la porte à clef en partant ; elle n'était donc plus prisonnière. Elle alla dans la salle de bains, vida l'eau dont elle s'était servie pour sa toilette et fit son lit. Elle commençait à se demander si elle était seule avec Ross... si l'autre homme était parti. Elle se posait la question, mais sans trop y compter.

Lorsqu'elle eut terminé, elle s'approcha de la coiffeuse et se regarda dans la glace. Elle avait des cernes noirs sous les yeux qui lui déplurent. Cela lui donnait l'air malade. Elle se frotta les joues et le regretta aussitôt. Sa pâleur était de circonstance. Qui plus est, son apparence physique n'avait pas la moindre espèce d'importance.

Elle descendit. Quelqu'un était en train de faire griller des saucisses et du bacon. Elle entra dans la cuisine et vit l'autre homme. Comme toujours, sa vue ébranla son courage. Elle éprouva le même affreux tremblement intérieur que dans le jardin à Chantreys, lorsque, levant les yeux, elle l'avait vu appuyé à la grille. Cette fois, elle eut du mal à dissimuler sa peur. Or il ne fallait surtout pas lui montrer à quel point il lui faisait peur.

— Ah, vous êtes réveillée, dit-il.

— Oui.

— Ross m'a prévenu que vous alliez descendre. Nous avions acheté du bacon avant de venir. Inutile de faire jaser au village.

— Certainement.

Il éclata de rire.

— Quel sang-froid, hein ! On veut bien se montrer raisonnable ?

Anne se força à le regarder. Posément, calmement, elle plongea ses yeux dans les siens.

— Tout dépend de ce que vous entendez par raisonnable.

Il lui jeta un regard insolent.

— Faire ce qu'on vous dit. Vous rendre utile. Parler quand on vous le demande. Tenir votre langue quand il le faut.

— Et pourquoi donc ?

Il posa la poêle avec les saucisses sur un côté de la cuisinière et s'avança vers elle. Anne recula aussi loin qu'elle le put. Ce fut le mur qui l'arrêta. Il mit les mains sur ses épaules et la dévisagea de haut.

— Vous ferez ce qu'on vous dit de faire. Est-ce bien clair ? Oui ? *Oui ?*

Il n'éleva pas la voix, il la baissa. Radoucie, cette voix dure fut la chose la plus horrible qu'Anne eût jamais entendue.

Une sensation de vertige s'empara d'elle. Elle s'efforça de garder la tête haute et de le fixer sans ciller. Ses yeux étaient semblables à ceux d'un rapace, impérieux, féroces. Elle ne pouvait pas reculer davantage. Il y eut un bruit de pas à l'extérieur, et elle poussa un cri.

— Prenez garde, gronda-t-il tout bas.

Il fit volte-face et retourna auprès du fourneau.

Lorsque Ross entra, elle fut si contente de le voir qu'elle eut toutes les peines du monde à le cacher. Elle y parvint néanmoins. Leur montrer à quel point elle était terrorisée serait se départir de son ultime rempart de protection. Elle s'approcha d'une chaise et s'assit.

Au même instant, elle se souvint de tout.

Chapitre XLVII

— Il a dit qu'il nous tiendrait au courant.

— Alors il le fera, répliqua Miss Silver avec fermeté.

Le dos tourné, Jim contemplait la rue.

— Et s'il n'a rien à nous annoncer ?

Miss Silver était en train de tricoter. Elle le regarda avec compassion par-dessus le maillot de foot destiné au fils aîné de sa nièce Ethel Burkett, et dit :

— Il aura quelque chose, j'en suis sûre.

— Et s'il n'a rien ?

Miss Silver ne répondit pas. Les moments les plus éprouvants dans une existence étaient ceux où l'on était réduit à attendre. C'était particulièrement éprouvant pour un homme entraîné à l'action. Elle réfléchit au meilleur moyen de soulager cette tension et de lui trouver quelque chose à faire.

— Vous alliez me montrer le sac d'Anne, fit-elle.

Il se retourna à demi dans un mouvement impatient d'épaules.

— Il n'y a rien là-dedans.

— Néanmoins, j'aimerais le voir. Vous l'avez rapporté, n'est-ce pas ?

— Oh oui, je l'ai rapporté. Il n'y a rien dedans... excepté l'argent.

— J'aimerais le voir.

— Je vous dis qu'il n'y a rien dedans.

Miss Silver continua à tricoter en silence. A un moment moins hasardeux, elle eût manifesté quelque réprobation, mais le temps n'était guère à la réprobation, et ce qui avait commencé comme une simple distraction pour alléger une attente pénible prit soudain une importance qu'elle n'aurait su ni justifier ni démentir. Lorsqu'elle fut tout à fait sûre de pouvoir s'exprimer avec sa pondération coutumière, elle reprit :

— Mr. Fancourt, je ne voudrais pas vous paraître importune, mais je vous serais infiniment reconnaissante de me montrer ce sac.

Il se détourna de la fenêtre pour lui faire face.

— Il n'y a rien dedans.

— Me permettez-vous de m'en assurer par moi-même ? Je ne voudrais pas vous déranger, ni vous imposer une corvée supplémentaire, mais je vous en serais très obligée...

Aussitôt, il fut aussi pressé de partir qu'il avait été obstinément déterminé à rester. Tout plutôt que compter les minutes qui se prolongeaient indéfiniment.

Miss Silver tricotait toujours. Il lui faudrait une heure pour aller chez lui chercher le sac... une bonne heure. Ce serait bien mieux que de compter les minutes et se ronger les sangs.

L'heure était à peine écoulée qu'Emma Meadows l'introduisait dans la pièce. Il avait décidément meilleure mine, et Miss Silver s'en félicita.

Même si elle ne portait aucun autre fruit, l'expédition s'était avérée bénéfique. Il tenait le sac à la main, sans aucun emballage. Emma Meadows avait tout juste refermé la porte qu'il déclarait :

— Il n'y a rien là... rien du tout. J'en étais sûr.

Miss Silver posa le maillot presque terminé et tendit la main.

— Puis-je regarder ?

— Il n'y a rien, répéta-t-il.

Il lui remit le sac et se jeta dans le fauteuil qui tournait le dos à la fenêtre.

Miss Silver prit le sac et l'ouvrit. Elle se dit qu'elle ne s'attendait à rien de spécial, mais quand ses mains touchèrent la fermeture, elle comprit qu'elle allait trouver quelque chose. Elle ignorait d'où lui venait cette certitude. Pourtant, lorsqu'elle ouvrit le sac, il lui parut parfaitement vide. Jim avait sorti les billets et la petite monnaie qui restait dans le porte-monnaie, et les avait mis de côté. Le sac était vide... un sac noir avec une doublure grise et un compartiment central divisé en deux : une moitié grise, et l'autre en daim blanc pour ranger la houppette à poudre. Le petit porte-monnaie latéral était entièrement vide. Il avait contenu des pièces jaunes et blanches. Miss Silver se rappela avoir vu Anne fouiller parmi les billets et la monnaie à la recherche d'un indice susceptible de lui apprendre qui elle était, d'où elle venait et où elle allait. Il y avait eu une lettre entre le porte-monnaie latéral et le compartiment du milieu. A présent, il n'y avait plus rien du tout.

Profondément déçue, Miss Silver laissa tomber le sac sur ses genoux. Et, en cet instant, elle sut que son intuition ne l'avait pas trompée : lorsque le sac tomba, elle perçut quelque chose d'impalpable, mais néanmoins réel.

— Il n'y a rien, fit Jim impatiemment. J'ai déjà regardé.

Mais Miss Silver reprit le sac.

— Je n'en suis pas aussi sûre.

Elle entreprit de le retourner à l'envers. Il y avait un peu de poussière à l'intérieur et un ou deux fragments de papier. Et tout au fond, là où s'arrêtait la couture latérale, il y avait un petit trou. Ce n'était pas un trou dans la matière. C'était juste du travail négligé dans un sac neuf, un pli aplati et non cousu. On pouvait regarder cent fois dans le sac sans le remarquer ; c'était l'endroit idéal où un petit morceau de papier pouvait se coincer et se cacher.

Il y avait là un petit morceau de papier. Jim se leva de son fauteuil et regarda Miss Silver le repêcher avec une aiguille à tricoter. C'était un tout petit papier. Il comportait deux adresses, l'une imprimée, l'autre manuscrite. L'adresse imprimée était *Hôtel* Hood, *Mayville Street*, suivie d'un numéro de téléphone. L'autre était rédigée de l'écriture d'Anne : *Miss Anne Forest, Cottage des Ifs, Swan Eaton, Sussex.*

— Comment diable... commença Jim.

Il s'interrompit. Miss Silver continuait à examiner l'adresse. Anne Forest, Cottage des Ifs, Swan Eaton. Tels étaient donc son nom et son adresse. Mais que faisaient-ils dans le sac de l'autre fille ? Car c'était le sac de l'autre fille — la jeune fille morte —, celle qui avait été assassinée dans la maison déserte. Quel rapport y avait-il entre elle et le nom et l'adresse d'Anne ? Elle leva gravement les yeux sur Jim.

— Je pense que nous devrions appeler l'hôtel.

— Qu'est-ce que cela signifie ? s'enquit Jim d'une voix haletante.

— Cela signifie que nous avons le nom d'Anne et, vraisemblablement, son adresse.

— Croyez-vous que c'est son nom ?

— A mon avis, oui. J'ai l'impression que la jeune fille assassinée était descendue dans le même hôtel et qu'Anne Forest lui avait donné cette adresse.

— Je ne vois pas comment cela aurait pu se produire.

— Il ne faut pas s'attendre à y voir clair d'un seul coup. Nous en saurons davantage quand nous aurons téléphoné à l'hôtel.

Elle s'approcha du bureau, décrocha le téléphone et donna le numéro de l'hôtel *Hood*.

Jim vint se poster à côté d'elle. Il n'entendait pas ce qui se disait à la réception de l'hôtel. Un murmure continu lui parvenait, interrompu de temps à autre par la voix de Miss Silver qui posait une question. C'étaient des questions qu'il aurait pu poser lui-même. Il était rageant de ne pas pouvoir distinguer les réponses.

— Avez-vous eu une certaine Miss Anne Forest qui a dû arriver chez vous il y a une quinzaine de jours ?

Telle fut la première question.

Miss Silver lui adressa un hochement de tête affirmatif. Oui, ils avaient reçu Miss Anne Forest. Ses bagages étaient toujours là, d'ailleurs. Elle était partie et n'était pas encore revenue. Ils se faisaient du souci, mais comme elle avait parlé d'aller chez des amis et qu'ils ne tenaient pas à entreprendre une action... Bien que, tout de même...

— Avez-vous également eu Mrs. Fancourt parmi votre clientèle ?

Non, pas de Mrs. Fancourt.

Le coup fut rude. Si elle n'était pas descendue à l'hôtel, comment les deux jeunes filles s'étaient-elles rencontrées ? Il restait encore une petite chance. Miss Silver la saisit. Elle posa la question. Sans grand espoir, mais elle la posa :

— Peut-être avez-vous eu Miss Anne Borrowdale chez vous ?

A sa surprise — plus grande qu'elle n'aurait voulu se l'avouer —, la voix à l'autre bout du fil répondit avec animation :

— Oh oui, elle était ici. Elle est partie le même jour que Miss Forest. C'est l'une des raisons pour lesquelles nous n'avons pas envisagé sérieusement que Miss Forest ait pu nous quitter. Elle s'était liée d'amitié avec Miss Borrowdale, et nous étions persuadés qu'elles étaient parties ensemble. J'espère qu'il n'y a pas eu de problèmes ?

— Je l'espère aussi, opina Miss Silver avec gravité. J'appelle de la part de Mr. Fancourt.

Elle posa encore quelques questions, raccrocha et se tourna vers Jim.

— Elles étaient toutes deux descendues au *Hood*.

— Comment ? Pourquoi ?

— Je n'en sais rien. Cela pourrait s'expliquer de plusieurs façons. Anne, celle qui est morte, était déjà là. Anne, celle qui est en vie, arrivait d'Amérique. Elle venait juste d'atterrir. Voilà pourquoi sans doute personne ici n'a signalé sa disparition. La réceptionniste de l'hôtel m'a dit qu'elle avait fait le tour du monde avec une amie qui s'était mariée et était restée en Amérique. Ils se seraient inquiétés davantage si elle n'avait pas laissé toutes ses malles... et elles sont nombreuses.

Puis la femme de chambre qui s'occupait d'elle a été hospitalisée à la suite d'un accident. Ils ont supposé qu'Anne Forest lui avait dit quelque chose qui puisse justifier son absence. Cela peut arriver facilement. Quant à l'autre Anne, celle qui a été tuée, elle avait très peu de bagages.

— Je ne vois absolument pas pourquoi elle s'est retrouvée à l'hôtel. Je l'avais expédiée chez les Birdstock en attendant d'avoir des nouvelles de Lilian.

Miss Silver resta un moment silencieuse.

— Si c'est elle qui s'est rendue chez Mrs. Birdstock, dit-elle enfin, pour récupérer la lettre de votre tante — et je pense que c'est elle —, elle avait alors une entière liberté d'action. Avait-elle un accent étranger ?

Jim réfléchit.

— Non... je ne l'ai pas remarqué.

Cette fois, le silence dura plusieurs minutes. Puis Miss Silver décrocha à nouveau le téléphone.

— A mon avis, il faudrait prévenir l'inspecteur Abbott.

Chapitre XLVIII

Anne sentait la tête lui tourner tandis que son esprit s'éclaircissait. Elle savait tout à présent. Elle s'était souvenue de tout. Elle était contente d'avoir une chaise : celle-ci lui était bien utile. Elle aurait pu tomber. Elle n'était pas tombée. La chaise l'avait retenue. D'ici un moment, sa tête irait mieux. Ross ne la regardait pas, ne lui adressait pas la parole. Il avait honte. Quant à l'autre, il lui tournait le dos, occupé à piquer les saucisses avec une fourchette.

Tout lui revenait avec une clarté stupéfiante. Son arrivée à l'hôtel. La femme de chambre, une jolie fille au teint pâle. Elle se rappelait le menu de son dîner. Fatiguée, elle était montée se coucher de bonne heure, mais elle avait mal dormi. Ce fut une étrange nuit. Comme elle n'en avait jamais passé : les images se bousculaient, les rêves allaient et venaient, venaient et repartaient. Ensuite, il y eut le matin... et la jeune fille. Tout ceci était parfaitement clair dans son esprit. Elle était descendue à la salle à manger pour prendre son petit déjeuner ; en cherchant une table, elle en aperçut une pour deux près de la fenêtre. Une jeune fille y était assise. Quelque chose dans son visage faisait penser à un chaton perdu. Anne se vit aller vers elle. Elle tira l'autre chaise et dit :

— Cela vous dérange si je m'assois là ?

Le visage de la jeune fille s'était illuminé.

— Oh non, répondit-elle. Je vous en prie !

Il était tout à fait extraordinaire de revoir cette scène avec autant de clarté. La jeune fille retrouvée morte à la cave revivait sous ses yeux. Sa voix résonnait aux oreilles d'Anne, une jolie voix, avec quelque chose qui n'était pas vraiment un accent. Elle se leva de sa chaise et se dirigea vers la porte. Elle ne pouvait rester là à se souvenir. Ce n'était pas possible.

Au moment où elle arrivait à la porte, Ross se retourna.

— Où vas-tu ? Le petit déjeuner sera prêt dans cinq minutes.

— Je n'en ai pas pour longtemps, répliqua Anne posément. Ne m'attendez pas.

Pendant qu'elle sortait et montait à l'étage, elle entendit l'autre homme rire.

Une fois dans sa chambre, elle s'assit sur le lit et reprit le fil de ses souvenirs. Cette pauvre enfant... son ignorance, son caractère fantasque, et la dernière vision qu'elle avait eue d'elle, gisant inanimée au pied des marches dans une maison inconnue. Elle avait tout de suite vidé son sac.

— Je m'appelle Anne Borrowdale. Enfin, je crois. Ou alors, Anne Fancourt. C'est drôle, hein ?

Elle avait ri comme s'il s'agissait d'une plaisanterie. Vint ensuite un nouveau torrent de paroles, avec la trace de ce quelque chose qui n'était pas tout à fait un accent.

— Voyez-vous, je ne sais pas si je suis mariée pour de bon. Mon père, lui, a été tué.

Sa voix s'étouffa soudain dans les larmes, et elle agrippa les deux mains d'Anne, les mains d'une étrangère qui ne l'était déjà plus.

— Ils faisaient sauter les roches, et il a été heurté par un bloc de pierre. Jim dit qu'il avait couru au-devant. Je ne sais pas comment c'est arrivé. La pierre s'est écrasée sur lui, et quand il a compris qu'il allait mourir, il a demandé à Jim de m'épouser. Le prêtre est venu et nous a mariés. Puis il est mort.

Son ton redevint léger. Le passé fut repoussé à l'arrière-plan.

— A ce moment-là, l'avion a atterri.

Elle joignit les mains.

— Un avion américain qui avait dévié de sa route et qui a dû se poser. Nous l'avons regardé se rapprocher. C'était extraordinaire, vous ne pouvez pas vous imaginer ! Il y avait deux hommes dedans, jeunes, et Jim leur a demandé de m'emmener avec eux. Au début, ils ont dit non, puis ils ont dit oui. C'était après que Jim leur a parlé. Il leur a expliqué qu'il m'avait épousée, que c'était une question de vie ou de mort, de me sortir du pays... une question de vie ou de mort. Les Russes n'aiment pas laisser partir leurs citoyens, or l'enfant d'une Russe est russe, peu importe qui est son père. Ils ne m'auraient pas laissée partir, alors que Jim avait promis à mon père.

Les mains jointes, elle conclut :

— Il a donc réussi à convaincre ces Américains de m'emmener. C'est ce qu'ils ont fait.

Anne se souvenait de sa propre mine perplexe, du ton sur lequel elle avait demandé :

— Mais que faites-vous ici ?

La jeune fille avait ri. Anne se rappelait maintenant la facilité avec laquelle elle passait du rire aux larmes. Cette fois, ce fut le tour du rire.

— Eh bien, j'ai pensé...

Son minois se plissa de la plus amusante des façons : on eût dit un petit chat.

— J'ai pensé que toute ma vie je serais obligée d'obéir à Jim. Puisque c'est mon mari. Mais j'ai de l'argent ici, beaucoup d'argent qui me vient de mon père. Pourquoi n'en dépenserais-je pas un peu ? Pourquoi aller chez leur ancienne domestique ? J'ai décidé de ne pas y aller. J'ai voulu aller à l'hôtel dont mon père m'a souvent parlé, et de m'amuser. Je suis une femme mariée : il n'y a rien d'inconvenant à cela. J'ai envoyé la lettre de Jim à sa tante Lilian qui habite Chantreys, à Haleycott. Maintenant, il faut que je pense à ce que je vais faire pour m'amuser.

Au milieu de ce bavardage gai et inconséquent, quelque chose germa obscurément dans l'esprit d'Anne Forest. Brusquement, elle demanda à brûle-pourpoint :

— Quel est le nom de votre père, déjà ?

La jeune fille s'interrompit.

— Mon père ?

Son humeur vira à la tragédie.

— Oh, mon pauvre père... quelle horrible façon de mourir ! Que vouliez-vous savoir ?

— Son nom.

— Je vous l'ai dit : Borrowdale.

— Et ses prénoms ?

Anne remarqua son attitude soudain soupçonneuse.

— Pourquoi ?

— Parce que je pense... que nous sommes peut-être parentes.

— Oh !

— Je le saurai si vous me donnez son nom complet.

— Leonard Maurice Forest Borrowdale.

— Je suis Anne Forest. Je crois que nous sommes cousines.

Cela faisait toujours aussi mal... le plaisir de la jeune fille, son enthousiasme. Elle était comme l'eau vive : il y eut des larmes, des sourires. Autant de souvenirs qui lui faisaient trop mal.

Un bruit de pas d'homme lui parvint d'en bas.

— Que fais-tu ? Tu ne descends pas prendre ton petit déjeuner ?

Il lui vint à l'idée qu'ils ne lui faisaient pas confiance. Lorsqu'on avait commis un meurtre, on n'avait plus confiance en personne. C'était l'une des punitions que le mal s'infligeait à lui-même.

— Je descendrai quand j'aurai fini ce que je suis en train de faire.

Elle était plongée dans les souvenirs. Lorsqu'elle aurait fini de se souvenir, elle redescendrait. Elle ne pouvait continuer à se souvenir sous le regard des deux hommes. Étaient-ils des assassins tous les deux ? Elle l'ignorait.

— Ton bacon va être froid, lui rappela Ross.

Il retourna dans la salle à manger, mais sans refermer la porte. Il la laissa ouverte pour pouvoir l'entendre lorsqu'elle descendrait. Ils ne lui faisaient pas confiance. Ils n'avaient aucune raison de lui faire confiance. Il y avait un meurtre entre eux. Elle continua à réfléchir. La jeune fille avait cessé son bavardage animé. Une expression coupable se peignit sur ses traits. Elle porta la main à sa bouche, regarda Anne et dit :

— Oh...

— Qu'y a-t-il ?

— J'avais oublié.

— Vous avez oublié quoi ?

— Que je ne devais en parler à personne... ne rien dire du tout. Que vais-je faire maintenant ?

Anne se rappelait avoir éclaté de rire et répondu avec légèreté :

— Eh bien, c'est trop tard. Mais puisque nous sommes cousines, cela n'a aucune importance.

Comment avaient-ils su qu'elle représentait un danger pour eux ? C'était une chose impossible à deviner. Comment avaient-ils su ? La pauvre enfant aurait parlé à n'importe qui. Elle était totalement innocente, totalement sans défense. Mais comment savaient-ils qu'elle avait besoin de protection ?

La petite lui confiait déjà :

— Je suis mariée, vous savez, mais ici, j'ai voulu rester Miss Borrowdale.

Elle eut un petit rire perlé.

— J'ai donc écrit mon nom complet sur le registre... j'ai marqué Anne Forest Borrowdale. Cela m'a bien plu !

Et elle se remit à rire.

Cela lui brisait le cœur de se souvenir, mais il fallait continuer. Anne Forest Borrowdale : tout lui apparut en un épouvantable et fulgurant éclair. Ross Forest Cranston, son cousin, le cousin de cette pauvre fille. Son propre nom, Anne Forest. Les trois noms s'entremêlaient dans son esprit. L'espace d'un instant, elle se perdit dans le vertigineux tourbillon de cette découverte. Puis tout s'éclaircit pour faire place nette à une certitude glaçante. Drapée dans cette certitude, elle regarda les faits en face.

Elle rentrait chez elle après trois années

d'absence. Elle avait écrit pour annoncer son arrivée. Elle avait écrit à l'hôtel et à ses cousins, les Cranston. Ross était donc au courant. Elle ignorait ce que l'autre homme, le dénommé Maxton, venait faire là-dedans. Ce devait être une connaissance de Ross. Il était le mal personnifié. Et Ross ? Elle n'en savait rien. Il avait toujours posé des problèmes. Tante Letty s'inquiétait énormément à son sujet... tante Letty qui aurait eu le cœur brisé, si elle avait été là. Tante Letty n'était plus là. Pour la première fois, il lui vint l'idée terrifiante que Ross savait peut-être pourquoi — et comment — tante Letty était morte. Lorsqu'elle eut cette pensée, Anne comprit qu'elle ne datait pas d'hier. Elle avait refusé de l'envisager, de la prendre en considération. Elle l'avait refoulée, mais à présent elle resurgissait de l'ombre au grand jour. Elle se força à la regarder en face avant de revenir en arrière.

Elle était elle-même, en train de demander à sa petite cousine comment elle avait trouvé le *Hood*. La réponse fusa, entre le rire et les larmes :

— Mon père... il m'a toujours parlé du *Hood*. On faisait des projets merveilleux, lui et moi. On allait venir à Londres, descendre au *Hood*, aller au théâtre et *tout* voir !

Tout était là. La seule partie qui lui manquait, c'était la fin. Elle ignorait comment ils avaient persuadé sa petite cousine de lui fausser compagnie et de se rendre dans la maison où l'on allait la retrouver morte. Elle ignorait ce qui avait décidé de sa mort. Elle se doutait que celle-ci avait été précipitée par sa propre arrivée. Seulement pourquoi... pourquoi... *pourquoi* ?

Elle passa en revue son emploi du temps de ce

matin-là. Elle avait été dehors toute la journée : à la banque, dans les magasins. Elle se rappela soudain qu'elle avait été très fatiguée, si fatiguée qu'elle... Qu'avait-elle fait ? Elle avait beau essayer, elle ne s'en souvenait plus.

Tout à coup, cela lui revint, juste au moment où elle se disait : « Je n'irai pas plus loin. Ce n'est pas grave. » Elle se revit marcher dans le couloir, introduire la clef dans la serrure et ouvrir la porte. Il y avait un mot sur la coiffeuse : « Je sors voir quelqu'un. J'y vais avec... je ne dirai pas qui. Je vous le raconterai ce soir. Tout cela est très excitant. J'ai rendez-vous au numéro 37, Lime Street. Anne. » Elle se revit en train de relire le billet, trois fois de suite. Il avait dû être remis à sa gentille femme de chambre. Elle se revit debout, retournant le papier dans tous les sens avant d'apercevoir le petit gribouillis dans un coin : « Finalement, je vais vous le dire. Il y a un homme qui s'appelle Maxton. Je ne l'aime pas beaucoup. L'autre, c'est notre cousin Ross Cranston. Je les retrouve là-bas. »

Elle les avait retrouvés, et elle avait trouvé la mort. Anne se revit devant la coiffeuse, en train de lire son message.

Qu'en avait-elle fait ? Elle se rappelait l'avoir rangé quelque part. Où ? Elle ne l'avait pas sur elle en quittant Lime Street. Mais elle avait laissé son sac là-bas. C'était ainsi qu'ils avaient su qu'elle avait suivi Anne. C'était ainsi que Maxton avait retrouvé sa trace à Haleycott. Il n'était pas dans le sac qu'elle avait oublié, elle en était sûre. Soudain, elle se souvint avoir glissé le billet dans sa pochette. Elle ignorait pourquoi elle avait fait cela. Elle se revit devant le tiroir ouvert, en train de ranger la lettre. Elle ne savait pas pourquoi elle l'avait rangée avec autant de soin. Ensuite, malgré la fatigue, elle était redescendue. Elle avait marché jusqu'au coin de la rue et pris un taxi. Elle se souvenait même avoir demandé au chauffeur s'il connaissait Lime Street. Et, quand il avait dit oui, elle l'avait prié de la déposer à l'angle. Pourquoi avait-elle fait cela ? Sur le moment, cela lui avait paru plus rationnel. Elle s'en souvenait. Elle devrait donc se rappeler pourquoi cela lui avait semblé normal. C'était, se dit-elle, parce qu'elle ne voulait pas avoir l'air de suivre sa petite cousine trop ostensiblement. Oui, c'était bien cela. Elle avait réglé la course, marché jusqu'au numéro 37, gravi les marches du perron et trouvé la porte ouverte. Pourquoi était-elle ouverte ? A cela aussi, la réponse lui fut donnée. C'était parce que sa cousine Anne gisait morte à la cave. C'était l'ultime ruse, la plus cruelle. Pour piéger quiconque passerait cette porte en premier, qu'il fût voleur ou honnête homme.

Et c'était elle qui était tombée dans le piège.

Chapitre XLIX

Anne se leva. Elle était obligée de descendre. Ce fut la décision la plus difficile qu'elle eût jamais à prendre. Il fallait le faire. Il fallait descendre au petit déjeuner, et surtout ne pas montrer qu'elle avait retrouvé la mémoire. Elle se demandait pourquoi on l'avait amenée ici, mais il fallait bien l'amener quelque part, et ils ne se doutaient pas que cela aurait un sens pour elle. Ils ne savaient pas qu'elle se souviendrait de tout. Elle ne devait pas le leur montrer. Et elle ne devait pas rester en haut plus longtemps, ou elle éveillerait des soupçons. Elle devait surveiller chaque mot, chaque regard. Elle devait surveiller ses pensées mêmes. Elle ressentit un soudain accès de courage et d'espoir. Sans se donner le temps de réfléchir ou d'avoir peur, elle descendit dans la salle à manger.

Ross avait les yeux rivés sur la porte.

— Tu en as mis, du temps, fit-il d'une voix plaintive.

— Je me sentais bizarre. Ça va mieux maintenant. Je veux bien prendre mon petit déjeuner.

Maxton était en train de manger une tartine grillée. Il l'agita dans sa direction en déclarant :

— Nous n'avons pas l'intention de vous faire jeûner. Venez vous mettre à table.

Ce fut un bien curieux repas. Il n'y eut aucune tentative pour lui servir un menu différent des autres. Elle pouvait couper le pain et faire cuire un œuf. Elle pouvait boire le thé de la théière et le lait du pot à lait. Après un copieux petit déjeuner, elle se sentit mieux. Qu'allait-il se passer maintenant ? Quels étaient leurs projets ? Car ils en avaient forcément. Elle avait mangé en silence, mais lorsqu'elle eut terminé, elle repoussa sa chaise et se leva.

— Pourquoi m'avez-vous amenée ici ?

Maxton pivota vers elle. Il ne se leva pas. Elle se refusait à le regarder. Elle regardait Ross Cranston, son cousin Ross Forest Cranston. Elle avait au moins cette certitude : elle savait que Ross était son cousin, que l'un de ses noms était Forest, et lui ignorait qu'elle le savait. Elle devait garder la tête froide. Ne pas leur montrer qu'elle avait retrouvé la mémoire. Ils savaient qui elle était : c'était déjà assez dangereux. Mais s'ils découvraient qu'elle avait retrouvé la mémoire, ce serait la fin... pour elle.

Ces pensées lui venaient toutes en même temps. Parfaitement claires et distinctes. Elles ne lui avaient pas pris une seconde. Elles étaient là.

Ce fut Maxton qui parla. Quoiqu'elle ne le regardât pas, elle comprit qu'il souriait lorsqu'il répondit :

— Pourquoi ici ? Je me le demande.

Elle se passa la main sur les yeux.

— Pourquoi ? répéta-t-elle.

Sa voix trembla malgré elle. Ce ne fut pas volontaire, mais après, elle pensa qu'elle n'aurait su faire mieux. Cette pensée ne fit que lui traverser l'esprit.

Maxton rit.

— Nous nous sommes dit que le cadre était agréable pour vous aider à vous décider. Petite veinarde, vous avez la possibilité de choisir entre deux hommes, et cela en toute paix et tranquillité.

— Que voulez-vous dire ? s'enquit-elle vivement, sans se méfier.

Elle le regardait à présent. Et ses yeux détestaient ce qu'ils voyaient. Il sourit, et elle se retint à grand-peine pour ne pas lui lancer quelque chose au visage. Si elle se laissait aller, ce serait la fin, elle le savait. Leurs regards se croisèrent, s'affrontèrent. Elle détourna le sien et le posa sur Ross. L'air maussade, il faisait des dessins avec sa fourchette sur sa serviette. Elle s'adressa à lui.

— De quoi parle-t-il ?

Mais ce fut Maxton qui lui répondit.

— Je veux parler de la chance que vous avez, jeune fille. Vous pouvez choisir. Prenez l'un de nous, celui qui vous plaît le mieux, et, après une lune de miel d'un mois, ou plus si vous vous entêtez, nous légaliserons la situation en toute moralité dans la propre église paroissiale de votre tante. Quel que soit celui que vous choisirez, il aura assez de tempérament pour veiller à ce que vous ne changiez pas d'avis. Alors, lequel est-ce : votre cousin Ross ou bien moi-même ? Prenez la journée pour y réfléchir. Et ne songez pas à vous enfuir, car nous serons là tous les deux, à attendre impatiemment votre décision.

Elle recula d'un pas, les deux mains sur la poitrine, les yeux rivés sur Ross qui s'appliquait à planter la fourchette dans la serviette.

— De quoi parle-t-il ? demanda-t-elle faiblement.

Ross se tourna vers Maxton.

— Je te dis qu'elle n'est pas au courant.

Anne fit un effort sur elle-même. Des deux, elle avait beaucoup moins peur de Ross. Peut-être que... elle ne savait pas...

— Vous êtes mon cousin ? fit-elle d'une voix étonnée, effrayée.

— Oui.

Elle lui fit face.

— De quoi parle-t-il ?

Ross ne répondit pas. Il regardait Maxton. Elle fit un pas en arrière. Maxton hocha la tête avec nonchalance.

— Allez-y et réfléchissez, lança-t-il. Vous pouvez choisir entre votre cousin Ross et moi. C'est plus que certains ne vous offriraient, plus que beaucoup ne sauraient obtenir. Vous avez le choix entre lui et moi, et vous avez la journée pour y réfléchir, pas plus. Si vous ne vous décidez pas, on le jouera à pile ou face, et que le meilleur gagne.

Pendant qu'il parlait, elle reculait pas à pas. La peur et le dégoût qu'il lui inspirait étaient tels qu'elle craignit de défaillir. Elle regarda Ross et vit qu'elle n'avait aucune aide à attendre de lui. Elle n'avait rien à attendre de personne, hormis elle-même. Arrivée à la porte, elle mit la main derrière son dos pour l'ouvrir. Elle sortit sans se retourner et se dirigea ainsi vers l'escalier. Là, elle se tourna lentement, avec raideur, et monta s'enfermer dans sa chambre.

Chapitre L

— C'est à une soixantaine de kilomètres, dit Frank Abbott. Ils n'ont aucune raison particulière d'être là-bas, vous savez.

— Ils n'ont aucune raison particulière d'être ailleurs, rétorqua Jim.

Il regardait par la fenêtre, au-delà, manifestement, de toute pensée ou raison, mû exclusivement par un frénétique désir d'action.

Frank se tourna vers Miss Silver, assise très droite à l'autre bout de son bureau. Elle portait le manteau noir qui lui avait duré des années et qui n'allait pas être jeté tant qu'il pouvait durer encore. Son visage pâle aux traits nets était parfaitement calme ; ses lèvres étaient serrées, ses yeux, attentifs. Les mains gantées de noir étaient fermement croisées sur la poignée d'un sac noir élimé. Son chapeau, qui n'était pas le plus beau de sa collection, orné d'un grand ruban noir et violet, lui cachait le visage un peu plus que d'habitude. Son apparence, son attitude indiquaient clairement à Frank Abbott que sa décision était prise. Il pouvait partir ou rester, mais Miss Silver irait à Swan Eaton. Il ne tenait qu'à lui de décider si elle y allait seule, ou bien accompagnée et sous la protection des forces de l'ordre.

— Votre décision est déjà prise, j'imagine, dit-il.

— Il me semble, répliqua Miss Silver avec une grande dignité, qu'il serait tout à fait opportun d'aller à Swan Eaton.

— Et s'ils n'y étaient pas ?

— Alors nous aviserions, le cas échéant.

— Vous croyez vraiment...

— Je crois que nous disposons d'indices en ce sens. C'est une piste que nous devons explorer. Je pense également qu'il n'y a pas de temps à perdre.

Jim fit volte-face.

— Vous rendez-vous compte de ce qui peut être en train de se passer pendant que nous discutons ? Ou vous venez tout de suite, ou j'y vais tout seul ! Ils sont peut-être en train de l'assassiner !

Miss Silver se remit debout.

— Il vaudrait mieux que vous veniez avec nous, Frank, dit-elle. Mais, de toute façon, Mr. Fancourt et moi partons immédiatement.

Frank Abbott hocha la tête.

— D'accord, vous avez gagné. Donnez-moi un quart d'heure pour aller chercher Hubbard et la voiture.

En fait, il s'écoula un peu plus d'un quart d'heure avant leur départ. Lorsqu'ils quittèrent le bureau de Frank, la pendule de la cheminée indiquait onze heures trente. Jim était au supplice. Chaque minute lui était une heure de tourment. Pendant qu'ils le gaspillaient, le temps passait. Et le temps qui passait ne reviendrait plus. Ce qui était en train d'arriver était arrivé. Les morts ne pouvaient être rendus à la vie. Ils n'étaient plus. Debout à la fenêtre, Jim regardait dehors sans rien voir. « Anne... Anne... Anne... *Anne* ! » Il avait presque crié son nom. Il n'entendait rien, ne percevait rien d'autre. Le temps passait.

La première chose dont il eut conscience fut la main de Miss Silver sur son bras, et sa voix qui disait :

— Nous sommes prêts, Mr. Fancourt.

Se mettre en mouvement lui fut un soulagement. Frank Abbott s'installa à l'avant de la voiture avec le jeune Hubbard, Jim et Miss Silver, à l'arrière. Elle était assise sans mot dire, les mains croisées sur son sac, le visage pâle et figé. Jim ne faisait aucune attention à elle. Raide, les poings serrés, il poussait la voiture, quelle que fût sa vitesse. Lorsque la circulation obligeait Hubbard à ralentir, il poussait de toutes ses forces pour le faire repartir. Et pendant tout ce temps, son esprit volait devant en appelant Anne.

Anne était couchée dans la chambre où elle avait dormi, enfant. Elle avait prié et recouvré la paix. Elle ignorait ce qui allait se passer, mais elle ne pouvait croire au triomphe du mal... elle ne pouvait y croire. Elle ne savait pas d'où viendrait le salut. Elle savait seulement qu'elle serait sauvée. Allongée sur son lit, elle contemplait la lumière changeante et les ombres des arbres au-dehors. Finalement, elle s'endormit.

En bas, au village, la voiture s'arrêta pour demander le chemin.

— Le Cottage des Ifs ?

C'était Frank Abbott.

Le premier passant qu'il interrogea semblait ne pas être au courant.

— Je ne suis pas d'ici... commença-t-il.

Mais Frank n'attendit pas la suite.

Il essaya à nouveau, et cette fois, obtint une réponse.

— Le Cottage des Ifs ? Ah, oui. Mais il n'y a personne là-haut. Voilà trois ans que c'est vide, depuis le meurtre de Miss Forest.

Les mains de Jim se crispèrent. Les ongles s'enfoncèrent dans les paumes. Elle n'était pas là... elle n'était nulle part. Où était-elle ? Anne... Anne... *Anne* !

L'homme qui mâchait un brin de paille continua à mastiquer.

— Oh oui, je peux vous indiquer le chemin. Seulement, depuis le meurtre de Miss Forest, la maison est restée inoccupée. Elle appartient à sa nièce, qui est à l'étranger... Ah, elle est rentrée ? Ma foi, elle n'est pas descendue ici...

Il était d'une lenteur interminable, mais, à la fin, ils obtinrent les indications.

A quoi bon ? Elle n'était pas là, elle n'était nulle part. Il avait raté sa chance. Son prénom résonnait dans sa tête comme un appel.

Quelqu'un d'autre était en train d'appeler Anne. Elle se réveilla. L'espace d'un instant, elle ne sut pas où elle était. Elle avait fait un rêve. Un rêve agréable. Elle se promenait dans un bois frais. Autour, il faisait chaud, elle entendait le bruit de la circulation, mais elle était au calme. Elle entendait le bruit des roues, mais là où elle se trouvait, tout n'était que paix et silence.

Alors qu'elle recouvrait l'usage de ses sens, le bruit devint plus distinct. L'ombre des arbres vacilla et s'évanouit. Elle ouvrit les yeux et vit la chambre, les fenêtres, la branche noire d'un if et la pendule sur la cheminée. Celle-ci indiquait une heure et quart. Le bruit des roues qui l'avait réveillée s'était tu. Les battements de son cœur s'accélérèrent. Elle était là, dans la maison de tante Letty, en grand danger. Ce fut sa première pensée. Puis il y en eut une deuxième. Avait-elle réellement entendu une voiture, et si oui, quelle voiture ?

Elle bondit hors du lit et s'approcha de la fenêtre. La voiture s'était arrêtée. Un murmure de voix lui parvint. Quelles voix ? Qui était-ce ?

En bas, les deux hommes se figèrent. Ils avaient entendu arriver une voiture. Leur propre auto était dans le garage, dont la porte était fermée. Était-elle fermée ? Maxton, qui y était allé à plusieurs reprises, avait fermé la porte. Il en était sûr. En revanche, il ne savait pas si Ross s'y était rendu depuis. Son regard se posa sur lui. Ross secoua la tête. De toute façon, il ne s'attendait pas à autre chose. Ni l'un ni l'autre n'avaient soufflé mot. A quoi bon ? Le feu était allumé dans la cuisine. Le charbon était humide. Il fumait. Personne ne croirait que la maison était vide.

Maxton se leva et alla vers la porte. Il l'entrouvrit à peine pour demander :

— Qu'est-ce que c'est ?

Trois hommes et une femme âgée. Trois hommes dont Fancourt. Il dit brutalement :

— Qu'est-ce que c'est ?

Frank Abbott était déjà dehors. Les deux autres étaient en train de descendre. Maxton, qui tenait la porte, faillit la refermer. La colère qui brûlait en lui ne laissait aucune place à la peur.

— Où est Anne ? fit Jim Fancourt.

Maxton haussa les sourcils.

— Pourquoi me demander ça, à moi ?

Jim Fancourt répéta sa question.

— Où est Anne ?

Maxton entendit une porte s'ouvrir en haut... la porte de la chambre d'Anne. Il claqua la porte d'entrée au visage de Jim et bondit en arrière. Anne sortit sur le palier et s'arrêta en haut des marches. Il appela « Ross ! », mais n'obtint pas de réponse.

Frank Abbott abandonna la voiture et contourna la maison en courant. Il fit irruption par la porte de service juste au moment où Maxton fonçait en haut, sous le regard d'Anne, un pistolet à la main. Entendant ses pas dans le vestibule, Maxton se retourna, furieux, et tira. Le bruit de la détonation sembla emplir la maison.

Jim Fancourt cessa de marteler la porte d'entrée et brisa la fenêtre du salon. A l'intérieur, Anne descendit en courant les trois ou quatre marches qui la séparaient de Maxton et le poussa de toutes ses forces. S'il avait été face à elle, elle aurait probablement poussé en vain, mais il s'était détourné, les pieds sur des niveaux différents, au moment de l'irruption de Frank Abbott, et la poussée inattendue lui fit perdre l'équilibre. Il tenta de s'agripper à Anne, la manqua et tomba à la renverse. Le pistolet lui échappa, heurta la rampe et atterrit dans l'entrée. Lorsque Jim émergea du salon, il le trouva étendu au pied de l'escalier, tandis que Frank Abbott et Hubbard se penchaient sur lui.

Miss Silver, qui descendait de voiture sans se presser, entendit le vacarme. Elle distingua le bruit de chute, le coup de feu... et arrivait à la fenêtre brisée quand elle aperçut Ross Cranston qui s'éloignait discrètement de la maison. Elle ne le connaissait pas, mais il avait un air coupable. Se tournant vers lui, elle l'apostropha :

— Que faites-vous là ?

Il jura et se mit à courir. En direction du bois, déchirant ses habits sur les ronces, avec une seule idée en tête : fuir le plus loin possible.

Miss Silver le suivit du regard avant de reporter son attention sur la maison. D'après ce qu'elle pouvait entendre, la bagarre était terminée. Par la vitre brisée, elle distingua la voix de Jim qui était en train de parler à Anne. Une voix entrecoupée d'émotion, ce qui, sans aucun doute, devait combler d'aise son auditrice. On entendait également la voix de Frank Abbott, adressant des remarques de caractère hostile à Mr. Maxton.

Miss Silver jugea parfaitement inutile de rester à l'extérieur ou de prendre le risque de se couper à la vitre cassée de la fenêtre. Elle s'approcha de la porte d'entrée et actionna le heurtoir.

Chapitre LI

Il ne leur fallut pas très longtemps pour retrouver Ross Cranston. Il était tombé dans le bois et s'était foulé la cheville, et il ne leur opposa aucune résistance. Ils le mirent dans la voiture, menottes aux poignets. Frank Abbott prit place entre lui et Maxton, et ils partirent en direction du lieu de détention le plus proche, Swan Eaton n'ayant rien à leur offrir en la matière. Les trois autres restèrent savourer la délivrance.

Anne se leva de la marche sur laquelle elle s'était laissée tomber durant la lutte. En entrant, Miss Silver la trouva dans l'escalier : les mains dans les mains de Jim, elle ne voyait personne d'autre que lui. Miss Silver se retira dans la cuisine, mais, après avoir préparé le repas, elle revint annoncer sur un ton ferme et énergique que le déjeuner était prêt et qu'il était grand temps de manger. Il était deux heures moins le quart, et aucun d'eux n'avait dû réellement profiter de son petit déjeuner.

Ce fut un repas singulier. Anne avait l'impression de revenir d'entre les morts et de renaître à la vie... une vie nouvelle et pleine de bonheur. Elle avait recouvré la mémoire, et maintenant, après cette longue période de solitude, elle avait Jim. Tout était rentré dans l'ordre. Elle connaissait à présent les raisons du complot ourdi contre elle. Elle raconta à Jim et à Miss Silver ce dont elle venait de se souvenir.

— Juste avant le mariage de Mavis, j'ai reçu une lettre. Mavis, c'est cette amie avec qui j'ai fait le tour du monde. Elle est tombée follement amoureuse et a épousé un Américain. J'y serais restée plus longtemps, mais, avant le mariage, j'ai reçu une lettre de l'étude de notaires Thomson & Grant, m'annonçant la mort de mon vieux grand-oncle William Forest, qui laissait toute sa fortune à moi et à ma cousine, Anne Forest Borrowdale. Donc, vous voyez, elle était ma cousine.

Elle se tourna vers Jim.

— Pauvre Anne ! La mère de son père s'appelait Anne Serena Forest ; c'était la sœur du vieux Mr. William Forest. Mon père était son neveu, et le père de Ross Cranston, un autre de ses neveux. Seulement, Ross s'était très mal conduit, et grand-oncle William l'avait déshérité. Il a tout légué à Anne et à moi. Je l'ai toujours su, mais, à mon avis, elle n'était pas au courant. Son père s'était disputé avec sa famille. J'ignore les raisons de cette querelle, et Anne ne les connaissait pas non plus. D'après elle, son père n'écrivait à personne et ne recevait pas de courrier d'Angleterre. Je ne crois pas que Leonard Borrowdale ait jamais pensé à William Forest ou à l'argent que celui-ci pourrait laisser à sa fille.

— Il ne m'en a jamais parlé, dit Jim.

— Eh bien, voilà. Il faut que je voie mon notaire. J'ai l'impression qu'il s'agit d'une somme considérable.

Le regard de Miss Silver alla de l'un à l'autre.

— Ce Mr. Cranston, demanda-t-elle, c'est un parent à vous ?

Anne rougit.

— Oui, nous avions le même lien de parenté avec le vieux William Forest. Il n'a jamais été...

Elle hésita et acheva tout bas :

— ... très à la hauteur. Il devait penser que s'il m'épousait, tout s'arrangerait... pour lui. A mon avis, ils savaient que je descendrais au *Hood*. L'apparition d'Anne a dû les affoler. Je ne sais pas ce qu'elle leur a dit. Si elle leur a confié qu'elle était mariée, ils ont certainement voulu se débarrasser d'elle. Voyez-vous, si elle... n'avait pas été là, tout se serait ramené à moi. C'est ce qu'ils ont dû penser. Et ils ont conçu le projet... de la tuer.

Les larmes qui brillaient dans ses yeux coulèrent avant qu'elle n'eût le temps de les retenir. Pauvre Anne... pauvre, pauvre Anne...

Se penchant en avant, Miss Silver lui tapota la main.

— Mon petit, dit-elle très gentiment, je ne crois pas que vous ayez quelque chose à vous reprocher.

Elle se leva.

— Restez tranquille et reposez-vous un moment. A son retour, l'inspecteur Abbott s'attendra à nous voir prêts à repartir avec lui... Non, je n'ai pas besoin d'aide, Mr. Fancourt. Je préfère que vous teniez compagnie à Anne. Je pense qu'il ne faut pas la laisser seule.

Jim lui jeta un regard reconnaissant. Il insista pour débarrasser la table, puis il retourna auprès d'Anne.

Elle avait séché ses larmes et contemplait par la fenêtre les arbres noirs qui encerclaient la maison.

Il s'approcha et mit son bras autour d'elle. Ensemble, ils regardèrent dehors, non pas les arbres noirs, mais l'avenir baigné d'une brume lumineuse. Finis, le drame et les ennuis. Même s'ils ne voyaient pas clairement leur chemin, ils le découvriraient ensemble. Debout l'un à côté de l'autre, ils lui faisaient face.

IMPRIMÉ EN FRANCE PAR BRODARD ET TAUPIN
1742V - La Flèche (Sarthe).
N° d'édition : 2566
Dépôt légal : septembre 1995
Nouveau tirage : janvier 1999